옮긴이

정영목

번역가로 활동하며, 현재 이화여대 통역번역대학원 교수로 재직중이다. 옮긴 책으로 『선셋 리미티드』 『미국의 목가』 『에브리맨』 『포트노이의 불평』 『울분』 『달려라, 토끼』 『책도둑』 『눈먼 자들의 도시』 『왜 나는 너를 사랑하는가』 등이 있다. 『로드』로 제3회 유영번역상을, 『유럽문화사』로 제53회 한국출판문화상(번역 부문)을 수상했다.

로알드 달
THE BEST OF
ROALD DAHL
베스트 단편 1

맛

TASTE

로알드 달 소설
정영목 옮김

교유서가

T A S T E 차례

목사의 기쁨

Parson's Pleasure

보기스 씨는 차창을 열고 창턱에 팔꿈치를 기댄 편안한 자세로 천천히 차를 몰고 있었다. 시골은 얼마나 아름다운가. 여름이 다가오는 조짐과 다시 만나게 되니 얼마나 반가운가. 특히 앵초. 그리고 산사나무. 산사나무는 산울타리를 따라 하얀색, 분홍색, 빨간색 꽃망울을 터뜨렸고, 앵초는 그 밑에 덤불을 이루어 자라고 있었다. 실로 아름다웠다.

보기스 씨는 한 손을 운전대에서 떼고 담배에 불을 붙였다. 브릴 힐 정상에서 시작하면 좋겠어. 그는 속으로 중얼거렸다. 1킬로미터쯤 앞에 브릴 힐이 보였다. 저기, 정상에 보이는 나무들 사이에 옹기종기 모여 있는 작은 집들이 브릴 마을이겠군. 좋았어. 그의 일요일 사업이 이렇게 아름다운 언덕 꼭대기에서 시작되는 경우는 별로 없었다.

보기스 씨는 정상을 향해 차를 몰고 가다가 정상 바로 못 미친 곳에서 차를 멈추었다. 마을 외곽이었다. 그는 차에서 내려 주위를 둘러보았다. 저 아래로 들판이 거대한 녹색 양탄자처럼 펼쳐져 있었다. 시야가 몇 킬로미터나 트여 있었다. 완벽했다. 그는 호주머니에서 수첩과 연필을 꺼낸 다음 차 뒤에 기대어 숙련된 눈으로 들판의 풍경을 천천히 따라가보았다.

밭 뒤편 오른쪽에 중간 크기의 농가가 보였다. 도로와 농가는 좁은 길로 이어져 있었다. 그 농가 너머에 큼지막한 농가가 또 한 채 있었다. 커다란 떡갈나무들에 둘러싸인, 앤여왕 시대 건물로 보이는 집도 한 채 서 있었다. 왼쪽으로 더 가면 그럴듯한 농장이 둘 있었다. 따라서 모두 다섯이었다. 그쪽으로는 그 정도였다.

보기스 씨는 아래로 내려가서도 쉽게 찾을 수 있도록 수첩에 각 농가의 위치를 대충 그려두었다. 이어 차를 타고 마을을 통과하여 정상 건너편으로 갔다. 그곳에서 여섯 개의 후보를 더 관찰했다. 농장 주택 다섯 채와 크고 하얀 조지왕조 시대 주택 한 채였다. 그는 쌍안경으로 조지왕조 시대 주택을 살펴보았다. 깨끗하고 기름기가 흐르는 집이었다. 정원도 말쑥하게 손질되어 있었다. 안타까운 일이었다. 그는 그 집은 즉시 후보에서 빼버렸다. 기름기 흐르는 집은 찾아가봤자 소용없었기 때문이다.

따라서 사각형의 이 구역에는 모두 열 개의 후보가 있는 셈이었다. 열이면 좋은 숫자지. 보기스 씨는 속으로 중얼거렸다. 오후에 느긋하게 처리하기에 적당한 숫자야. 지금이 몇시지? 열두시로군. 시작하기 전에 선술집에 들어가 맥주나 한 파인트 마시면 좋겠구먼. 그러나 술집은 일요일에는 한시나 되어야 문을 열었다. 그래, 나중에 마시지 뭐. 그는 수첩에 적은 메모를 흘끗 보았다. 앤여왕 시대 양식의 집에 먼저 가봐야겠어. 떡갈나무에 둘러싸인 집이었다. 아까 쌍안경으로 봤을 때 그 황폐해진 몰골이 마음에 쏙 들었다. 돈이 꽤 아쉬워 보이는 집이었다. 어쨌든 앤여왕 시대 집에서는 늘 운이 좋았다. 그는 다시 차에 올라타 핸드브레이크를 풀고 시동을 걸지 않은 상태로 천천히 언덕을 내려가기 시작했다.

지금 시럴 보기스 씨는 성직자 복장으로 변장을 하고 있는 것 말고는 수상쩍어 보이는 면은 없었다. 그의 직업은 골동품 가구 상인이었다. 첼시의 킹즈 로드에 가게가 있었다. 가게는 그다지 크지 않았고 거래도 많지 않았다. 그러나 싸게, 아주아주 싸게 물건을 사서 아주아주 비싸게 팔았기 때문에, 매년 짭짤한 수입을 올리고 있었다. 그는 영업에 재능이 있었다. 물건을 사거나 팔 때마다 손님에게 가장 어울리는 분위기를 가진 사람으로 슬쩍 변신할 수 있었다. 나이든 사람들 앞에서는 엄숙하고 매력적인 모습으로 변신했고, 부자 앞에서는 비굴한 모습으로 변신했으며, 신앙심 깊은 사람들 앞에서는 수수한 모습으로 변신했고, 약한 사람들 앞에서는 오만한 모습으로 변신했으며, 과부 앞에서는 짓궂은 모습으로, 독신녀 앞에서는 교활하고 뻔뻔스러운 모습으로 변신했다. 그는 자신의 재능을 잘 알고 있었으며, 기회가 있을 때마다 염치없이 그 재능을 활용했다. 그리고 특별히 멋진 연기를 선보였을 때는 극장 전체에 우레와 같은 환호가 울려퍼지는 가운데 고개 숙여 인사하고 싶은 마음을 간신히 억눌러야 할 때도 종종 있었다.

이렇게 약간 어릿광대 같은 면이 있었음에도 보기스 씨는 바보가 아니었다. 어떤 사람들 말에 따르면 그는 런던에서 프랑스, 영국, 이탈리아 가구를 가장 잘 아는 사람으로 손꼽혔나. 게다가 그는 놀라울 정도로 취향이 고상했다. 그는 진품이라 하더라도 디자인이 우아하지 않으면 바로 고개를 돌려버렸다. 그가 진짜로 좋아하는 물건들은 18세기 영국의 위대한 디자이너들, 즉 인스, 메이휴, 치펀데일, 로버트 애덤, 맨워링, 이니고 존스, 헤플화이트, 켄트, 존슨, 조지 스미스, 록, 셰라턴의 작품이었다. 그러나 여기에서도 그는 등급을 매기곤 했다. 예를 들어 그는 치펀데일의 중국 또는 고딕 시기의 물건은 단 하나도 그의 전시장에 들여놓지 않았다. 로버트 애덤의 묵직한 이탈리아 디자인 몇 점도 마찬가지였다.

지난 몇 년 동안 보기스 씨는 특별하고 진귀한 물건을 놀랄 만큼 꾸준하게 내놓아 업계 친구들 사이에서 상당한 명성을 얻었다. 마치 바닥나지 않는 공급원이 있는 것 같았다. 개인 창고 같은 것이 있어 일주일에 한 번씩 차를 타고 나가 물건을 가져오기만 하면 되는 것 같았다. 친구들이 어디서 물건을 조달하느냐고 물을 때마다 그는 씩 웃음을 짓고 눈을 찡긋하면서 웅얼거리는 소리로 비밀이라고 대꾸하곤 했다.

보기스 씨의 비밀은 간단했다. 그것은 9년 전 어느 일요일 오후에 시골길을 운전하다가 일어난 일에서 영감을 얻은 것이었다.

보기스 씨는 세븐오크스에 사는 노모한테 들르려고 아침에 집을 나섰다. 돌아오는 길에 차의 팬벨트가 끊어지는 바람에 엔진이 과열되고 냉각수가 끓어 증발해버렸다. 그는 차에서 내려 가장 가까운 집으로 갔다. 도로에서 50미터 정도 떨어진 자그마한 농가였다. 그는 문을 열어준 여자에게 물 한 바가지만 얻을 수 있겠느냐고 물었다.

보기스 씨는 물을 가지러 간 여자를 기다리면서 문틈으로 거실을 슬쩍 보았다. 거기, 그가 서 있는 자리에서 5미터도 떨어지지 않은 곳에서 뭔가가 눈에 띄었다. 순간 흥분이 되면서 머리에 땀이 나기 시작했다. 평생 딱 한 번밖에 본 적이 없는 유형의 커다란 떡갈나무 팔걸이의자였다. 등판만이 아니라 양쪽 팔걸이도 여덟 개의 아름다운 물렛가락으로 지탱되고 있었다. 등판에는 아주 섬세한 꽃무늬가 상감으로 새겨져 있었다. 양쪽 팔걸이에는 오리 머리가 새겨져 있었다. 팔걸이를 반쯤 차지하는 길이였다. 이럴 수가. 이건 15세기 말 물건이잖아!

보기스 씨는 문틈으로 머리를 더 밀어넣었다. 앗, 벽난로 건너편에 팔걸이의자가 하나 더 있었다.

자신할 수는 없었지만, 그런 의자 두 개면 런던에서는 적어도 천 파운드 이상은 받을 수 있을 것 같았다. 게다가 오, 얼마나 아름다운지!

여자가 돌아왔을 때 보기스 씨는 자기소개를 하고 단도직입으로 의자를 팔 생각이 없느냐고 물었다.

어머. 그녀는 말했다. 저 의자들을 왜 팔아야 하는 건지 모르겠네요.

아무런 이유도 없지요. 내가 아주 좋은 값으로 살 용의가 있다는 것 외에는요.

얼마나 주실 건데요? 물론 팔 건 아니지만, 그냥 호기심에서, 그냥 재미삼아 물어보는 거예요. 얼마나 줄 수 있는데요?

35파운드입니다.

얼마요?

35파운드.

어머, 35파운드나. 어디 보자, 그거 아주 재미있네요. 나도 저게 귀중한 물건이라는 생각은 했어요. 아주 오래되었거든요. 또 아주 편하고요. 사실 저거 없이는 못 살아요, 도저히. 안 돼요, 저건 파는 물건이 아니에요. 어쨌든 고맙네요.

저건 사실 별로 오래된 물건은 아닙니다. 보기스 씨가 말했다. 아마 내다팔기가 쉽지 않을걸요. 하지만 공교롭게도 딱 저런 걸 좋아하는 손님이 나타났기에 드린 말씀입니다. 어쩌면 그 손님이 2파운드 정도는 더 쓸지도 모르겠네요. 그럼 37, 그건 어떻습니까?

그들은 30분 동안 흥정을 했다. 물론 보기스 씨는 실제 가치의 20분의 1 이하만 주고 의자를 살 수 있었다.

그날 저녁 낡은 스테이션 왜건의 뒷자리에 아름다운 의자 두 개를 아늑하게 모시고 런던으로 돌아오던 보기스 씨의 머리에 아주 멋진 생각이 떠올랐다.

잘 생각해보자고. 그는 속으로 중얼거렸다. 그런 농가에 멋진 물건이 있다면 다른 농가에는 왜 없겠어? 그런 물건들을 찾아다니면 어떨까? 시골을 샅샅이 훑어보는 건? 일요일마다 할 수 있잖아. 그렇게 하면 일에 방해도 안 되잖아. 어차피 일요일이면 할일이 없어 쩔쩔매는 판인데.

그래서 보기스 씨는 지도를 샀다. 런던 주변의 주가 다 나온 대축척 지도였다. 그는 가는 펜으로 지도를 여러 개의 정사각형으로 나누었다. 사각형 하나는 가로 세로가 각각 10킬로미터였다. 그는 샅샅이 뒤질 경우 자신이 일요일 하루에 돌 수 있는 범위가 그 정도라고 판단했다. 작은 도시나 집이 모여 있는 마을은 필요 없었다. 그가 찾는 곳은 비교적 고립된 장소, 커다란 농가나 약간 퇴락한 시골 저택이었다. 이런 식으로 일요일에 정사각형을 하나씩 뒤지면 1년에 사각형 52개를 처리할 수 있었다. 오래지 않아 런던 주위의 모든 농장, 모든 시골 주택을 뒤질 수 있을 것 같았다.

물론 그렇게 간단하게 처리할 수 있는 문제는 아니었다. 시골 사람들은 의심이 많다. 갑자기 궁핍해진 부자도 마찬가지다. 초인종을 누르고 부탁을 한다고 해서 집 구경을 시켜줄 리 만무했다. 절대 그럴 리가 없었다. 그런 식으로는 현관문도 넘어갈 수 없었다. 그렇다면 어떻게 집안으로 들어갈 것인가? 장사꾼이 아니라고 생각하게 하는 것이 최선이었다. 그는 전화 수리공이 될 수도 있었고, 배관공이 될 수도 있었고, 가스 검침원이 될 수도 있었다. 심지어 성직자가 될 수도 있었다.

이 지점부터 전체적인 계획이 좀더 구체적인 단계로 접어들었다. 보기스 씨는 다음과 같은 글이 새겨진 명함을 대량 주문했다.

목사	
시럴 위닝턴 보기스	
희귀 가구	빅토리아 앨버트 박물관
보존협회 회장	협력단체

보기스 씨는 그때부터 '협회'를 너무 아끼기 때문에 휴일이면 영국의 시골 가정에 감추어진 보물 목록을 정리하며 여행을 다니는 선량한 늙은 목사가 되었다. 이런 사람을 도대체 누가 내쫓을 것인가?

그럴 사람은 없다.

이렇게 해서 일단 안으로 들어가면, 그래서 정말로 원하는 뭔가가 눈에 띄면, 그때부터 일을 처리하는 방법이야 수도 없이 많이 꿰고 있었다.

이 구상이 멋지게 들어맞는 바람에 보기스는 스스로도 좀 놀랐다. 웬만한 집에서는 그를 따뜻하게 환대했다. 처음에는 보기스 씨 자신도 당황스러울 지경이었다. 콜드 파이 한 조각, 포트와인 한잔, 차 한잔, 자두 한 바구니, 심지어 가족 모두가 둘러앉은 일요일 저녁식사까지. 사람들은 늘 이런 것을 함께하자고 권했다. 물론 시간이 흐르면서 약간 언짢은 순간도 있었고, 불쾌한 사건도 많았다. 하지만 9년이면 일요일이

4백 번이 넘었다. 그동안 방문한 집 숫자는 엄청났다. 전체적으로 볼 때 이 일은 재미있고, 자극적이고, 돈이 많이 남는 사업이었다.

이제 또 한번의 일요일을 맞아 보기스 씨는 버킹엄셔주에서 일을 하고 있었다. 그의 지도에서 가장 북쪽에 있는 사각형들 가운데 한 곳으로, 옥스퍼드에서 15킬로미터 정도 떨어진 곳이다. 보기스 씨는 언덕을 내려와 첫번째 집, 황폐한 앤 여왕 시대 건물로 향하면서, 오늘은 운좋은 날이 될 것 같다는 예감이 들었다.

그는 문에서 백 미터 정도 떨어진 곳에 차를 세우고 나머지는 걸어가기로 했다. 거래가 끝나기 전에 그의 차를 보여주고 싶지 않았기 때문이다. 다정한 늙은 목사와 커다란 스테이션 왜건은 어쩐지 전혀 어울리지 않았다. 게다가 이렇게 잠깐이라도 걷다보면 집을 바깥에서부터 꼼꼼히 살필 수도 있었고, 그 집에 잘 맞을 태도를 구상할 수도 있었다.

보기스 씨는 자동차 진입로를 따라 활달하게 걸었다. 그는 작은 몸집에 다리는 통통하고 배는 불룩 튀어나온 사람이었다. 얼굴은 발그레하고 동글동글했다. 목사 역에는 딱 맞는 얼굴이었다. 발그레한 얼굴로부터 툭 튀어나온 커다란 갈색 눈은 상냥하면서도 약간 우둔해 보이는 인상을 주었다. 그는 검은 양복을 입고, 목에는 목사들이 흔히 다는 목깃을 달고 있었다. 머리에는 검은 중절모를 썼다. 손에는 낡은 떡갈나무 지팡이를 들고 있었는데, 보기스 씨 생각으로는 이것이 소박하고 편안한 인상을 주었다.

그는 현관문에 다가가 초인종을 눌렀다. 안에서 발소리가 들리더니 문이 열리는 것과 동시에 갑자기 그의 앞에, 아니 그의 위에 승마복을 입은 거대한 여자가 나타났다. 그녀의 손에서 담배 연기가 피어오르고 있었음에도 여자에게서는 마구간과 말똥 냄새가 났다.

"네?"

여자가 수상쩍게 여기는 눈으로 보기스 씨를 보면서 말을 이었다.

"무슨 일이죠?"

여자의 입에서 말 울음소리가 나올 것 같아 조마조마한 마음을 달래며, 보기스 씨는 모자를 벗어 들고 머리를 약간 숙인 다음 명함을 내밀었다.

"귀찮게 해서 정말 죄송합니다."

보기스 씨는 여자가 명함을 읽는 동안 여자 얼굴을 살피며 기다렸다.

"뭐라고 하는 말인지 모르겠군요."

여자는 명함을 돌려주며 덧붙였다.

"그런데 무슨 일이죠?"

보기스 씨는 희귀 가구 보존협회에 대해 설명했다.

"그게 혹시 사회당이랑 무슨 관계가 있는 건 아니겠죠?"

여자가 옅은 색깔의 덥수룩한 눈썹 밑으로 그를 사납게 노려보며 물었다.

그때부터는 간단했다. 남자건 여자건 승마복을 입은 토리당원(보수주의자—옮긴이)은 보기스 씨의 봉이었기 때문이다. 보기스 씨는 2분 동안 극우 보수당에 대하여 정열적인 찬사를 늘어놓은 뒤, 다시 2분 동안 사회주의자들을 비난했다. 이제 결정적인 무기를 휘두를 차례였다. 그는 사회주의자들이 도입했던 유혈 스포츠 폐지 법안에 대해 특별히 언급하고 나서, 자신이 생각하는 천국이란—"주교님께는 말씀드리지 않는 게 좋겠지만요"—일요일을 포함하여 매일 아침부터 밤까지 지칠 줄 모르는 사냥개들 무리와 함께 여우, 사슴, 산토끼를 사냥하러 다닐 수 있는 곳이라고 덧붙였다.

보기스 씨는 말을 하면서 여자에게 주문이 먹혀들고 있음을 알았다. 여자는 이제 누르스름한 거대한 이를 드러낸 채 생글생글 웃고 있었다. 보기스 씨는 소리치고 있었다.

"부인, 간청하는데, 제발 제 입에서 사회주의 이야기가 나오지 않게 해주십시오."

순간 여자가 크게 웃음을 터뜨리더니 거대한 붉은 손을 들어올려 그의 어깨를 세게 쳤다. 보기스 씨는 뒤로 넘어질 뻔했다.

"들어오세요!"

여자는 소리치더니 말을 이었다.

"무슨 일로 왔는지는 아직도 모르겠지만, 일단 들어와요!"

불행히도, 또 약간은 놀랍게도, 집안에 가치 있는 물건이라곤 하나도 찾아볼 수 없었다. 황무지에서는 절대 시간을 낭비하지 않는 보기스 씨는 곧 핑계를 대고 집을 나왔다. 방문 시간은 모두 합쳐 15분도 걸리지 않았다. 딱 그 정도가 적당해. 그는 차에 다시 올라타 다음 장소로 출발하면서 혼자 그렇게 중얼거렸다.

이제부터는 모두 농가였다. 가장 가까운 농가는 도로를 따라 1킬로미터쯤 올라가야 했다. 목조로 뼈대를 세운 큼지막한 벽돌 건물로 상당히 오래된 집이었다. 아직 꽃이 지지 않은 아름다운 배나무가 남쪽 벽을 거의 덮고 있었다.

보기스 씨는 문을 두드렸다. 기다렸지만 아무런 응답이 없었다. 다시 문을 두드렸다. 여전히 대답이 없었다. 보기스 씨는 외양간에 사람이 있는지 보려고 어슬렁어슬렁 뒤로 돌아갔다. 그러나 그곳에도 사람이 없었다. 보기스 씨는 사람들이 아직 교회에서 돌아오지 않은 것이 틀림없다고 생각했다. 그래서 혹시 흥미를 끌 만한 것이 있나 보려고 창문 안을 살피기 시작했다. 식당에는 아무것도 없었다. 서재에도 아무것도 없었다. 그는 다음 창문을 들여다보았다. 거실이었다. 그런데 그곳에, 바로 코앞에, 창문 옆의 오목한 곳에 아름다운 물건이 있었다. 마호가니로 만든 반원형의 카드 탁자였다. 훌륭한 박판을 붙인 그 탁자는 1780년경에 만들어진 것으로 헤플화이트 스타일이었다.

"아하."

보기스 씨는 소리를 내어 중얼거리며 유리에 얼굴을 바짝 갖다댔다.

"잘했어, 보기스."

그러나 그것만이 아니었다. 그곳에는 의자도 있었다. 싱글 체어였다. 그가 잘못 본 것이 아니라면 의자의 품질은 탁자보다도 윗길이었다. 이것도 헤플화이트 아닌가! 오, 아름다워라! 등받이 격자에는 인동덩굴, 꼬투리, 장식 접시 등이 섬세하게 새겨져 있었으며, 등나무로 엮은 앉는 자리는 원형 그대로였고, 다리는 아주 우아하게 비틀려 있었다. 뒤의 두 다리는 묘하게 바깥쪽으로 벌어져 있었는데, 이 점이 의미심장했다. 절묘한 의자였다.

"오늘이 가기 전에 저 예쁜 의자에 앉는 즐거움을 누릴 수 있겠군."

보기스 씨가 작은 소리로 말했다. 그는 의자를 사기 전에 반드시 한번 앉아보았다. 이것이 그가 가장 좋아하는 검사 방법이었다. 보기스 씨가 의자에 조심스럽게 엉덩이를 붙이며 '탄력'을 느껴보는 모습은 언제 보아도 흥미로웠다. 그는 그렇게 해서 세월로 인해 장붓구멍과 장부촉에 생긴 아주 미세한 수축을 전문적으로 정확하게 측정해냈다.

서두를 건 없어. 보기스 씨는 중얼거렸다. 나중에 돌아오면 돼. 오후가 텅 비어 있는데 뭐.

다음 농가는 밭 뒤편으로 좀더 들어가야 했다. 차는 보이면 안 되니 도로에 그대로 세워두고, 곧고 좁은 길을 따라 6백 미터 정도 걸었다. 길은 농가의 뒷마당과 이어졌다. 그는 다가가면서 생각했다. 이곳은 앞집보다 훨씬 작군. 그래서 이 집에는 별 희망을 걸지 않았다. 집은 어수선하고 더러워 보였다. 헛간들 가운데 일부는 파손이 심했다.

마당 한쪽 구석에는 세 남자가 머리를 맞대다시피 하고 서 있었다. 한 남자 옆에는 줄에 묶인 큰 몸집의 검은 그레이하운드가 두 마리 있었다. 남자들은 검은 양복에 목사 목깃을 단 보기스 씨가 다가오는 것을 보고 이야기를 딱 멈추었다. 갑자기 몸이 굳어버린 것 같았다. 미동도 하지 않았다. 세 남자는 의심하는 눈길로 보기스 씨가 점점 다가오는 것을 지켜보고 있었다.

셋 가운데 가장 나이가 많은 땅딸막한 남자는 입이 개구리처럼 옆으로 길고 작은 눈을 불안하게 움직였다. 보기스 씨야 알 수 없는 일이었지만, 그의 이름은 러민스였으며, 그가 이 농가의 주인이었다.

옆에 서 있는 키가 큰 청년은 러민스의 아들 버트로, 한쪽 눈에 문제가 있는 것 같았다.

작은 키에 얼굴이 넓적한 남자는 클로드였다. 좁은 이마에 주름이 깊게 팬 클로드는 어깨가 엄청나게 넓었다. 클로드는 어제 러민스가 잡은 돼지에서 고기나 햄을 조금 얻을까 해서 찾아온 참이었다. 돼지 잡는 소리가 밭 건너 저멀리까지 들렸던 터라, 클로드는 러민스가 돼지를 잡은 걸 알고 있었다. 그는 또 돼지를 잡으려면 정부의 허가가 있어야 하는데, 러민스는 그런 허가를 받지 않았다는 것도 알고 있었다.

"안녕하시오. 날씨 좋죠?"

보기스 씨가 말했다.

세 남자 가운데 아무도 움직이지 않았다. 그 순간 세 남자는 똑같은 생각을 하고 있었다. 동네 사람은 아닌 것이 분명한 이 성직자는 그들의 일을 탐지하는 임무를 띠고 파견되었으며, 찾아낸 사실을 정부에 보고할 것이라는 생각이었다.

보기스 씨가 말을 이어갔다.

"개들이 정말 멋지군요. 나는 그레이하운드 경주에는 가본 적이 없지만, 다들 아주 멋있는 경기라고 합디다."

여전히 아무런 대꾸가 없었다. 보기스 씨는 빠르게 눈을 움직여 러민스, 버트, 클로드를 훑어보고, 다시 러민스에게로 눈길을 돌렸다. 그는 그들의 얼굴에 드러난 묘한 표정을 눈치챘다. 조롱과 도전, 그 중간의 어떤 것이었다. 비틀린 입꼬리에는 경멸이 걸려 있었고, 코 주위에는 냉소가 어른거리고 있었다.

"댁이 주인이신가요?"

보기스 씨는 전혀 기죽지 않고 러민스에게 말을 걸었다.

"무슨 일이오?"

"성가시게 해서 죄송합니다. 더군다나 일요일에 말입니다."

보기스 씨는 명함을 내밀었다. 러민스는 명함을 들더니 얼굴에 바짝 갖다댔다. 나머지 두 사람은 움직이지 않고, 명함 쪽을 향해 눈알만 굴렸다.

"그래, 무슨 일 때문에 온 거요?"

러민스가 물었다.

보기스 씨는 그날 아침 두번째로 희귀 가구 보존협회의 목적과 이상을 상당히 길게 설명했다.

"우리한테는 그런 거 없소. 시간 낭비요."

러민스가 설명을 다 듣고 나더니 그렇게 말했다.

"아, 잠깐만요."

보기스 씨는 손가락을 들어올리며 대꾸하고는 말을 이어나갔다.

"얼마 전에 저 아래 서식스의 늙은 농부도 나한테 바로 그 말을 합디다. 하지만 결국 집 구경을 시켜주었을 때 내가 뭘 찾아낸 줄 아십니까? 부엌 한쪽 구석에 놓인 지저분해 보이는 낡은 의자였습니다. 그런데 그게 알고 보니 4백 파운드의 가치가 있는 물건이었다 이겁니다! 나는 그분에게 그것을 파는 방법을 일러주었고, 그분은 그 돈으로 새 트랙터를 한 대 샀지요."

"도대체 무슨 이야기를 하는 거요?"

클로드가 대꾸하더니 덧붙였다.

"세상에 4백 파운드짜리 의자가 어디 있단 말이오?"

보기스 씨는 태도를 흩트리지 않고 말을 받았다.

"실례입니다만, 영국에는 그 두 배가 나가는 의자도 많습니다. 그런 것들이 다 어디 있는 줄 아십니까? 전국의 농장이나 오두막에 처박혀 있습니다. 그 주인은 그걸 받침대나 사다리로 사용하고 있지요. 징이 박힌 장화를 신고 그런 걸 딛고 올라가 찬장 꼭대기에 있는 잼 단지를 꺼내고 벽에 그림을 걸고 그래요. 내 말은 조금도 틀림없는 사실입니다."

러민스는 편치 않은 표정으로 몸의 무게중심을 다른 발로 옮겼다.

"그러니까 댁이 원하는 게 안에 들어가 방 한가운데 서서 둘러보는 것뿐이라는 말이오?"

"바로 그겁니다."

보기스 씨는 마침내 무엇이 문제인지 깨닫고 덧붙였다.

"찬장이나 식료품실 안을 들여다볼 생각은 조금도 없습니다. 가구를 보고 보물인지 아닌지 확인만 하면 됩니다. 그럼 우리 협회 잡지에 글을 쓸 수 있지요."

"댁의 속셈을 알겠군."

러민스는 작고 사악한 눈으로 보기스 씨를 뚫어져라 바라보며 말을 이었다.

"내 생각에는 댁이 직접 그런 물건을 사려는 것 같소. 그렇지 않고서야 뭐하러 이런 고생을 하며 돌아다니겠소?"

"아, 이런. 나한테 돈이 없는 게 아쉬울 따름이죠. 물론 아주 마음에 드는 것이 있고 내 돈으로 살 수 있는 것이기만 하다면야 나도 사겠다고 제안을 하고 싶습니다. 하지만 안타깝게도 그런 경우는 거의 없더군요."

"글쎄, 그저 둘러보기만 하겠다면야 안 될 게 뭐 있겠소."

그는 앞장서서 마당을 가로질러 농가 뒷문으로 갔다. 보기스 씨가 그 뒤를 따랐다. 러민스의 아들 버트, 개 두 마리와 클로드도 따라왔다. 그들은 부엌을 통과했다. 부엌의 유일한 가구는 소나무 탁자였다. 그 위에는 죽은 닭이 한 마리 놓여 있었다. 그들은 꽤 크고 몹시 더러운 거실로 들어섰다.

그곳에 물건이 있었다! 보기스 씨는 한눈에 알아보았다.

그는 발을 딱 멈추었다. 충격 때문에 작은 비명이 터져나왔다. 그는 그 자리에 적어도 5초, 10초, 아니 15초는 서 있었다. 믿을 수 없다는 표정으로 멍하니 앞만 보고 있었다. 눈앞에 보이는 것을 도저히 믿을 수가 없었다. 현실일 수가 없었다. 불가능한 일이었다! 그러나 그렇게 한참을 보자 점차 현실로 다가오기 시작했다. 물건은 그의 눈 바로 앞의 벽에 기대어 서 있었다. 집 자체만큼이나 견고한 현실이었다. 세상에 누가 이런 물건을 두고 실수를 할 수 있겠는가? 물론 하얗게 칠이 되어 있었지만, 그건 아무런 상관이 없었다. 어떤 바보가 해 놓은 웃기는 짓일 뿐이었다. 칠이야 쉽게 벗겨낼 수 있었다. 말도 안 돼! 저것 좀 봐! 그것도 이런 집에서!

순간 보기스 씨는 세 남자, 즉 러민스, 버트, 클로드가 난롯가에 모여 서서 그를 뚫어져라 살피는 것을 느꼈다. 그들은 보기스 씨가 발을 멈추고, 입을 떡 벌리고, 물끄러미 앞을 바라보는 모습을 지켜보고 있었다. 그의 얼굴이 붉어지는 것—아니, 어쩌면 하얘졌을지도 모르지—도 보았을 것이다. 어쨌든 그들은 염병할 일을 전부 망쳐버릴 만큼 많은 것을 보았다. 빨리 손을 써야 했다. 보기스 씨는 한 손으로 심장을 움켜쥐며 가장 가까운 곳에 있는 의자로 비틀비틀 다가가더니, 의자에 주저앉으며 숨을 헐떡거렸다.

"왜 그러쇼?"

클로드가 물었다.

"아무것도 아닙니다."

보기스 씨는 숨을 헐떡이며 말을 이었다.

"금방 괜찮아질 겁니다. 저기, 물 한잔만 주십시오. 심장에 좀 문제가 있어서요."

버트가 물을 가져다주더니, 옆에 그대로 서서 멍청한 표정으로 곁눈질을 해댔다.

"댁이 뭘 보고 있는 줄 알았소."

러민스가 말했다. 그의 개구리 같은 입이 옆으로 더 벌어져 교활한 웃음으로 바뀌자 부러진 이 몇 개의 밑동이 드러나 보였다.

"아니, 아닙니다."

보기스 씨가 대꾸하고는 말을 이었다.

"오, 이런, 아닙니다. 그냥 심장 때문에. 정말 미안합니다. 가끔 이러죠. 하지만 올 때처럼 금방 사라집니다. 조금만 있으면 괜찮아질 겁니다."

생각할 시간을 벌어야 해. 보기스 씨는 속으로 말했다. 무엇보다 중요한 점은, 지금 어떤 말을 더 하기 전에 완전히 냉정을 찾을 시간을 벌어야 한다는 것이었다. 부드럽게 나가자, 보기스. 무슨 일을 하든 차분하게 하자. 이 사람들은 무지할지는 몰라도 어리석지는 않아. 이 사람들은 의심이 많고, 절대 방심하지 않고, 언제나 교활해. 그런데 아까 그것이 정말로 현실이라면…… 아냐, 그럴 리 없어, 현실일 수가 없어……

보기스 씨는 고통을 가리려는 듯 한 손을 들어 두 눈을 가리고 있었다. 그는 아주 조심스럽게, 아무도 눈치 못 채게, 두 손가락을 살짝 벌려 그 사이로 내다보았다.

그것은 그대로 그 자리에 서 있었다. 이번에는 오랫동안 자세히 볼 수 있었다. 그래, 제대로 본 게 맞아! 이제는 의심의 여지가 없었다. 정말 믿을 수 없는 일이었다!

그가 보고 있는 것은 전문가라면 손에 넣기 위해 무슨 짓이라도 할 만한 가구였다. 문외한은 별생각 없이 지나칠 수도 있었다. 특히 지금처럼 더러운 흰 페인트로 덮여 있을 때는. 하지만 보기스 씨에게 이것은 고가구상의 꿈이었다. 보기스 씨는 유럽과 미국의 다른 모든 고가구상과 마찬가지로 현존하는 18세기 영국 가구 가운데 누구나 선망하는 가장 유명한 물건이 '치펀데일 장'이라고 알려진 가구 세 점이라는 것을 알고 있었다. 그는 이 장의 역사를 줄줄 외우고 있었다. 첫번째는 1920년에 모레턴 온 더 마시의 어떤 집에서 '발견'되어 같은 해에 소더비 경매에서 팔렸다. 나머지 둘은 1년 뒤에 같은 경매장에 나타났다. 둘 다 노포크의 레인햄 홀에서 나온 것이었다. 이 가구들은 모두 엄청난 가격에 팔렸다. 첫번째

와 두번째 가구의 정확한 가격은 기억나지 않았지만, 마지막 가구가 3,900기니(현재의 1.05파운드에 상당하는 영국의 옛 통화 단위—옮긴이)에 팔렸다는 사실은 분명하게 기억하고 있었다. 그것이 1921년의 일이었다! 지금 같으면 만 파운드는 틀림없었다. 이름은 정확히 기억나지 않는 어떤 사람이 최근에 이 장을 연구한 결과, 세 가구 모두 같은 작업장에서 나왔다는 사실이 증명되었다. 박편이 모두 같은 통나무에서 나왔고, 모두 똑같은 형판을 사용해 만들었기 때문이다. 어느 장에서도 청구서는 발견되지 않았지만, 전문가들은 이 세 개의 장을 토머스 치펀데일 자신이, 그 자신의 손으로, 그의 최전성기에 만들었다는 데 이의를 달지 않았다.

그런데 여기에, 여기에 네번째 치펀데일 장이 나타나다니! 보기스 씨는 손가락 틈으로 세심하게 살피면서 속으로 계속 중얼거리고 있었다. 그것을 내가 발견하다니! 나는 부자가 될 거야! 또 유명해질 거야! 세 개의 장은 고가구계에서 특별한 이름을 얻었다. 체슬턴 장, 제1레인햄 장, 제2레인햄 장. 이 장은 보기스 장으로 역사에 기록될 터였다! 내일 아침 런던에서 이 장을 보았을 때 그곳 친구들이 어떤 표정을 지을지 상상해보라! 웨스트엔드에서 거물로 꼽히는 프랭크 파트리지, 몰릿, 젯리 등등이 얼마나 큰 액수를 제시할지 상상해보라! 〈더 타임스〉에 사진이 실리고, 거기에 이런 기사가 따라붙을 것이다. "런던의 고가구상 시릴 보기스 씨가 최근에 발견한 훌륭한 치펀데일 장은……" 맙소사, 나의 이 발견으로 사람들이 얼마나 흥분할 것인가!

여기 이것은 제2레인햄 장과 거의 똑같아. 보기스 씨는 생각했다. (세 개의 장, 즉 체슬턴과 두 개의 레인햄은 아주 많은 부분에서 조금씩 달랐다.) 제2레인햄 장은 치펀데일의 감독 시기에 프랑스 로코코 스타일로 제작된 아주 당당하고 잘생긴 장이었다. 크고 듬직한 서랍장에는 세로로 홈이 패고 조각이 된 다리가 네 개 달려 있어, 장의 아랫부분은 바닥에서 30센티미터 정도 떨어져 있었다. 서랍은 모두 여섯 개였다. 가운데에 긴 서랍 두 개가 있고, 양쪽에 짧은 서랍이 각각 두 개씩 있었다. 뱀처럼 구불구불한 앞면은 위와 양옆과 아래에 훌륭한 장식이 붙어 있었으며, 각 서랍들 사이에도 수직의 장식이 달려 있었다. 꽃줄과 소용돌이와 꽃송이를 복잡하게 새겨놓은 장식이었다. 하얀 페인트 때문에 부분적으로 가려져 있기는 하지만 황동 손잡이 역시 훌륭해 보였다. 물론 상당히 '묵직한' 가구였지만 워낙 우아하고 고상한 디자인이라 그 묵직함이 전혀 불쾌하게 느껴지지 않았다.

"이젠 좀 괜찮소?"

누군가 말하는 소리가 들렸다.

"고맙습니다, 고마워요. 이제 많이 좋아졌습니다. 금방 사라지거든요. 아플 때마다 몇 분 쉬기만 하면 걱정할 것도 없다고 의사가 그러더군요. 이제 됐어요."

그는 천천히 일어서면서 말을 이었다.

"많이 좋아졌어요. 이제 괜찮아요."

보기스 씨는 약간 불안정한 걸음으로 방안을 돌아다니기 시작했다. 그는 한 번에 하나씩 가구를 살피면서 짧게 한마디씩 던졌다. 그러나 치펀데일 장을 제외하면 나머지는 형편없다는 것을 금방 알 수 있었다.

"좋은 떡갈나무 탁자로군요. 하지만 안타깝게도 오래되지 않아 큰 관심을 끌 것 같지는 않네요. 편안하고 좋은 의자들입니다만 너무 현대적이네요. 그래요, 너무 현대적이에요. 그리고 이 찬장은, 글쎄, 약간 매력적이기는 하지만, 그래도 값어치는 별로 없어요. 이 서랍장은……"

그는 태연하게 치펀데일 장 옆을 지나가면서 경멸감을 드러내듯 가볍게 손가락질을 해댔다.

"몇 파운드는 나가겠군요. 안됐지만 그 이상은 안 되겠어요. 안타깝게도 좀 조악한 복제품인 것 같네요. 빅토리아여왕 시대에 만들어진 것 같습니다만. 여기서 흰색으로 칠한 건가요?"

"그렇소. 버트가 칠했소."

"아주 잘하신 겁니다. 흰색을 칠하니 좀 나아 보이는군요."

"그건 아주 튼튼한 물건이오. 조각도 좀 되어 있고."

러민스가 말했다.

"기계로 새긴 거지요."

보기스 씨는 당당한 태도로 대꾸를 하고 나서 허리를 굽히더니 장인의 섬세한 솜씨를 살폈다. 그가 말을 이었다.

"멀리서도 한눈에 알아볼 수 있는 거지요. 그래도 나름대로 예쁘기는 하네요. 그 나름의 장점은 있습니다."

보기스 씨는 계속 걸어가려다가 발을 멈추고 천천히 몸을 돌렸다. 그는 손가락을 턱 끝에 대고 머리를 한쪽으로 기울이더니, 깊은 생각에 잠긴 것처럼 얼굴을 찌푸렸다.

"아, 그럴 수도 있겠네."

그는 별 관심 없다는 투로 말을 했기 때문에 말끝이 계속 흐려졌다.

"방금 생각이 났는데…… 나는 오래전부터 저렇게 생긴 다리를 갖고 싶었어요. 우리집에 좀 묘하게 생긴 탁자가 있거든요. 소파 앞에 놓는 낮은 탁자 말입니다. 커피 탁자 비슷한 거지요. 지난 미가엘 축일에 이사를 하는데 멍청한 일꾼들이 아주 끔찍하게 다리를 망가뜨렸지 뭡니까. 내가 무척 아끼는 탁자인데 말입니다. 늘 커다란 성경을 그 위에 올려놓죠. 설교에 필요한 메모도요."

그는 말을 끊고 손가락으로 턱을 쓰다듬었다.

"갑자기 생각이 난 건데, 저 서랍장 다리가 딱 맞을 것 같네요. 그래, 정말 괜찮을 것 같아. 잘라서 내 탁자에 붙이는 건 그리 어렵지 않을 것 같고."

보기스 씨는 주위를 둘러보다가, 세 남자가 꿈쩍도 않고 서 있는 것을 보았다. 그들은 의심하는 표정으로 보기스 씨를 바라보고 있었다. 세 쌍의 눈은 각기 다르기는 했지만, 불신의 표정이 담겨 있다는 점에서는 똑같았다. 러민스의 작은 돼지 같은 눈, 클로드의 크고 둔해 보이는 눈, 버트의 짝이 맞지 않는 두 눈. 버트의 한쪽 눈은 아주 야릇했는데, 몽롱하게 취한 듯 탁하고 색깔이 없었다. 접시 위의 생선 눈처럼 그 한가운데 작고 검은 점이 박혀 있었다.

보기스 씨는 웃음을 지으며 고개를 저었다.

"이런, 이런, 내가 대체 무슨 소리를 하고 있는 거야. 꼭 저 물건이 내 것인 양 이야기하고 있잖아. 정말 미안합니다."

"그러니까 저걸 사고 싶다는 거요?"

러민스가 물었다.

"글쎄요……"

보기스 씨는 장을 다시 흘끗 돌아보며 얼굴을 찌푸렸다. 그가 말을 이었다.

"잘 모르겠습니다. 그럴 수도 있지만…… 다시 보니…… 다시 생각해보니…… 아니야…… 너무 귀찮을 것 같군요.

그럴 가치가 없을 것 같습니다. 그냥 내버려두는 게 좋을 것 같네요."

"얼마를 줄 생각이오?"

러민스가 물었다.

"안됐습니다만 많지는 않습니다. 아시겠지만, 이건 진짜 골동품이 아니거든요. 그냥 복제품에 불과하지요."

"글쎄, 그건 잘 모르겠소."

러민스가 말을 받더니 덧붙였다.

"저건 여기 이십 년 이상 있던 물건이오. 그전에는 저 위의 장원 저택에 있던 거지. 늙은 지주가 죽었을 때 열린 경매에서 내가 직접 산 거요. 그러니 그게 새거라고 말하면 내가 믿겠소?"

"새거라고는 안 했습니다. 하지만 육십 년 이상 된 물건은 분명히 아니라는 거죠."

"아니, 그 이상 된 거요. 버트, 전에 서랍 안쪽에서 네가 찾아낸 종잇조각이 어디 있지? 그 낡은 청구서 말이다."

젊은이는 멍한 표정으로 아버지를 보았다.

보기스 씨는 입을 벌렸다가, 다행히도 아무런 소리도 내지 않고 얼른 도로 닫을 수 있었다. 흥분으로 몸이 떨리기 시작했다. 그는 마음을 진정시키기 위해 창문으로 다가가 마당에 흩어진 낟알을 쪼고 있는 통통한 갈색 암탉을 물끄러미 바라보았다.

"저 서랍 안쪽 토끼 덫 밑에 있었는데."

러민스가 말하고 있었다.

"가서 그걸 가져다가 목사님한테 보여드려라."

버트가 장을 향해 나아가자 보기스 씨는 다시 몸을 돌렸다. 지켜보지 않을 수 없었다. 보기스 씨는 버트가 가운데 큰 서랍을 여는 것을 보았다. 서랍은 부드럽게 미끄러지며 열렸다. 아름답다는 느낌이 들 정도였다. 그는 버트의 손이 안으로 들어가 수많은 철사와 줄 사이를 뒤지는 것을 보았다.

"이것 말인가요?"

버트는 노랗게 변색된 접은 종이를 한 장 꺼내 아버지에게 갖다주었다. 러민스는 종이를 펼치더니 얼굴 가까이 들어올렸다.

"이 글까지 그렇게 오래된 건 아니라고는 말 못하지."

러민스가 말하며 서류를 보기스 씨에게 내밀었다. 종이를 받아 드는 보기스 씨의 팔 전체가 떨리고 있었다. 종이는 곧 바스러질 것 같았으며, 실제로 손가락들 사이에서 바스락거리는 소리를 냈다. 종이에는 한쪽으로 기운 길쭉한 동판 인쇄체로 글이 적혀 있었다.

에드워드 몬터규 귀하

커다란 마호가니 장…… 87파운드

매우 훌륭한 목재로 만들었음.

아주 풍부하게 조각을 했음.

옆으로 벌어진 다리를 달았음.

중간에는 아주 단정한 모양을 갖춘 긴 서랍 두 개가 있음.

양옆에도 서랍이 두 개씩 있음.

풍부하게 돋을새김을 한 황동 손잡이와 장식이 달려 있음.

전체적으로 매우 고상하게 마무리가 되었음.

토머스 치펀데일

보기스 씨는 바짝 긴장하여 흥분을 억제하느라 안간힘을 쓰고 있었다. 사실 흥분 때문에 속이 빙빙 돌아 어지러워 미칠 지경이었다. 오, 이럴 수가. 이렇게 놀라운 일이 벌어질 수가! 청구서가 있으면 물건의 가치는 훨씬 더 높아진다. 청구서가 있으니 이 물건은 얼마나 받게 될까? 1만 2천 파운드? 1만 4천? 어쩌면 1만 5천, 아니 20만? 누가 알겠는가?

"오, 이런 일이!"

보기스 씨는 우습다는 듯이 종이를 탁자에 툭 던져놓으며 조용히 말했다.

"내가 말한 대로 아닙니까. 빅토리아여왕 시대 복제품이지요. 이건 그저 판매자, 그러니까 자기가 직접 물건을 만들고 나서 골동품으로 속여넘긴 판매자가 고객에게 보낸 청구서에 지나지 않습니다. 이런 건 많이 봤어요. 여기 보면 이걸 자기가 직접 만들었다는 말이 안 들어 있지요? 그렇게 하면 속일 수가 없으니까 못한 겁니다."

"목사님이 뭐라 하건, 그건 분명히 오래된 서류요."

러민스가 말했다.

"물론 그렇죠. 빅토리아여왕 시대 거라니까요. 빅토리아여왕 시대 말기. 1890년쯤. 그러니까 6, 70년 된 거네요. 이런 건 수도 없이 봤습니다. 그 무렵 소목장이들은 한 세기 전의 걸작품들을 모조하느라 여념이 없었지요."

"이보시오, 목사님."

러민스는 그 뭉툭하고 더러운 손가락으로 보기스 씨를 가리키며 말을 이었다.

"내가 뭐 목사님이 이런 가구 일에 대해 아무것도 모른다는 이야기를 하려는 건 아니오. 내가 말하고 싶은 건 이거요. 어떻게 저 페인트 밑의 원래 모습을 보지도 않고 이게 모조품이라고 그렇게 자신할 수 있느냐는 거요."

"이리 와보십시오."

보기스 씨가 움직이며 말을 이었다.

"이쪽으로 와보십시오. 내가 보여드리지요."

그는 장 옆에 서서 사람들이 모이기를 기다렸다가 물었다.

"혹시 칼 있습니까?"

클로드는 뿔 손잡이가 달린 휴대용 칼을 꺼냈다. 보기스 씨는 칼을 잡더니 가장 작은 날을 펼쳤다. 그는 대충, 그러나 사실은 아주 세심하게, 장의 꼭대기에서 하얀 페인트를 조금씩 벗겨내기 시작했다. 페인트는 밑의 오래되고 단단한 광택제로부터 깨끗하게 떨어져나왔다. 보기스 씨는 20제곱센티미터 정도 벗겨내고 나자 뒤로 물러서며 말했다.

"자, 보세요!"

아름다웠다. 아주 조금 드러난 것이기는 했지만, 그 따뜻한 마호가니는 황옥처럼 빛을 발하고 있었다. 2백 년 묵은 진짜 색깔은 짙고 풍부했다.

"저게 뭐가 문제란 말이오?"

러민스가 물었다.

"저건 가공 처리된 겁니다! 누구나 알 수 있는 거지요!"

"그걸 어떻게 알 수 있소? 말해보쇼."

"음, 솔직히 설명하기 약간 까다롭기는 합니다. 주로 경험에 의존해 판단해야 하니까요. 내 경험에 근거하여 말하건대, 이 나무는 석회로 가공 처리된 것이 틀림없습니다. 마호가니에는 석회를 사용했죠. 저 오래된 듯한 진한 색깔을 내기 위해서 말입니다. 떡갈나무에는 잿물을 사용했고, 호두나무에는 질산을 사용했습니다. 그런데 마호가니에는 늘 석회를 사용했지요."

세 남자는 나무를 자세히 보기 위해 좀더 바짝 다가왔다. 이제 관심이 생기는지 약간 상기된 표정들이었다. 사실 새로운 형태의 사기나 속임수 이야기를 듣는 것은 늘 흥미 있는 일이었다.

"결을 잘 보세요. 짙은 적갈색 사이에 희미하지만 오렌지색이 보이지요? 그게 바로 석회의 흔적입니다."

그들은 몸을 앞으로 기울여 코를 나무에 바짝 갖다댔다. 먼저 러민스, 그다음에 클로드, 그다음에 버트.

"그리고 녹청(綠青)이 있습니다."

"뭐요?"

그는 고가구에서 녹청이라는 말이 가지는 의미를 설명해 주었다.

"여러분은 이 악당들이 진짜 녹청의 그 단단하고 아름다운 청동빛을 흉내내기 위해 얼마나 수고를 했는지 모르실 겁니다. 끔찍합니다. 정말 끔찍해요. 말하는 것만으로도 역겨울 정도입니다!"

보기스 씨는 말 한마디 한마디를 혀끝에서 강하게 뱉어내면서 신물이 난다는 듯 얼굴을 찌푸려 극도의 혐오감을 드러내고 있었다. 남자들은 그의 입에서 더 많은 비밀이 폭로되기를 기다렸다.

"순진한 사람들을 속이기 위해 그런 인간들이 얼마나 시간과 수고를 쏟아붓는지 아십니까!"

보기스 씨는 소리를 지르더니 말을 이었다.

"정말로 역겨운 일이지요! 그자들이 이 물건을 가지고 어떻게 했는지 아십니까? 내 눈에는 분명하게 보입니다. 그자들이 하는 짓이 눈앞에 보이는 듯해요. 아마 기름으로 나무를 문지르고, 교묘하게 색깔을 섞은 프랑스 광택제를 칠하고, 속돌과 기름으로 닦고, 흙과 먼지가 들어간 왁스를 칠하고, 마지막으로 2백 년 묵은 것처럼 보이게 하기 위해 열처리를 해 광택제에 금이 가게 하고! 길고 복잡한 의식을 거행하는 것과 같지요. 그 파렴치한 짓을 생각하니 속이 뒤집힙니다!"

세 남자는 계속 하얀 칠 밑에 드러난 짙은 색 나무를 뚫어져라 들여다보고 있었다.

"만져보세요!"

보기스 씨가 소리를 지르고 있었다.

"손을 대봐요! 자, 느낌이 어떤가요? 따뜻해요, 차가워요?"

"차가운데."

러민스가 말했다.

"바로 그겁니다! 가짜 녹청은 손을 대면 늘 차갑지요. 진짜 녹청은 이상하게도 따뜻한 느낌이 드는데 말입니다."

"이건 정상 같은데."

러민스는 논쟁을 할 태세였다.

"아니지요, 차가운 거지요. 물론 정확한 판단을 내리려면 숙련되고 예민한 손끝이 필요합니다. 내가 여러분이 수확한 보리의 품질을 제대로 평가할 수 없듯이, 여러분도 이것을 제대로 평가하기는 힘듭니다. 인생의 모든 것이 다 경험이지요."

남자들은 툭 튀어나온 눈으로 이 달덩이 같은 얼굴의 묘한 성직자를 물끄러미 바라보았다. 그가 가구에 대해 좀 아는 것 같았기 때문에 아까처럼 의심하는 표정은 아니었다. 그러나 그를 믿기까지는 아직 갈 길이 멀었다.

보기스 씨는 허리를 굽히고 장의 금속 손잡이 가운데 하나를 가리켰다.

"이것 역시 모조품을 만드는 사람들이 공을 들이는 부분이지요. 오래된 황동은 보통 그 나름의 색깔과 특색이 있습니다. 그걸 아세요?"

남자들은 더 많은 비밀이 흘러나오기를 바라면서 물끄러미 그를 바라보았다.

"하지만 문제는 사람들이 진짜와 방불한 물건을 만들어내는 데 고도로 숙련된 솜씨를 발휘하게 되었다는 겁니다. 사실 이 경우에는 '진짜 골동품'과 '가짜 골동품'의 차이를 알아내는 것이 거의 불가능합니다. 솔직히 이 부분은 나도 추측에 의존할 수밖에 없어요. 따라서 이 손잡이에서는 칠을 벗겨내는 것이 아무런 의미가 없습니다. 그런다고 해서 더 알아낼 수 있는 게 없으니까요."

"도대체 어떻게 새 황동을 오래된 것처럼 보이게 한단 말이오? 황동은 녹이 슬지 않잖소."

클로드가 물었다.

"맞습니다. 하지만 이 악당들에게는 그들 나름의 비법이 있습니다."

"그게 어떤 거요?"

클로드가 물었다. 클로드가 보기에 이런 정보는 매우 귀중한 것이었다. 언제 써먹게 될지 모르는 일이었기 때문이다.

"염화암모늄을 적신 마호가니 톱밥이 든 상자에 이 손잡이들을 하룻밤만 넣어두면 됩니다. 염화암모늄은 황동을 녹색으로 바꾸지요. 그리고 그 녹색을 문질러 벗겨내면 그 밑에 훌륭하고 부드러운, 은빛의 따뜻한 광택이 드러납니다. 그 광택은 아주 오래된 황동의 광택과 똑같지요. 아, 그자들이 하는 짓은 정말 추저분합니다! 쇠는 또다른 기술을 이용하지요."

"쇠는 어떻게 하는데?"

클로드가 매혹된 표정으로 물었다.

"쇠는 쉽습니다. 쇠로 만든 자물쇠, 판, 경첩은 보통 소금에 묻어두지요. 그러면 완전히 녹이 스는데, 그것을 곧바로 곰보로 만들지요."

"알겠소."

러민스가 말을 이었다.

"따라서 손잡이는 알 수 없다는 사실을 인정한 셈이로군. 그 손잡이는 수백 년 묵은 것일 수도 있다는 얘기야. 안 그렇소?"

"아."

보기스 씨는 툭 튀어나온 커다란 두 눈으로 러민스를 뚫어져라 바라보며 작은 소리로 말을 이었다.

"그건 잘못 생각하시는 겁니다. 여기를 보시지요."

보기스 씨는 상의 호주머니에서 작은 드라이버를 꺼냈다. 동시에, 아무도 보지는 못했지만, 작은 황동 나사도 꺼내어 손바닥 안에 잘 감추었다. 이어 장의 나사—손잡이마다 네 개씩 박혀 있었다—가운데 하나를 골라 그 머리에서 하얀 칠을 조심스럽게 긁어내기 시작했다. 다 긁어내자 드라이버로 천천히 나사를 빼내기 시작했다.

보기스 씨가 말을 이어나갔다.

"만일 이것이 진짜 오래된 18세기 황동 나사라면 나선이 약간 고르지 못할 것이고, 그것을 일일이 줄로 갈아서 만들었다는 것을 쉽게 알 수 있을 겁니다. 하지만 이 황동이 비교적 최근에, 즉 빅토리아여왕 시대나 그 이후에 만들어진 것이라면, 나사 역시 똑같은 시기에 만들어졌을 겁니다. 그렇다면 기계로 대량 생산한 물건이겠지요. 기계로 만든 나사는 누구라도 금방 알아볼 수 있습니다. 자, 어디 봅시다."

두 손으로 오래된 나사를 덮으며 빼낸 다음 손바닥에 감추어진 새 나사로 바꿔치는 것은 어려운 일이 아니었다. 이 역시 보기스 씨의 잔재주 가운데 하나로, 오랜 세월에 걸쳐 짭짤한 이익을 안겨주었다. 그의 성직자복 상의 주머니에는 늘 다양한 크기의 싸구려 황동 나사들이 잔뜩 들어 있었다.

"여기 있습니다."

보기스 씨는 손바닥에 감추고 있던 나사를 러민스에게 건네며 말을 이었다.

"잘 보십시오. 나선이 아주 균일하지요? 보입니까? 물론 보이겠지요. 이건 지금 전국의 어느 철물점에서나 살 수 있는 그런 흔해빠진 싸구려 나사에 불과합니다."

나사는 세 남자의 손에서 손으로 건너갔다. 남자들은 나사를 꼼꼼하게 살폈다. 이제 러민스마저 마음이 흔들리는 눈치였다.

보기스 씨는 장에서 빼낸, 손으로 깎은 훌륭한 나사와 함께

드라이버를 주머니에 도로 집어넣었다. 이어 그는 몸을 돌리더니 세 남자를 천천히 지나 문 쪽을 향해 걸어갔다.

그는 부엌 입구에서 발을 멈추고 말했다.

"집안 구경을 시켜주셔서 정말 감사합니다. 정말 마음 좋은 분들이십니다. 이 늙은이가 심한 폐나 안 끼쳤는지 모르겠습니다."

러민스는 나사를 살피다가 고개를 들었다.

"얼마를 내겠다는 얘기를 안 했잖소."

"아, 그렇군요. 그 얘기를 안 했네요. 자, 솔직히 말씀드리자면 좀 성가시네요. 그냥 놔두는 게 좋겠습니다."

"얼마를 내겠소?"

"그러니까 정말 저 물건을 내놓겠다는 말씀입니까?"

"내놓고 싶다는 이야기를 하지는 않았소. 얼마를 내겠냐고 물어봤을 뿐이오."

보기스 씨는 장을 건너다보더니, 머리를 한쪽으로 기울였다가 이윽고 다른 쪽으로 기울였다. 얼굴을 찌푸리고, 입술을 쑥 내밀고, 어깨를 으쓱했다. 그러더니 약간 경멸하는 듯한 태도로 손을 내저었다. 생각해볼 가치도 없는 물건이라는 투였다.

"어, 보자…… 10파운드. 그거면 적당할 것 같은데요."

"10파운드!"

러민스가 소리를 지르더니 덧붙였다.

"제발 말도 안 되는 소리 하지 마시오, 목사님!"

클로드가 역겹다는 표정으로 내뱉었다.

"땔감으로 내놔도 그보다는 더 받겠네!"

"여기 이 청구서를 보쇼!"

러민스가 더러운 손가락으로 그 귀중한 문서를 거칠게 찔러대는 바람에 보기스 씨는 소스라치게 놀랐다. 러민스가 말을 이었다.

"여기 가격이 정확하게 나와 있소! 87파운드요! 이게 새거였을 때 그랬다는 거요. 이제 골동품이 되었으니 두 배는 될 거요!"

"실례입니다만, 그게 그렇지가 않습니다. 이건 중고 복제품입니다. 하지만 이렇게 하시죠. 가끔 나도 이렇게 무모해질 때가 있습니다. 잘 고쳐지지가 않네요. 자, 15파운드를 드리겠습니다. 그럼 어떻습니까?"

"50을 내시오."

러민스가 말했다.

바늘로 찌르는 것 같은 달콤한 전율이 보기스 씨의 다리 뒤쪽을 타고 내려가 발바닥까지 이르렀다. 이제 그의 것이 되었다. 장은 그의 것이었다. 의문의 여지가 없었다. 그러나 오랜 세월의 필요와 생활에 의해 얻은 습관, 즉 싸게, 가능한 한 최대한 싸게 사는 버릇이 강하게 뿌리를 내리고 있어 보기스 씨는 쉽게 물러설 수가 없었다.

보기스 씨는 작은 소리로 소곤거렸다.

"나한테는 다리만 필요합니다. 서랍은 나중에 다른 쓸모가 있을지도 모르지요. 하지만 나머지는 나한테 시체에 불과합니다. 친구분이 정확하게 말씀하셨듯이 땔감에 불과합니다."

"35로 합시다."

러민스가 말했다.

"안 됩니다. 안 돼요! 그만한 가치가 없습니다. 게다가 값을 가지고 이렇게 옥신각신하는 건 제 성미에 맞지 않는 일이기도 합니다. 이러면 안 되는 거지요. 마지막으로 제안을 하고, 안 되면 그냥 가겠습니다. 20파운드."

"받겠소."

러민스가 소리를 지르고는 덧붙였다.

"가져가시오."

"이런."

보기스 씨가 두 손을 맞잡으며 말을 이었다.

"또 이렇게 되어버렸군요. 애초에 시작을 하지 말았어야 하는 건데."

"이제 와서 무를 수는 없소, 목사님. 거래는 거래요."

"네, 네, 압니다."

"이걸 어떻게 가져갈 생각이오?"

"그래, 어디 보자. 내가 차를 마당에 갖다 대면, 여러분이 싣는 걸 좀 도와주시겠습니까?"

"차? 이건 차에 절대 들어가지 않아! 이걸 실어 가려면 트럭이 필요할 거요!"

"들어갈 겁니다. 어쨌든 한번 해봅시다. 내 차는 저쪽 길에 세워뒀습니다. 금방 가져오겠습니다. 어떻게 실을 수 있을 겁니다. 틀림없습니다."

보기스 씨는 마당으로 나가 문을 통과하여 길고 좁은 길을 따라 내려갔다. 밭을 가로질러 도로로 통하는 길이었다. 터져 나오는 웃음을 도저히 참을 수가 없었다. 뱃속에서 아주 작은 거품이 수도 없이 보글거리며 솟아올라 머릿속에서 즐겁게 터지는 기분이었다. 갑자기 들판의 미나리아재비들이 금화로 바뀌더니 햇빛을 받아 반짝거리기 시작했다. 땅에 금화가 널려 있었다. 그는 길에서 벗어나 풀밭을 걷기 시작했다. 금화 사이를, 금화 위를 걸으며, 금화가 발에 차일 때 나는 짤랑거리는 소리를 듣고 싶었기 때문이다. 그는 달리고 싶어 견딜 수가 없었다. 그러나 성직자는 뛰는 법이 없었다. 그들은 천천히 걸어다녔다. 천천히 걸어라, 보기스. 냉정을 유지해라, 보기스. 서둘 것 없다. 장은 네 것이다! 20파운드에 네 것이 되었다. 실제 가치는 1만 5천, 아니 2만이 될지도 모르는

데! 보기스 장! 이제 10분 뒤면 네 차에 실릴 것이다. 쉽게 들어갈 것이다. 런던까지 노래를 하며 차를 몰고 가게 될 것이다! 보기스 차에 보기스 장을 싣고 집으로 가는 보기스 씨. 역사적 사건이다. 신문기자라면 사진을 찍고 싶어 안달이 날 텐데! 내가 주선을 해줄까? 그래야 할지도 몰라. 천천히 생각해보자. 오, 화려한 날! 오, 아름답고 화창한 여름날! 오, 영광이여!

농장에서는 러민스가 말하고 있었다.

"그 늙은 놈이 이따위 쓰레기 덩어리에 20파운드나 주겠다고 하다니."

"아주 잘하신 겁니다, 러민스 씨."

클로드가 대꾸하더니 덧붙였다.

"그 작자가 돈을 주기는 줄까요?"

"돈을 주기 전에는 차에 싣지 말아야지."

"차에 안 들어가면 어쩌죠?"

클로드가 묻고는 말을 이었다.

"내 생각이 뭔지 아십니까, 러민스 씨? 내 솔직한 생각을 알고 싶으세요? 이 염병할 놈의 것은 너무 커서 차 안에 들어가지 않을 거다, 이겁니다. 그럼 어떻게 되겠어요? 그 작자는 집어치우라고 하고 그냥 떠나버릴 것이고, 그럼 러민스 씨는 영영 그 작자 얼굴을 보지 못하겠죠. 물론 돈도 구경도 못하고요. 아까 보니, 뭐 이걸 꼭 갖고 싶어하는 것 같지도 않던데 말입니다."

러민스는 잠시 동작을 멈추고 이 새롭고 조금 염려스러운 가능성을 생각해보았다.

"이런 게 어떻게 차 안에 들어가겠어요?"

클로드는 내친김에 계속 밀고 나갔다.

"목사는 큰 차를 갖고 다니는 법이 없습니다. 큰 차 타고 다니는 목사 봤습니까, 러민스 씨?"

"봤다고 할 수 없지."

"것 봐요! 그러니까 내 말을 들어보세요. 이렇게 하는 겁니다. 그 작자가 원하는 건 다리뿐이라고 했죠, 그렇죠? 맞죠? 그러니까 그 작자가 돌아오기 전에 이 자리에서 얼른 다리만 잘라내자 이겁니다. 다리만이면 틀림없이 차에 들어갈 테니까. 그 작자가 집에 가서 직접 다리를 잘라내는 수고를 덜어주자 이거죠. 어때요, 러민스 씨?"

클로드의 넓적하고 둔감한 얼굴에서 느글거리는 자부심이 빛을 발하고 있었다.

"별로 나쁜 생각 같지 않은데."

러민스가 장을 보며 말을 이었다.

"그래, 그거 염병할 좋은 생각이네. 그럼 어서들 와봐, 서둘러야 해. 자네가 버트하고 이걸 마당으로 들고 나가게. 내가 톱을 가져올게. 우선 장을 밖으로 내가."

몇 분이 안 되어 클로드와 버트는 장을 밖으로 내가 마당의 닭똥과 소똥과 진흙 사이에 뒤집어놓았다. 멀리 검고 작은 형체가 차도로 통하는 좁은 길을 걸어가는 모습이 보였다. 벌써 밭을 반쯤 가로질렀다. 그들은 동작을 멈추고 지켜보았다. 그 형체의 움직임에는 왠지 익살맞은 데가 있었다. 그 형체는 자주 종종걸음을 쳤으며, 그러다가 한 발로 껑충 뛰어오르기도 했다. 한번은 쾌활한 노래가 들판을 가로질러 그들이 있는 곳까지 희미하게 물결쳐 오는 것 같기도 했다.

"저런 얼간이."

클로드가 말했다. 버트가 음울한 표정으로 싱긋 웃으며 안개가 낀 듯한 눈알을 천천히 굴렸다.

러민스가 헛간에서 어기적어기적 걸어나왔다. 땅딸막한 모습이 꼭 개구리 같았다. 손에는 긴 톱을 들고 있었다. 클로드는 그에게서 톱을 받아들고 작업을 시작했다.

러민스가 말했다.

"바짝 잘라. 다른 탁자에 쓸 거라는 걸 잊지 마."

바싹 마른 마호가니는 단단했다. 클로드가 톱질을 하자 불그스름한 가는 톱밥이 공중으로 튀어올랐다가 땅에 부드럽게 내려앉았다. 다리는 하나씩 잘려나갔다. 모두 자르자 버트가 허리를 굽히고 다리를 정성껏 한 줄로 늘어놓았다.

클로드는 뒤로 물러나 자신이 행한 노동의 결과를 살펴보았다. 꽤 오랫동안 정적이 흘렀다.

클로드가 입을 열더니 천천히 말했다.

"한 가지 질문이 있는데요, 러민스 씨. 이렇게 잘라놓았지만, 그래도 이 엄청난 게 차 뒷자리에 들어갈까요?"

"밴이 아니면 어림없지."

"맞아요!"

클로드가 소리치더니 말을 이었다.

"하지만 목사들은 밴이 없잖아요. 목사들이 보통 끌고 다니는 건 쪼그맣고 볼품없는 모리스 에이트나 오스틴 세븐이잖아요."

"목사는 다리만 필요하다고 했잖아. 나머지가 안 들어가면 그냥 두고 가라지 뭐. 목사도 불만 없을 거야. 다리는 가져갈 수 있으니까."

"그렇게만 생각하면 안 되죠, 러민스 씨."

클로드가 참을성 있게 말을 이어나갔다.

"이게 몽땅 차에 들어가지 않으면 그 작자가 값을 후려치기 시작할 거라는 걸 잘 아시면서 그래요. 목사란 족속은 돈 문제만 나오면 끝도 없이 교활해지지 않습니까. 그 점을 잘못 생각하시면 안 되죠. 특히 그 늙은이는 더 그럴 겁니다. 그러니까 지금 아예 땔감을 만들어주고 끝내버리자는 겁니다. 도끼는 어디에 뒀습니까?"

"그럼 두말 못할 것 같기는 하군. 버트, 가서 도끼 가져와라."

버트는 헛간으로 가더니 나무꾼들이 쓰는 긴 도끼를 가져다 클로드에게 주었다. 클로드는 손바닥에 침을 뱉더니 썩썩 비볐다. 이어 도낏자루를 길게 잡고 높이 휘두르며 다리가 사라진 장의 시체를 사납게 공략하기 시작했다.

힘든 일이었다. 몇 분이 지나서야 장을 어느 정도 박살낼 수 있었다.

"한 가지만 말씀드리죠."

클로드는 허리를 펴고 이마의 땀을 닦으며 말을 이었다.

"이걸 만든 사람은 염병할 괜찮은 목수였다는 겁니다. 아까 그 목사가 뭐라고 떠들었든 간에 말입니다."

"시간 딱 맞췄군그래!"

러민스가 큰소리로 말하더니 덧붙였다.

"마침 저기 오네!"

손님

The Visitor

얼마 전 철도 배달국에서 문간에 커다란 나무상자를 놓고 갔다. 아주 튼튼하게 잘 짜인 상자였다. 짙은 붉은색의 단단한 목재는 마호가니 비슷해 보였다. 나는 상자를 간신히 정원 탁자에 올려놓고 주의깊게 살펴보았다. 한쪽 면에 찍힌 스텐실을 보니 웨이벌리스타호가 하이파에서 실어온 것이었다. 그러나 보낸 사람의 이름이나 주소는 보이지 않았다. 하이파나 그 근처에 사는 친지 가운데 나에게 멋진 선물을 보낼 만한 사람이 누구일까? 아무도 떠오르지 않았다. 나는 생각에 잠겨 천천히 연장 창고로 걸어갔다. 잠시 후 망치와 스크루드라이버를 가지고 돌아와, 살며시 상자의 윗덮개를 열기 시작했다.

안에는 책이 가득했다! 모두 특별한 책이었다! 나는 책을 한 권씩 꺼내(아직 안은 살펴보지 않았다), 탁자 위에 세 더미로 높이 쌓아올렸다. 모두 스물여덟 권이었다. 정말 아름다웠다. 모두 짙은 녹색 모로코 가죽으로 훌륭하게 장정이 되었으며, 책등에는 O.H.C.라는 머리글자와 더불어 로마 숫자(I부터 XXVIII까지)가 금박으로 찍혀 있었다.

가장 가까이에 있는 XVI권을 집어 펼쳐보았다. 줄이 쳐지지 않은 하얀 종이에 검은 잉크로 쓴 단정하고 작은 글자들이 빼곡히 들어차 있었다. 속표지에는 '1934'라고만 적혀 있었다. 다른 것은 전혀 없었다. 또 한 권, 이번에는 XXI이라고 찍혀 있는 책을 뽑아들었다. 똑같은 필체로 글이 빽빽하게 적혀 있었다. 이 책의 속표지에는 '1939'라고 적혀 있었다. 나는 책을 내려놓고 서문이나 저자의 이름 같은 것이 적혀 있기를 기대하면서 I권을 뽑아들었다. 그러나 표지를 넘기니 이름이나 서문 대신 봉투가 하나 들어 있었다. 봉투의 수신인은 나였다. 나는 안에 든 편지를 꺼내 얼른 서명부터 보았다.

'오스왈드 헨드릭스 코넬리어스.'

오스왈드 숙부였군!

오스왈드 숙부하고는 소식이 끊어진 지 벌써 30년이 넘었다. 편지에 적힌 날짜는 1964년 3월 10일이었다. 이 편지가 도착하기 전에 집안사람들은 그저 그가 살아 있으려니 짐작만 하고 있었다. 사실 오스왈드 숙부에 대해서는 프랑스에 살았다는 것, 여행을 많이 했다는 것, 부유한 독신자로서 고약하지만 화려한 습관을 자랑하며 살면서 친척들과는 교류를 하지 않으려 했다는 것 외에 알려진 사실이 거의 없었다. 나머지는 소문이나 풍문일 뿐이었다. 그러나 소문이 아주 근사하고 풍문은 매우 이국적이어서 오스왈드는 오래전에 우리 모두에게 빛나는 영웅이자 살아 있는 전설이 되었다.

편지는 이런 내용이었다.

> 피를 나눈 친척들 가운데 지금 살아 있는 사람으로는 너와 네 세 누이가 나와 제일 가까운 것 같구나. 따라서 너희가 나의 적법한 상속자들이다. 나는 유언장을 남기지 않을 것이기 때문에, 내가 죽은 뒤에 남기는 것은 모두 너희 소유가 되겠지. 그러나 안타깝게도 남겨줄 것이 없구나. 전에는 꽤 많았지만, 최근에 모두 내 나름의 방식—너희들이 상관할 바는 아니다—으로 처분해버렸다. 그나마 내 일기는 보낼 수 있어 위안이 되는구나. 내 생각에 이 일기는 우리 집안에서 보관해야 할 것 같다. 내 인생의 가장 좋은 시절의 기록이니 한번 읽어보아도 해가 되지는 않을 것이다. 그러나 이것을 낯선 사람에게 보여주거나 빌려주면 너는 큰 위험에 처하게 될 거다. 만일 이것을 출판한다면, 아마 그것으로 인해 너와 출판사는 끝장이 날 것이다. 내가 일기에서 언급

한 여자 수천 명 가운데 반은 아직 살아 있기 때문이다. 네가 만일 어리석게도 그 여자들의 백합처럼 하얀 평판에 주홍색 잉크를 튀긴다면, 그 여자들은 아마 딱 2초 만에 네 머리를 쟁반에 담아 오븐에 넣고 구워버릴 것이다. 따라서 조심하는 게 좋을 거다. 지금까지 나는 너를 한 번밖에 만나지 못했다. 오래전인 1921년, 네 가족이 사우스웨일스의 그 크고 추한 집에 살 때의 일이다. 나는 너의 큰 숙부이고 너는 다섯 살 정도밖에 안 된 작은 아이였지. 아마 너는 당시 너희 집에 있던 젊은 노르웨이인 보모를 기억 못할 것이다. 그 여자는 아주 단정하고 몸매가 훌륭했지. 우스꽝스럽게 생긴 풀 먹인 하얀 가리개가 그녀의 사랑스러운 가슴을 가리고 있었지만, 그런 제복도 그 아름다운 몸매를 다 감추지는 못했다. 내가 너희 집에 머물던 오후에 그 여자는 너를 데리고 블루벨을 꺾으러 숲으로 산책을 나갔다. 내가 함께 가도 괜찮겠냐고 물었지. 숲 한가운데로 들어갔을 때, 나는 너한테 혼자 길을 찾아 집으로 돌아가면 초콜릿을 주겠다고 했다. 너는 혼자서도 집을 잘 찾아갔더구나(III권을 봐라). 너는 그 정도로 분별력이 있는 아이였지. 안녕히.

—오스왈드 헨드릭스 코넬리어스

갑자기 일기가 도착하자 집안사람들은 무척 흥분했다. 모두들 다투어 그 일기를 읽고 싶어했다. 결국 누구도 실망하지 않았다. 놀라운 물건이었다. 활기차고, 재치가 넘치고, 흥미진진했다. 감동적인 순간도 많았다. 이 사람의 활력은 믿을 수가 없을 정도였다. 그는 늘 이 도시에서 저 도시로, 이 나라에서 저 나라로, 이 여자에게서 저 여자로 움직였다. 한 여자에게서 다음 여자로 옮겨가는 사이에 카시미르에서 거미를 찾기도 하고 난징에서 청자를 추적하기도 했다. 그러나 언제나 여자가 먼저였다. 어디를 가나 그가 지나간 곳에는 여자들이 끝도 없이 꼬리를 물고 늘어서 있었다. 혼이 빠져 정신을 못 차리는 여자들. 그러나 만족스러워 고양이처럼 가르랑거리는 여자들.

권당 정확히 3백 페이지씩 스물여덟 권의 책을 읽는 데는 꽤 많은 노력이 들어갔다. 그러나 그렇게 방대한 양을 쓰면서도 독자가 한눈을 팔지 못하게 하는 재능 있는 작가는 드물 것이다. 오스왈드는 그런 작가였다. 이야기는 결코 맛을 잃지 않았다. 긴장은 결코 느슨해지지 않았다. 한 편의 일기는 길든 짧든 또 주제가 무엇이든, 거의 예외 없이 그 자체로 완결된 한 편의 놀라운 이야기였다. 그 책을 다 읽고 나면, 마지막 권의 마지막 페이지까지 읽고 나면, 그 매력에 푹 빠져 이것이 우리 시대의 중요한 자서전이 될 수밖에 없다는 생각을 하게 마련이었다.

만일 이것을 한 남자의 사랑의 모험을 기록한 책으로만 본다면 이 작품에 비길 것은 없었다. 이 일기와 비교하면 카사노바의 『회고록』은 기독교 잡지 같았으며, 또 오스왈드에 비하면 카사노바도 성적 능력이 한 수 아래로 여겨졌다.

일기에는 페이지마다 사교계를 박살내버릴 폭탄이 들어 있었다. 거기까지는 오스왈드의 말이 옳았다. 그러나 여자들한테서만 반응이 올 거라는 생각은 분명히 잘못이었다. 여자의 남편들, 모욕을 당하고 오쟁이를 진 남자들은 어쩐단 말인가? 이런 남자들이 흥분을 하면 오히려 더 사납게 변하는 법이다. 이들이 살아 있는 동안 '코넬리어스 일기'가 무삭제판으로 빛을 보게 되면, 그 남자들이 벌떼처럼 달려들 터였다. 따라서 출판을 한다는 것은 불가능한 일이었다.

안타까운 일이었다. 정말 안타까운 일이었다. 나는 무슨 수를 내야겠다고 생각했다. 나는 자리에 앉아 일기를 처음부터 끝까지 다시 읽어보았다. 출판사와 내가 심각한 송사에 휘말리지 않고 출판할 수 있을 만한 부분을 하나라도 찾아내고 싶은 마음 때문이었다. 다행히도 무려 여섯 편이나 찾아냈다. 나는 그것을 변호사에게 보였다. 변호사는 '안전'할 수도 있지만, 장담은 못하겠다고 했다. 그러면서 그 가운데 하나인 '시나이 사막 이야기'가 다른 다섯 편보다는 그래도 '안전'해 보인다고 덧붙였다.

나는 우선 그 이야기에서 출발하기로 결심했다. 나는 이 짧은 서문 끝에 그 이야기를 붙여 출판을 제안하기로 했다. 이 제안이 받아들여지고 일이 잘 풀리면, 한두 편을 더 발표할 수도 있을 것이다.

시나이 일기는 맨 마지막 권인 XXVIII권에 있으며, 날짜는 1946년 8월 24일이다. 기록이라는 면에서 볼 때 이것은 맨 마지막 권의 맨 마지막 일기다. 오스왈드가 맨 마지막에 쓴 일기인 셈이다. 그리고 이 날짜 뒤에 그가 어디로 갔는지 또는 무엇을 했는지에 대해서는 아무런 기록이 없다. 추측만 해볼 수 있을 뿐이다. 독자들은 곧 그 일기를 원문 그대로 보게 될 것이다. 그러나 먼저 일기에 나오는 오스왈드의 말과 행동 몇 가지를 쉽게 이해할 수 있도록 오스왈드라는 사람에 대하여 약간 이야기를 해두어야겠다. 이 스물여덟 권의 일기에 담겨 있는 방대한 고백과 견해를 살펴보면 이 인물의 초상을 상당히 분명하게 그려볼 수 있다.

시나이 이야기를 쓸 무렵 오스왈드 헨드릭스 코넬리어스는 쉰한 살이었으며, 물론 결혼을 한 적은 없었다. 그는 습관적으로 이렇게 말했다. "안됐지만 나는 아주 까다로운 성격이라는 복을 타고났다. 아니 짐을 졌다고 해야 할까."

어떤 면에서 이것은 사실이다. 그러나 다른 면, 특히 결혼과 관련된 면에서 보자면 이 말은 사실과 정반대이다.

오스왈드가 결혼을 거부했던 진짜 이유는 평생 그가 여자를 정복하는 데 필요한 기간 이상으로는 한 여자에게 관심을 유지할 수 없었다는 사실이다. 그는 한 여자를 정복하고 나면 흥미를 잃고 다른 희생자를 찾으러 돌아다녔다.

보통 남자라면 이것이 독신을 유지할 만한 타당한 이유라고 생각하기 힘들 것이다. 그러나 오스왈드는 보통 남자가 아니었다. 그는 심지어 보통의 일부다처형 남자도 아니었다. 솔직히 말해서 그는 세상 어떤 여자를 신부로 안겨주어도 밀월 기간은커녕 단 며칠간도 붙어 있지 못할 방탕하고 구제 불능인 엽색가였다. 그러나 그에게 한번 도전해보려는 여자는 결코 모자라지 않았다.

오스왈드는 키가 크고 호리호리했다. 약해 보이는 몸에서는 어딘지 탐미적인 분위기가 풍겼다. 목소리는 부드러웠고, 행동은 정중했다. 처음 보면 유명한 건달이라기보다는 여왕의 시종 같았다. 그는 자신의 연애를 놓고 절대 다른 남자와 토론하지 않았으며, 그를 처음 만나는 사람은 저녁 내내 그와 함께 앉아 이야기를 나누어도 그 맑고 푸른 눈에서 기만의 흔적조차 찾아낼 수가 없었다. 사실 그는 불안해하는 아버지가 자신의 딸을 집까지 안전하게 데려다줄 사람으로 선택할 만한 남자였다.

그러나 오스왈드를 여자, 그것도 그의 관심을 끌 만한 여자 옆에 앉혀놓아보라. 그의 눈은 바로 변한다. 여자를 바라보는 그 눈의 동공 한가운데에서 위험한 작은 불꽃이 천천히 춤을 추기 시작한다. 이윽고 그는 대화로 여자를 공략하기 시작한다. 빠른 말투로 교묘하게, 그리고 그 누구보다도 재치 있게 이야기를 풀어나간다. 이것이 그가 가진 재능이었다. 아주 독특한 능력이었다. 그는 마음만 먹으면 말로 여자의 몸을 감싸고 부드러운 최면의 마법으로 마음을 사로잡을 수 있는 남자였다.

그러나 훌륭한 말솜씨와 눈의 표정만으로 여자를 끌어당기는 것이 아니었다. 코도 한몫을 했다(오스왈드는 XIV권에서 어떤 여자가 보낸 짧은 편지를 인용하면서 그 내용을 기분좋게 음미하는데, 그녀는 그의 이런 면을 아주 자세하게 묘사했다). 오스왈드는 흥분을 하면 콧구멍 주위에서 이상한 일이 일어났던 모양이다. 콧구멍 테두리가 팽팽해지면서 나팔꽃 모양으로 벌어져 안의 선홍색 피부가 드러나는데, 이것이 묘하게도 야생동물 같은 인상을 주었다. 글로 묘사하면 별로 매력적으로 들리지 않을지 몰라도, 실제로 여자들은 그것을 보면 감전되는 듯한 자극을 받았다.

여자들은 거의 예외 없이 오스왈드에게 끌렸다. 우선 그는 어떤 가격으로도 소유되기를 거부하는 남자였으며, 이 때문에 자연스럽게 바람직한 남자가 되었다. 그리고 여기에 덧붙여 일류의 지성, 넘치는 매력, 난잡하다는 평판이 기이한 조합을 이루어 강력한 매력이 만들어졌다.

그러나 이런 안 좋은 평판과 방탕한 면을 잠시 잊는다면, 오스왈드의 성격에는 그가 꽤 흥미 있는 인물임을 보여주는 다른 놀라운 측면이 수도 없이 많았다. 예를 들어 그는 19세기 이탈리아 오페라에 대해서 모르는 것이 거의 없었다. 실제로 도니체티, 베르디, 폰키엘리 등 세 명의 작곡가를 주제로 재미있는 소책자를 쓰기도 했다. 그 책에서 오스왈드는 이 작곡가들의 중요한 애인 이름을 모두 나열했다. 이어 그는 아주 진지한 태도로 창조적 정열과 육체적 정열 사이의 관계를 검토하면서, 이 작곡가들의 활동에서 육체적 정열이 창조적 정열에 미친 영향을 살펴보았다.

중국 도자기도 오스왈드의 관심사였다. 그는 이 분야에서 국제적 권위자 비슷한 인물로 인정받았다. 그는 청화백자를 특별히 사랑해 소장품도 있었는데 숫자는 얼마 안 되었지만 아주 훌륭하다고 평가받았다.

오스왈드는 또 거미와 지팡이도 수집했다.

그의 거미 수집품, 정확히 말해서 거미강(거미, 전갈, 진드기 등을 포함한다—옮긴이) 수집품에는 일반 전갈과 채찍전갈목까지 포함되어 있었기 때문에, 박물관 외부의 수집품으로는 어느 것 못지않게 포괄적이라고 할 수 있었다. 또 수백 가지의 속과 종을 꿰뚫는 지식도 놀라웠다. 그는 거미줄의 품질은 누에에서 뽑아내는 일반 명주실보다 낫다고 주장했다(아마 맞는 말이었을 것이다). 그래서 그는 다른 재료로 만든 넥타이는 절대 매지 않았다. 그는 거미줄로 만든 넥타이를 모두 마흔 개 정도 가지고 있었는데, 처음에는 그런 넥타이를 만들기 위해, 나중에는 매년 새로운 넥타이 두 개를 옷장에 보태기 위해 파리 외곽의 시골집 정원에 있는 낡은 온실에 아라나와 에페이라 디아데마타(영국 정원에 흔한 거미들)를 수천 마리 길러야 했다. 이 거미는 서로를 잡아먹는 비율과 대략 비슷한 비율로 번식하고 증식했다. 오스왈드는 이 거미로부터 직접—다른 누구도 이 무시무시한 온실에 들어가려 하지 않았다—원사를 얻어 아비뇽으로 보냈다. 아비뇽에서는 그것을 감고 꼬고 닦고 염색하여 천으로 만들었다. 천은 아비뇽에서 바로 술카에게 전해졌다. 술카는 이 일에 큰 매력을 느꼈으며, 이런 귀하고 놀라운 재료로 넥타이 만드는 것을 큰 기쁨으로 여겼다.

"하지만 거미를 진짜로 좋아할 수가 있나요?"

오스왈드가 수집품을 보여주면 여자 손님들은 그렇게 묻곤 했다.

"아, 나는 거미를 사랑하죠. 특히 암컷을요. 그 거미 암컷을 보고 있노라면 내가 아는 여자가 떠오릅니다. 내가 아주 좋아하는 여자 말입니다."

"말도 안 돼."

"말도 안 된다고? 내 생각은 다른데요."

"모욕적이기도 하고요."

"반대지요. 그것은 내가 해줄 수 있는 최대의 칭찬입니다. 예를 들어 암컷 거미는 사랑을 나눌 때 아주 사나워져서 수컷은 일이 끝난 뒤에 목숨만 건져도 다행이라는 걸 아시나요? 아주 민첩하고 영리한 수컷만이 목숨을 건질 수 있지요."

"어머, 오스왈드!"

"그리고 내가 좋아하는 게 거미, 이 아주 작은 거미의 암컷은 위험할 정도로 정열적이어서, 수컷은 자신의 거미줄로 복잡한 고리와 매듭을 만들어 암컷을 묶어놓은 다음에야 감히 암컷을 안을 수 있지요……"

"어머, 그만해요, 오스왈드, 그만!"

여자들은 이렇게 소리치곤 했지만 그 눈은 반짝거렸다.

오스왈드의 지팡이 수집 또한 대단했다. 지팡이 하나하나가 유명한 사람이나 역겨운 사람이 소유했던 것이었다. 오스왈드는 지팡이를 파리의 아파트에 보관했다. 그는 수집한 지팡이를 거실에서 침실로 통하는 복도(아니 간선도로라고 해야 할까?)의 벽에 두 줄로 세워놓은 긴 지팡이 걸이에 전시해두었다. 지팡이마다 위에 작은 상아 표찰이 붙어 있고, 거기에 시벨리우스, 밀턴, 파루크왕, 디킨스, 로베스피에르, 푸치니, 오스카 와일드, 프랭클린 루스벨트, 괴벨스, 빅토리아여왕, 툴루즈 로트레크, 힌덴부르크, 톨스토이, 라발, 사라 베르나르, 괴테, 보로실로프, 세잔, 도조 등의 이름이 적혀 있었다.

모두 백 개가 넘을 텐데, 일부는 매우 아름답고 일부는 평범했다. 일부는 손잡이로 금이나 은을 달아놓았고, 일부는 손잡이가 꼬부라져 있기도 했다.

"톨스토이를 꺼내봐요."

오스왈드는 예쁜 방문객에게 말하곤 했다.

"어서 꺼내봐요…… 그래요…… 자, 이제…… 이제 그 위대한 인물의 손길에 반짝반짝 닳아버린 손잡이를 당신 손바닥으로 살며시 쓰다듬어봐요. 기분이 좋지 않나요? 그냥 당신 살갗이 그곳에 닿는 것만으로도?"

"그러네요, 어머, 정말 그래요."

"자, 이제 괴벨스를 꺼내서 똑같이 해봐요. 하지만 제대로 해야 돼요. 손바닥으로 손잡이를 꽉 움켜쥐어야 해요…… 좋아요…… 자 이제…… 이제 지팡이에 무게를 실어봐요. 몸을 기울여봐요. 그 작은 불구의 박사가 그랬던 것처럼…… 그래…… 그거예요…… 자, 그대로 일 분 정도 있어봐요. 얼음처럼 차가운 가느다란 손가락이 당신 팔을 타고 스멀스멀 기어올라와 당신 가슴으로 들어가는 것이 느껴지지 않나요?"

"무서워요!"

"당연히 무섭지요. 어떤 사람들은 완전히 기절합니다. 바로 쓰러져버려요."

오스왈드와 함께 있는 것을 지루하게 느끼는 사람은 아무도 없었다. 어쩌면 다른 무엇보다도 그 점이 그가 성공한 이유였는지도 모른다.

이제 시나이 이야기를 할 때가 되었다. 오스왈드는 그달에 하르툼에서 카이로까지 유유자적하게 자동차 여행을 즐기고 있었다. 그의 자동차는 전쟁 전에 만들어진 최고 수준의 라곤다였다. 전쟁 기간에는 이 차를 스위스에 잘 보관해두었다. 충분히 상상할 수 있는 일이지만, 이 차는 해 아래 세상에서 구할 수 있는 모든 장비를 장착하고 있었다. 시나이로 가기 전날(1946년 8월 23일) 오스왈드는 카이로의 셰퍼드 호텔에 묵고 있었다. 그날 저녁 그는 일련의 뻔뻔스러운 작업 끝에 귀족 혈통으로 짐작되는 무어족 여인을 손에 넣는 데 성공했다. 그녀의 이름은 이사벨라였다. 이사벨라는 성미 고약하고 악명 높은 왕족(당시 이집트는 군주제였다)이 질투심에 가득찬 눈으로 보호하던 애인이었다. 어쨌든 여기까지는 오스왈드다운 행동이었다.

그러나 여기서 끝난 것이 아니다. 자정에 오스왈드는 이 여인을 기자까지 데리고 가, 그녀를 설득해 달빛을 받으며 쿠푸왕의 거대한 피라미드 꼭대기까지 올라갔다.

그는 일기에 이렇게 썼다.

……보름달이 비치는 따뜻한 밤에 피라미드 꼭대기보다 안전한 곳은 있을 수 없다. 또 이보다 낭만적인 곳도 있을 수 없다. 장엄한 풍경 때문에, 또 높은 곳에서 세상을 바라볼 때면 몸속에서 솟구치는 묘한 힘 때문에 감정은 강렬한 자극을 받는다. 그리고 안전에 관해서 말하자면, 이 피라미드는 정확히 145미터이다. 세인트폴성당의 돔보다 35미터 더 높은 것이다. 이 꼭대기에 있으면 사방에서 다가오는 사람들을 쉽게 관찰할 수 있다. 땅 위의 어떤 여성의 내실에서도 이런 편의는 누릴 수 없다. 또한, 이렇게 비상용 출구가 많은 곳도 없다. 어떤 수상쩍은 형체가 우리를 쫓아 피라미드의 한쪽 면을 올라오는 것이 보이면, 소리 없이 차분하게 다른 쪽으로 내려가기만 하면 되는 것이다……

사실 오스왈드는 그날 밤 아주 아슬아슬하게 탈출했다. 어떻게 된 일인지 이들의 연애에 대한 소문이 궁에까지 들어갔으며, 오스왈드는 달빛이 비치는 높은 피라미드 꼭대기에서 갑자기 수상쩍은 형체 셋을 발견하게 되었다. 이들은 한 면이 아니라 세 면에서 피라미드를 오르기 시작했다. 그러나 오스왈드에게는 다행이었던 것이 쿠푸왕의 대피라미드에는 네번째 면이 있었다. 덕분에 아랍 자객들이 꼭대기에 올라왔을 때 두 연인은 이미 바닥에 내려가 차에 올라타고 있었다.

8월 24일의 일기는 바로 이 지점에서 시작된다. 아래에 소개하는 일기는 오스왈드가 쓴 말 한마디, 쉼표 하나 빼놓지 않고 그대로 옮겨놓았다. 다시 말하지만 아무것도 바꾸거나, 덧붙이거나, 빼지 않았다.

*

1946년 8월 24일

"지금 잡히면 내 머리를 잘라버릴 거예요."

이사벨라가 말했다.

"말도 안 돼."

나는 그렇게 대꾸했지만 이사벨라의 말이 맞을 거라고 생각했다.

"당신 머리도 잘라버릴걸요."

그녀가 말했다.

"내 머리는 못 잘라. 나는 날이 밝을 때면 여기서 멀리 떨어진 곳에 가 있을 거거든. 나는 지금 바로 나일강을 따라 룩소르로 갈 거야."

이제 피라미드는 우리 뒤로 빠르게 멀어지고 있었다. 새벽 두시 삼십분경이었다.

"룩소르요?"

"그래."

"그럼 이사벨라도 함께 갈래요."

"안 돼."

"갈래요."

"여자와 함께 여행하는 것은 내 원칙에 어긋나는 일이야."

앞에 불빛 몇 개가 보였다. 메나 하우스 호텔에서 나오는 불빛이었다. 사막을 여행하는 사람들이 쉬는 곳으로, 피라미드에서 멀지 않았다. 나는 호텔에 거의 다 가서 차를 멈추었다.

"여기에 내려줄게. 즐거웠어."

"그러니까 이사벨라를 룩소르에 데려가지 않겠다는 거죠?"

"안됐지만 어쩔 수 없어. 자, 어서 내려."

그녀는 차에서 내리다가 한 발은 차에, 다른 한 발은 도로에 디딘 채 동작을 멈추더니, 갑자기 몸을 빙글 돌려 나한테 지저분한 말을 쉴 틈도 없이 격류처럼 쏟아붓기 시작했다. 나는 여자의 입에서 그런 말이 나오는 것을 전에는…… 어디 보자, 그래, 1931년 이후로는 들어본 일이 없었다. 그것은 마라케시에서 늙고 탐욕스러운 글래스고 공작부인이 초콜릿 상자에 손을 넣었다가, 내가 초콜릿의 안전을 위해 넣어둔 전갈에 손을 물렸을 때의 일이었다(XIII권, 1931년 6월 5일).

"당신 역겹군."

내가 말했다.

이사벨라는 차에서 내리더니 문을 쾅 닫았다. 차 전체가 흔들거렸다. 나는 빠르게 차를 몰았다. 이사벨라를 떨쳐버린 것은 정말 다행스러운 일이었다. 나는 예쁜 여자의 버릇없는 행동은 참지 못한다.

운전을 하면서 한쪽 눈으로 계속 뒷거울을 보았다. 그러나 아직은 따라오는 차가 없는 것 같았다. 카이로 외곽에 이르렀을 때부터는 시내를 피해 이면도로를 누볐다. 크게 걱정하지는 않았다. 왕족의 감시견들이 일을 더 확대할 가능성은 거의 없었다. 어쨌든 이제 와서 셰퍼드 호텔로 돌아간다는 것은 무모한 짓이었다. 어차피 불필요한 일이기도 했다. 여행용 손가방을 제외한 짐은 모두 차 안에 있었다. 나는 외국의 도시에서 저녁에 밖에 나갈 때는 절대 옷가방을 방안에 두지 않는다. 기동성 있게 움직이고 싶기 때문이다.

물론 룩소르에 갈 생각은 없었다. 이제 이집트를 완전히 떠나고 싶었다. 이 나라가 전혀 마음에 들지 않았다. 생각해보니, 한 번도 마음에 들었던 적이 없다. 이곳에 있으면 왠지 불편하다. 전체적으로 불결하기 때문인 것 같다. 그리고 악취. 사실은 사실대로 보자. 이집트는 좀 지저분한 나라다. 이렇게 말하고 싶지는 않지만, 이집트인은 세상의 다른 어떤 민족보다 씻는 데 게으르다는 것이 나의 생각이다. 아마 유일한 예외는 몽고인일 것이다. 일단 이집트인은 그릇을 내 마음에 들게 닦지 않는다. 믿거나 말거나, 어제 아침에 그들이 내 앞에 갖다놓은 컵 테두리에는 기다란 커피색 입술 자국이 찍혀 있었다. 그 자국에 더께까지 앉아 있었다. 윽! 정말 역겨웠다! 나는 그 자국을 물끄러미 바라보면서, 누구의 지저분한 아랫입술이 그 짓을 한 것인지 궁금했다.

나는 카이로 동부 교외의 좁은 흙길을 달렸다. 목적지는 분명했다. 이사벨라와 함께 피라미드를 반쯤 내려오기도 전에 이미 마음을 정했다. 예루살렘으로 갈 생각이었다. 예루살렘은 그리 멀지도 않을뿐더러 내가 좋아하는 도시였다. 또 이집트에서 빠져나가는 가장 빠른 방법이기도 했다. 나는 다음과 같이 움직이기로 했다.

1. 먼저 카이로에서 이스마일리아까지. 차로 약 세 시간 걸리는 거리였다. 평소처럼 오페라를 부르며 간다. 오전 여섯시나 일곱시쯤 이스마일리아에 도착한다. 방을 하나 잡고 2시간 동안 잔다. 샤워를 하고, 면도를 하고, 아침을 먹는다.

2. 오전 열시에 이스마일리아 다리로 수에즈운하를 건너, 사막 도로를 타고 시나이를 가로질러 팔레스타인 국경으로 간다. 가는 길에 시나이 사막에서 전갈을 찾는다. 시간은 약 네 시간. 팔레스타인 국경에는 오후 두시에 도착한다.

3. 팔레스타인 국경에서 베르셰바를 거쳐 예루살렘으로 직행한다. 칵테일과 저녁을 먹을 수 있는 시간에 킹 데이비드 호텔에 도착한다.

이 길을 여행한 지는 몇 년이 지났다. 그러나 시나이 사막이 전갈을 찾는 데 아주 좋은 곳이라는 사실은 잘 기억하고 있었다. 나는 암컷 오피스토프탈무스를 한 마리 더 갖고 싶은 마음이 간절했다. 그것도 큼지막한 것으로. 현재 나한테 있는 놈은 꼬리의 다섯번째 조각이 없었고, 나는 그 점이 몹시 아쉬웠다.

이스마일리아까지 가는 간선도로를 찾는 데는 오랜 시간이 걸리지 않았다. 나는 간선도로로 들어서자마자 라곤다를 시속 백 킬로미터로 몰기 시작했다. 길은 좁았다. 그러나 울퉁불퉁하지는 않았고, 차도 많지 않았다. 삼각주가 달빛을 받아 황량하고 음침한 모습을 드러내고 있었다. 나무 한 그루 없는 평평한 들판이었다. 군데군데 도랑이 흘렀다. 어디나 검은 땅이었다. 이루 말할 수 없이 음산했다.

그러나 걱정은 하지 않았다. 나는 그 땅에 속해 있지 않았으니까. 나는 내 호사스러운 작은 껍데기 속에 들어가 있었다. 완전히 고립되어 있는 셈이었다. 소라게처럼 안락했지만, 그보다는 훨씬 빠르게 움직이고 있었다. 아, 움직이는 것이 얼마나 좋은지! 옛것들을 버리고 새로운 사람과 새로운 장소를 향해 날개를 퍼덕이며 날아가는 것! 세상에서 그보다 기쁜 일은 없다. 보통 사람들이란 얼마나 경멸스러운지! 미련한 여자와 함께 아주 작은 땅뙈기에 눌러앉아, 그 상태에서 죽을 때까지 번식하고 안달하고 썩어가는 사람들. 그것도 늘 똑같은 여자와! 양식 있는 남자가 매일, 매년 한 여자를 견디며 살아간다는 것이 도저히 믿어지지 않는다. 물론 그들 가운데 일부는 결국 견디지 못한다. 그러나 수많은 남자가 견디는 척한다.

나 자신은 한 번도, 결단코 한 번도 친밀한 관계가 열두 시간 이상 지속되는 것을 허용한 적이 없다. 열두 시간이 최대의 한계다. 그러나 사실 여덟 시간도 지루하다. 예를 들어 이사벨라에게 생긴 일을 보라. 우리가 피라미드 정상에 있을 때 그녀는 번득이는 재능이 돋보이는 여자였다. 그녀는 강아지처럼 유연하고 장난기가 넘쳤다. 만일 내가 아까 그곳에서 그녀를 세 아랍 자객의 손에 넘겼다면, 그냥 나 혼자 내려왔다면, 모든 게 아름답게 끝났을 것이다. 그러나 나는 어리석게도 그녀를 버리지 못하고 그녀가 내려오도록 도와주었다. 그

결과 그 어여쁜 여자는 천박하게 악을 쓰는 매춘부로, 보기만 해도 역겨운 여자로 변해버렸다.

도대체 우리는 어떤 세상에 살고 있는 것인지! 어째서 기사도 정신을 발휘해도 고맙다는 말조차 듣지 못하는가!

라곤다는 밤을 뚫고 순조롭게 미끄러져 갔다. 이제 오페라의 시간이었다. 이번에는 무엇으로 할까? 베르디를 부르고 싶은 기분이었다.《아이다》는 어떨까? 그래!《아이다》여야만 해. 이집트 오페라! 제일 잘 어울려.

나는 노래를 부르기 시작했다. 오늘밤에는 목소리가 유난히 잘 나왔다. 나는 목청껏 소리를 질렀다. 즐거웠다. 빌베이스라는 작은 도시를 통과할 무렵 나는 아이다가 되어 1장을 마무리짓는 아름다운 노래 〈누미 피에타〉('자비로운 신이여'—옮긴이)를 부르고 있었다.

30분 뒤 자가지그에서는 아모나스로가 되어 〈마 투, 레, 투 시뇨레 포센테〉('그러나, 오 신이여, 그대의 초월적인 힘으로'—옮긴이)를 부르며 이집트의 왕에게 에티오피아 포로들의 목숨을 구원해달라고 간청하고 있었다.

알아바사를 통과할 때는 라다메스가 되어 〈푸지암 글리 아도리 이노스피티〉('아, 타오르는 감정들로부터 달아나라'—옮긴이)를 부르고 있었다. 차창을 활짝 열어두고 있었으므로, 이비할 데 없이 아름다운 노래는 길가의 오두막에서 코를 골고 있는 펠라힌(이집트의 농민—옮긴이)의 귀에 이르렀을지도 모르고, 어쩌면 그들의 꿈과 뒤섞였을지도 모르는 일이다.

이스마일리아에 들어갔을 때는 아침 여섯시로 우유를 뿌려놓은 듯 희뿌연 하늘 높이 해가 빛나고 있었다. 그러나 나는 아이다와 함께 무시무시한 지하 동굴에 갇혀 〈오 테라, 아디오, 아디오 발레 디 피안티〉('오 땅이여, 안녕. 안녕, 슬픔의 골짜기여'—옮긴이)를 부르고 있었다.

시간이 얼마나 빨리 흐르는지. 나는 호텔로 차를 몰았다. 호텔 직원들은 이제 막 잠에서 깨어난 것 같았다. 나는 그들을 다그쳐 남은 방 가운데 가장 좋은 방을 얻었다. 그럼에도 침대의 시트와 담요는 25명의 씻지 않은 이집트인들이 25일 동안 계속해서 잠을 잔 것처럼 보였다. 나는 내 손으로 그것들을 벗겨내고(그 직후에 살균 비누로 손을 씻었다), 대신 내가 가지고 다니는 이부자리를 깔았다. 그런 다음 자명종을 맞추어놓고 두 시간 동안 푹 잤다.

아침으로 토스트 한 조각과 계란 반숙 하나를 주문했다. 식사가 도착했을 때—정말이지 이 글을 쓰는 것만으로도 벌써 뱃속이 뒤틀리는 느낌이다—10센티미터 정도 길이의 윤기가 흐르는 새까만 곱슬머리 한 올이 반숙의 흰자위를 가로지르고 있었다. 정말이지 참기 힘들었다. 나는 식탁에서 벌떡 일어나 식당을 나와버렸다.

"아디오!"

나는 소리를 지르고, 계산대 옆을 지나갈 때 돈을 집어던지며 덧붙였다.

"아디오 발레 디 피안티!"

그것으로 나는 호텔의 더러운 먼지를 발에서 떨어버렸다.

나는 시나이 사막으로 향했다. 정말 황홀한 기분 전환이었다. 진짜 사막은 세상에서 가장 오염이 되지 않은 곳인데, 시나이도 그런 점에서 예외가 아니었다. 사막 위에는 약 220킬로미터 길이의 좁고 검은 타맥 도로가 깔려 있었다. 반쯤 가면 이 도로에 단 하나뿐인 주유소와 함께 오두막 몇 채가 모여 있었다. 그 휴게소 이름은 비르라우드 살림이었다. 그곳을 제외하면 내내 사람이 살지 않는 사막뿐이었다. 아주 더운 철이었다. 따라서 차가 고장날 때를 대비하여 반드시 마실 물을 가져가야 했다. 나는 비상용 물통을 채우기 위해 이스마일리아의 간선도로에 있는 잡화점 앞에 차를 세웠다.

나는 가게 안으로 들어가 주인과 이야기를 했다. 주인은 아주 지저분한 결막염으로 고생하고 있었다. 눈꺼풀 안쪽에서 염증이 아물면서 생긴 육아(肉芽) 조직이 심하게 부풀어올라 눈꺼풀이 천막을 친 것처럼 눈알 위로 들어올려져 있었다. 불결한 모습이었다. 나는 끓인 물 1갤런을 사고 싶다고 말했다. 그는 내가 제정신이 아니라고 생각하는 것 같았다. 내가 그의 뒤를 따라 지저분한 부엌으로 들어가 그가 일을 제대로 하는지 확인하려 하자, 완전히 미쳤다고 생각하는 것 같았다. 그는 수도에서 나오는 물을 솥에 받더니 파라핀 난로에 올려놓았다. 난로에서 작고 노란 불길이 피어오르며 연기를 내뿜었다. 주인은 난로와 그 성능이 몹시도 자랑스러운지, 고개를 한쪽으로 기울이고 감탄하는 표정으로 난로를 바라보고 있었다. 이윽고 그는 나더러 가게로 돌아가서 기다리는 게 어떠냐고 물었다. 준비가 되면 물을 가져가겠다고 했다. 나는 거절하고 그곳에 그대로 서서 사자처럼 솥을 지켜보며 물이 끓기를 기다렸다. 그때 아침에 보았던 계란 반숙이 갑자기 눈앞에 떠오르면서 그걸 봤을 때 느꼈던 기분도 고스란히 되살아났다. 달걀, 흰자위, 머리카락. 반숙의 물컹한 흰자위에 박혀 있던 머리카락은 대체 누구 것이었을까? 주방장의 머리카락이 분명했다. 그렇다면 주방장이 마지막으로 머리를 감은 것은 언제일까? 아마 평생 머리를 감은 적이 없을지도 몰랐다. 그럼 좋다. 그의 머리에는 거의 틀림없이 해충이 있었을 것이다. 그러나 그것만으로는 머리카락이 빠지지 않는다. 도대체 무엇 때문에 오늘 아침에 주방장이 반숙을 팬에서 접시로 옮길 때 그의 머리카락이 반숙 위로 떨어졌을까? 만사에는 이유가 있다. 이 경우에 그 이유는 분명했다. 주방장의 머리 가죽은 화농성 지루성 농가진에 감염되어 있었던 것이다. 따라서 내가 조금만 부주의했으면 삼켜버렸을 그 길고 검은 머리카락에는 수백만 마리의 병원성 구균이 우글거리고 있었다. 다행히도 그 균의 과학적 명칭은 잊어버렸지만.

그 주방장이 화농성 지루성 농가진에 걸렸다고 어떻게 그렇게 자신 있게 말하느냐고? 물론 자신하지는 못한다. 자신할 수야 없지. 하지만 만일 그가 화농성 지루성 농가진에 걸린 것이 아니라면, 틀림없이 백선에 걸렸을 것이다. 그게 뭐냐고? 나는 그게 뭔지 너무나 잘 안다. 그것은 수천만 마리의 진균이 그 끔찍한 머리카락 주위에 달라붙어 내 입으로 들어가기를 기다리고 있었다는 뜻이다.

구역질이 나오기 시작했다.

"물이 끓네요."

주인이 의기양양하게 말했다.

"끓게 놔두시오. 8분만 더 기다립시다. 내가 티푸스에 걸리기를 바라지 않는다면 말이오."

나는 아무리 깨끗하다 해도 가능한 한 담수 자체만 마시지는 않는다. 담수에는 아무런 맛이 없다. 물론 차나 커피로는 마신다. 그러나 그럴 때도 병에 담아 파는 비시나 몰번의 물을 사용한다. 수돗물은 피한다. 수돗물은 끔찍하다. 하수구로 버린 물을 다시 갖다 먹는 것과 마찬가지인 경우가 많다.

"이렇게 끓다가는 김으로 다 날아가버릴 겁니다."

주인이 말하면서 씩 웃자 녹색 이가 드러났다.

나는 직접 솥을 들어 안에 든 것을 내 물통에 부었다.

이어 가게로 돌아와 오렌지 여섯 개, 작은 수박 하나, 포장이 잘된 영국제 초콜릿 하나를 사서 다시 라곤다에 올라탔다. 마침내 떠날 준비가 된 것이다.

몇 분 뒤 라곤다는 팀사호수 바로 위를 흐르는 수에즈운하에 걸려 있는 다리를 건넜다. 앞에는 뜨거운 사막이 넓게 펼쳐져 있었다. 검은 리본 같은 좁은 타맥 도로는 지평선까지 뻗어 있었다. 라곤다는 평소처럼 시속 100킬로미터로 달리고 있었다. 차창은 활짝 열어두었다. 안으로 들어오는 공기는 오븐의 숨결 같았다. 정오가 다가오고 있었다. 해는 차의 지붕 바로 위에서 열기를 뿜어댔다. 차 안의 온도계는 40도를 가리키고 있었다. 그러나 적당한 옷을 입고 가만히 앉아 있기만 하면 약간 더운 것은 전혀 문제가 되지 않는다. 나는 크림색 아마포 슬랙스, 하얀 에어텍스 셔츠, 짙은 이끼색의 가장 예쁜 거미줄 넥타이 차림이었다. 아주 편안했다. 아무런 걱정이 없었다.

가면서 오페라를 하나 더 공연할까 하는 생각을 잠시 했다. 《라 조콘다》(폰키엘리의 오페라—옮긴이)를 부르고 싶은 기분이었다. 그러나 첫 합창의 몇 마디를 부르고 나자 땀이 났다. 나는 서둘러 막을 내리고 대신 담배에 불을 붙였다.

라곤다는 이제 세상에서 가장 훌륭한 전갈이 사는 땅을 달리고 있었다. 중간에 있는 비르 라우드 살림의 주유소에 이르기 전에 적당한 곳을 만나 차를 멈추고 사막을 뒤져보고 싶은 마음이 간절했다. 한 시간 전 이스마일리아를 떠난 이후로 차 한 대, 동물 한 마리 보지 못했다. 정말 마음에 드는 풍경이었다. 시나이는 진짜 사막이었다. 나는 도로가에 차를 세우고 엔진을 껐다. 목이 말라 오렌지를 하나 까먹었다. 나는 하얀 토피(인도에서 쓰는 차양용 모자—옮긴이)를 쓰고 차에서 천천히 내렸다. 안락한 소라게에서 나와 햇빛 속으로 들어간 것이다. 나는 족히 1분 동안 길 한가운데 꼼짝도 않고 서서 주위의 찬란함에 눈을 깜빡이고 있었다.

불타오르는 태양, 광대하고 뜨거운 하늘, 그리고 그 밑으로는 사방이 노란 모래로 이루어진 크고 창백한 바다였다. 딴 세상에 온 것 같았다. 도로의 남쪽으로 멀리 산이 보였다. 타나그라 토기(고대 그리스의 도시 타나그라에서 붉은 점토로 만든 토기—옮긴이) 색깔의 헐벗고 창백한 산들이 햇빛을 받아 파란색과 자주색으로 뿌옇게 빛나고 있었다. 산은 갑자기 사막 위로 불끈 솟아오르듯이 나타나더니, 어느새 하늘만 남기고 열기의 아지랑이 속으로 희미해지고 있었다. 압도적인 적막감이 밀려왔다. 아무런 소리도 없었다. 새소리도 벌레 소리도 없었다. 찬란하고, 뜨겁고, 비인간적인 풍경 한가운데 홀로 서 있으니 묘하게도 신이 된 듯한 느낌이 들었다. 다른 행성에, 목성이나 화성에 와 있는 것 같았다. 아니면 더 멀고 더 황량한 어떤 곳, 풀 한번 자란 적이 없고 구름 한번 붉어진 적이 없는 어떤 곳에 와 있는 느낌이었다.

나는 차의 트렁크를 열고 채집상자, 포충망, 흙손을 꺼낸 다음, 도로를 벗어나 뜨겁고 부드러운 모래 속으로 들어갔다. 사막 속으로 100미터 정도 천천히 걸어들어갔다. 눈은 바닥을 살피고 있었다. 나는 전갈이 아니라 전갈의 집을 찾고 있었다. 전갈은 어두운 곳에 서식하는 야행성 생물로, 낮에는 종류에 따라 돌 밑이나 굴 안에 숨어 있다가 해가 진 뒤에야 먹이를 찾아 나선다.

내가 찾는 오피스토프탈무스는 굴에 사는 놈이었기 때문에 돌을 뒤집느라 시간을 낭비할 필요가 없었다. 오로지 굴만 찾아다녔다. 그러나 10분, 15분이 지나도록 하나도 찾지 못했다. 이미 더위는 견딜 수 없을 정도였다. 결국 내키지 않았지만 차로 돌아가기로 결정했다. 나는 느린 걸음으로 돌아가며 눈으로는 여전히 바닥을 살피고 있었다. 막 도로에 발을 올려놓으려는 순간 아스팔트의 가장자리에서 30센티미터도 떨어지지 않은 모래에 전갈의 굴이 눈에 띄었다.

나는 채집상자와 포충망을 옆의 바닥에 내려놓았다. 그리고 작은 흙손으로 조심스럽게 구멍 근처의 모래를 긁어내기 시작했다. 이 작업만 시작되면 흥분으로 몸이 떨렸다. 마치 보물찾기 같았다. 더도 아니고 딱 피를 휘저을 만큼의 위험이 따르는 보물찾기. 모래 속으로 점점 더 깊이 파고들어가면서 나는 가슴속에서 심장이 방망이질하는 것을 느낄 수 있었다.

순간…… 그 녀석이 나타났다.

오, 이런, 이렇게 큰 놈이! 거대한 암컷 전갈이었다. 그러나 나는 그것이 오피스토프탈무스가 아니라 판디누스라는 것을 한눈에 알아보았다. 이놈 역시 굴속에 사는 아프리카 전갈이었다. 그리고 이 커다란 암컷의 등에—너무 좋아서 믿어지지 않을 정도였지만!—하나, 둘, 셋, 넷, 다섯…… 총 열네 마리의 아주 작은 새끼들이 붙어 있었다! 어미는 길이가 적어도 15센티미터는 되어 보였다! 새끼들은 작은 리볼버 총알만 한 크기였다. 어미는 나를 보았다. 아마 평생 최초로 본 인간이었을 것이다. 어미의 집게발은 넓게 벌어져 있었다. 꼬리는 물음표처럼 등 위로 높이 감겨 있었다. 당장이라도 공격할 태세였다. 나는 포충망을 집어들고, 어미의 배 밑으로 미끄러뜨린 다음 얼른 잡아챘다. 어미는 몸을 비틀고 꿈틀거리며 꼬리 끝으로 사방을 사납게 공격했다. 독 한 방울이 그물 사이로 떨어져 모래밭에 떨어지는 것이 보였다. 나는 얼른 어미를 새끼들과 함께 채집상자로 옮기고 뚜껑을 닫은 다음, 차에서 에테르를 가져다가 상자 위쪽의 작은 거즈 구멍을 통해 안의 패드가 푹 젖을 때까지 부었다.

내 수집품 가운데 한 자리를 차지하면 이놈의 모습이 얼마나 멋져 보일까! 물론 새끼들은 죽으면서 어미의 몸에서 떨어질 터였다. 그러나 나중에 접착제로 새끼들을 원래 있던 모습 비슷하게 붙여놓을 생각이었다. 그러면 나는 새끼 열네 마리를 등에 짊어진 거대한 암컷 판디누스의 자랑스러운 소유자가 되는 거야! 뿌듯한 만족감이 찾아왔다. 나는 채집상자를 집어들어(안에서 어미가 사납게 몸부림치는 것을 느낄 수 있었다) 포충망, 흙손과 함께 트렁크에 집어넣고, 차의 내 자리로 돌아가 담배에 불을 붙인 다음 시동을 걸었다.

나는 만족스러울수록 천천히 운전을 한다. 이제 아주 느리게 차를 몰고 있었다. 중간 휴게소인 비르 라우드 살림까지 가는 데 거의 한 시간이나 걸렸던 것 같다. 그곳은 아무런 재미가 없는 곳이었다. 왼쪽에는 주유 펌프 하나와 나무 오두막이 한 채 있었다. 오른쪽에는 오두막이 세 채 있었는데, 모두가 도기 제조용 오두막만한 크기였다. 나머지는 사막이었다. 사람은 한 명도 보이지 않았다. 오후 두시 20분 전이었다. 차 안의 온도는 41도였다.

이스마일리아를 떠나기 전에 물을 끓이느라고 법석을 떠는 바람에 차에 기름을 가득 채우는 것을 깜박 잊었다. 눈금은 이제 2갤런이 약간 못 되는 양을 가리키고 있었다. 아슬아

슬했던 셈이다. 그러나 이제 상관없었다. 나는 펌프 옆에 차를 대고 기다렸다. 아무도 나타나지 않았다. 경적 단추를 눌렀다. 음을 맞춘 네 개의 경적에서 〈손 지아 밀레 에 트레!〉('천 명하고도 세 명이랍니다.' 모차르트의 오페라 《돈 조반니》에 나오는 가사로, 돈 조반니가 스페인에서 정복한 여자 숫자를 가리킨다—옮긴이)가 울려퍼졌다. 그러나 아무도 나타나지 않았다. 다시 경적을 눌렀다.

경적이 노래했다. 탁 트인 사막이라 모차르트의 음악이 웅장하게 울렸다. 그럼에도 아무도 나타나지 않았다. 비르 라우드 살림의 주민은 내 친구 돈 조반니나 그가 스페인에서 정복한 천세 명의 여자에게는 전혀 관심이 없는 것 같았다.

경적을 무려 여섯 번이나 울린 뒤에야, 마침내 주유 펌프 뒤의 오두막 문이 열리더니 키가 큼지막한 남자가 두 손으로 옷의 단추를 채우며 문간에 나타났다. 단추를 다 채우는 데 한참 시간이 걸렸다. 남자는 그 일을 완전히 마무리짓고 나서야 라곤다 쪽을 보았다. 나는 열린 차창을 통해 그를 보았다. 그가 내 쪽으로 첫걸음을 내디디는 것이 보였다…… 아주,

아주 천천히 움직이고 있었다…… 이윽고 그가 두번째 걸음을 내디뎠다……

맙소사! 저 사람은 스피로헤타에 감염되었구나!

그는 천천히 흔들거리며 걸었다. 보행성 운동 실조증(失調症)에 걸린 사람 특유의, 무릎을 높이 들어올리며 흐느적거리는 걸음걸이였다. 그는 한 걸음 내디딜 때마다 앞발을 허공에 높이 들어올렸다가 세차게 땅을 밟았다. 마치 위험한 벌레를 밟는 듯한 동작이었다.

나는 생각했다. 여기를 뜨는 게 좋겠다. 저자가 나한테 오기 전에 시동을 걸고 여기서 도망치는 게 좋겠다. 그러나 그럴 수 없다는 것을 알았다. 기름을 넣어야 했기 때문이다. 나는 차 안에 앉은 채, 힘겹게 모래를 쾅쾅 밟으며 다가오는 무시무시한 인간을 바라보았다.

그 인간은 이 역겨운 병을 아주 오랫동안 앓아온 것이 틀림없었다. 그렇지 않고서야 이런 식의 운동 실조증으로까지 발전할 리가 없었다. 전문가들은 그것을 척수 매독이라고 불렀다. 병리학적으로 보자면 이 말은 환자가 척수 후부(後部) 퇴화로 고생을 하고 있다는 뜻이었다. 그러나 아, 나의 적과 나의 친구들이여, 이자는 정말이지 그 말만 들어서는 상상할 수 없는, 아주 심한 몰골이었다. 매독이 몸의 신경 섬유를 느리지만 무자비하게 망가뜨리고 있었기 때문이다.

그 남자—아랍인인 것 같았다—는 내 차의 문까지 다가오더니 열린 차창으로 나를 살폈다. 나는 그를 피해 몸을 뒤로 기울이며, 그가 조금이라도 더 다가오지 않기를 빌었다. 나는 이렇게 황폐한 사람은 본 적이 없었다. 그의 얼굴은 부식이 된 듯했다. 뭔가가 한입 떼어 먹어버린 듯한 인상이었다. 벌레 먹은 낡은 나무 조각품 같았다. 그 모습을 보면서 나는 이 사람이 매독 외에 또 어떤 병을 앓았을지 궁금해졌다.

"살람(이슬람교도의 인사—옮긴이)."

남자가 중얼거렸다.

"기름 좀 채워주시오."

그는 움직이지 않았다. 대신 호기심 어린 표정으로 라곤다 내부를 살피고 있었다. 그가 서 있는 곳으로부터 끔찍하고 불결한 냄새가 흘러들었다.

"어서!"

나는 날카롭게 소리를 지르고 있었다.

"기름을 넣으라니까!"

남자는 나를 보며 싱긋 웃었다. 그것은 웃음이라기보다는 조롱이었다. 그 무례한 비웃음은 이렇게 말하는 것 같았다. "나는 비르 라우드 살림의 주유소 왕이다!" 그의 한쪽 눈초리에 파리가 앉았다. 그는 파리를 떨어낼 생각도 하지 않았다.

"기름을 넣으라고?"

그가 비웃는 목소리로 말했다.

나는 그에게 욕을 하려다가 간신히 말을 삼키고 대신 정중하게 말했다.

"그래요, 부탁합니다. 기름 좀 넣어주면 고맙겠습니다."

그는 내가 자기를 놀리지나 않는지 확인하려고 한참 동안 나를 살피더니 고개를 끄덕였다. 내 태도에 만족한 것 같았다. 그는 몸을 돌려 차의 뒤쪽을 향해 천천히 걷기 시작했다. 나는 차 문의 보관함에서 글렌모란지 병을 꺼내 한 잔을 따라 들고 조금씩 홀짝이기 시작했다. 남자의 얼굴은 내 얼굴에서 1미터도 떨어지지 않은 곳에 있었다. 그의 역겨운 구취가 차 안으로 흘러들었다…… 공중에 떠다니는 바이러스 수십억 마리도 함께 들어오는 것이 아닐까? 그럴 경우 하일랜드 위스키로 입과 목을 살균하는 것이 좋은 방법이었다. 위스키는 또 위안이 되기도 했다. 나는 잔을 비우고 한 잔을 더 따랐다. 놀란 마음이 이내 진정되기 시작했다. 옆자리에 놓인 수박이 눈에 띄었다. 수박을 한 조각 먹으면 기분이 상쾌해질 것 같았다. 나는 칼을 꺼내 두툼하게 한 조각을 잘랐다. 그리고 칼끝으로 검은 씨들을 파내, 자르고 남은 수박 위에 버렸다.

나는 차 안에 앉은 채 위스키를 마시며 수박을 먹었다. 둘 다 맛이 좋았다.

"기름은 다 넣었소."

무시무시한 아랍인이 말하더니, 유리창 앞에 나타나 말을 이었다.

"이제 냉각수하고 엔진오일을 점검하겠소."

나는 그가 내 라곤다에 손을 대지 않기를 바랐지만, 혹시 말다툼이 일어날까 걱정이 되어 입을 다물고 있었다. 그는 쿵쿵거리며 차 앞쪽으로 걸어갔다. 그의 걸음걸이를 보자 술 취한 히틀러 돌격대원이 아주 느린 동작으로 무릎을 굽히지 않고 발을 높이 들어 행진하는 모습이 떠올랐다.

척수 매독이야, 틀림없어.

그런 묘한 걸음걸이를 만들어내는 유일한 다른 병은 만성 각기병이었다. 글쎄, 어쩌면 그 병도 갖고 있을지 모르지. 나는 수박을 한 조각 더 베어, 잠시 칼로 씨를 빼내는 일에 집중했다. 다시 고개를 들었을 때, 아랍인은 차의 오른쪽 엔진덮개를 들어올리고 엔진 위로 허리를 굽히고 있었다. 그의 머리와 어깨는 보이지 않았다. 손과 팔도 마찬가지였다. 도대체 이자가 뭘 하는 거야? 엔진오일을 측정하는 막대는 반대편에 있었다. 나는 앞유리를 두드렸다. 그는 못 들은 것 같았다. 나는 머리를 창밖으로 내밀고 소리쳤다.

"이봐! 거기서 나와!"

남자는 천천히 허리를 폈다. 그가 엔진의 내장으로부터 오른팔을 꺼냈을 때, 그의 손에는 길고, 검고, 구불구불하고, 가느다란 것이 쥐어져 있었다.

'맙소사! 저자가 저 안에서 뱀을 발견했구나!'

남자는 창문으로 다가오더니, 나를 보고 싱긋 웃으며 손에 쥔 것을 들어올려 나에게 보여주었다. 가까이에서 보고서야 나는 그게 뱀이 아니라는 것을 알았다. 그것은 라곤다의 팬벨트였다!

갑자기 이 역겨운 자가 사는 외진 곳에서 오도 가도 못하게 된 상황에 내포된 무시무시한 의미들이 나를 짓누르기 시작했다. 나는 의자에 앉은 채 끊어진 팬벨트를 멍하니 바라보고 있었다.

아랍인이 말하고 있었다.

"보시다시피 이것이 간신히 걸려 있었소. 내가 알아챈 게 다행이오."

나는 남자에게서 팬벨트를 받아들고 그것을 꼼꼼히 살폈다.

"당신이 잘랐군!"

내가 소리쳤다.

"내가 잘랐다고?"

그가 작은 소리로 말하고 있었다.

"왜 내가 그걸 잘라?"

솔직히 말해서 그가 잘랐는지 안 잘랐는지 판단할 수가 없었다. 만일 그가 잘랐다면 그는 저절로 끊어진 것처럼 보이게 하기 위해 어떤 도구를 이용해 잘라낸 끝을 너덜너덜하게 만들어야 했을 것이다. 그렇다 해도 나는 그가 잘랐을 것이라고 추측했다. 만일 내 짐작이 옳다면, 그 의미는 대단히 불길한 것이었다.

"팬벨트가 없으면 내가 움직일 수 없다는 건 당신도 알고 있겠지?"

내가 말했다. 그는 다시 그 끔찍하게 결딴난 입으로 싱긋 웃었다. 궤양이 생긴 잇바디가 드러났다.

"지금 가면 3분이 안 되어 과열이 되겠지."

"그럼 어떻게 하란 말이오?"

"내가 다른 팬벨트를 갖다주겠소."

"그러겠소?"

"물론이오. 여기 전화가 있으니까, 당신이 전화비만 내면 내가 이스마일리아로 전화를 하겠소. 이스마일리아에 없으면 카이로로 전화를 하겠소. 아무 문제 없소."

"아무 문제 없다고!"

나는 소리를 지르며 차에서 내렸다. 내가 말을 이었다.

"그 팬벨트가 언제 이 끔찍한 곳에 도착한단 말이오?"

"매일 아침 열시쯤 우편 트럭이 오지. 내일이면 받을 수 있을 거요."

남자에게는 모든 문제에 대한 답이 준비되어 있었다. 그는 심지어 대답 전에 생각을 해보지도 않았다.

이 악당은 이곳에서 수도 없이 팬벨트를 끊었을 거야. 나는 생각했다.

나는 이제 바짝 긴장하여 남자를 유심히 지켜보고 있었다. 내가 말했다.

“이스마일리아에는 이 차에 쓰는 팬벨트가 없을 거요. 이 차의 팬벨트는 카이로의 대리점에 주문해야 하오. 내가 직접 전화를 하겠소.”

이곳에 전화가 있다는 사실이 그나마 약간의 위로가 되었다. 전신주는 도로를 따라 사막을 가로지르고 있었는데, 오두막에 가장 가까운 전신주에서 전선 두 개가 오두막으로 들어간 것이 보였다. 내가 말을 이었다.

“내가 카이로의 대리점에 전화를 해서 당장 특별 차량으로 이곳에 팬벨트를 보내라고 하겠소.”

아랍인은 도로를 바라보았다. 약 3백 킬로미터 떨어진 카이로로 통하는 도로였다.

“누가 팬벨트 하나를 배달하러, 오는 데 여섯 시간 가는 데 여섯 시간 걸리는 길을 오겠소? 그래봐야 오는 시간은 우편 트럭이나 비슷할 거요.”

“전화기가 있는 곳으로 안내해주시오.”

나는 오두막을 향해 걷기 시작했다. 순간 불길한 생각에 사로잡혀 발을 멈추고 말았다.

어떻게 이 작자의 오염된 도구를 사용한단 말인가? 수화기를 귀와 입에 거의 갖다대야 할 텐데. 의사들이 간접 접촉으로는 매독에 걸릴 가능성이 없다고 말하건 말건 상관이 없었다. 매독에 걸린 수화기는 어디까지나 매독에 걸린 수화기였다. 누가 뭐라고 하든 나는 절대 그 수화기를 내 입 가까이에 갖다대지 않을 것이다. 아예 오두막에 들어가지도 않을 것이다.

나는 오후의 이글거리는 열기 속에 서서 병에 걸린 아랍인의 무시무시한 얼굴을 바라보았다. 아랍인도 나를 마주보았다. 아무런 감정이 드러나지 않은 서늘한 얼굴이었다.

"전화를 쓰겠소?"

그가 물었다.

"아니. 당신 영어 읽을 줄 아시오?"

"아, 물론."

"잘됐군. 내가 대리점 이름과 이 차 이름, 그리고 내 이름을 적어주겠소. 대리점 사람들이 나를 아니까. 그 사람들한테 필요한 것을 얘기하시오. 그리고 보자…… 비용을 댈 테니 바로 차로 배달을 해달라고 하시오. 돈은 많이 주겠다고 하시오. 만일 그건 안 된다고 하면, 팬벨트를 이스마일리아로 가져가서 제시간에 우편 트럭에 전달하라고 하시오. 내 말 알아듣겠소?"

"문제없소."

아랍인이 대답했다.

나는 종이에 필요한 내용을 적어 아랍인에게 주었다. 그는 발을 쾅쾅 내딛는 느린 걸음으로 오두막으로 가더니 안으로 사라졌다. 나는 차의 엔진덮개를 닫고 운전석에 앉은 다음 생각을 하기 시작했다.

위스키를 한 잔 더 따르고 담배에 불을 붙였다. 이 길에도 지나가는 차는 있을 거야. 해가 지기 전에 누군가가 틀림없이 오기는 올 거야. 하지만 그런다고 내게 도움이 될까? 아냐, 아닐 거야. 라곤다와 내 짐 전체를 여기에 놔두고, 저 아랍인의 손에 맡겨두고, 그 차를 타고 떠나지 않는 한 말이야. 내가 그럴 각오가 되어 있을까? 모르겠어. 어쩌면 그럴 수 있을지도 모르지. 만일 내가 여기서 밤을 보내야 한다면, 차 안에 들어가 문을 걸어 잠그고 가능한 한 잠들지 않도록 노력해야지. 저 짐승 같은 인간이 살고 있는 오두막에는 무슨 일이 있어도 안 들어갈 거야. 저 인간이 먹는 음식에는 손도 대지 않을 거야. 나한테는 위스키와 물이 있어. 수박 반쪽과 초콜릿도 있어. 그거면 넉넉해.

더위는 엄청났다. 차 안의 온도계는 여전히 41도 근처를 가리키고 있었다. 바깥의 햇볕 속은 더 뜨거웠다. 땀이 비 오듯 흘렀다. 맙소사, 이런 곳에서 꼼짝도 못하게 되다니! 게다가 저런 인간하고 같이!

15분쯤 뒤에 아랍인이 오두막에서 나왔다. 나는 그가 차까지 걸어오는 모습을 지켜보았다.

"카이로의 정비소에 전화했소."

그는 차창으로 얼굴을 들이밀며 말을 이었다.

"팬벨트는 내일 우편 트럭으로 올 거요. 모든 게 잘되었소."

"당장 보내달라는 이야기도 해봤소?"

"불가능하다고 합디다."

"얘기는 해본 거요?"

그는 머리를 한쪽으로 기울이더니 다시 싱긋 웃었다. 역시 그 교활하고 무례한 웃음이었다. 나는 고개를 돌리고 그가 움직이기를 기다렸다. 그러나 그는 그 자리에 그대로 서 있었다.

"우리한테 손님이 묵는 집이 있소. 거기 가면 아주 편하게 잘 수 있소. 집사람이 먹을 것도 만들어줄 거요. 하지만 돈은 내야 하오."

"당신과 부인 말고 여기 또 누가 있소?"

"남자가 하나 더 있소."

그는 도로 건너편 세 채의 오두막 쪽을 향해 손을 흔들었다. 고개를 돌리자 가운데 오두막 문간에 한 남자가 서 있는 모습이 보였다. 땅딸막한 남자는 더러운 카키색 슬랙스와 셔츠 차림이었다. 그는 문간의 그늘에 꼼짝도 않고 서 있었다. 두 팔은 양옆으로 늘어져 있었다. 남자는 나를 보고 있었다.

"저 사람이 누구요?"

"살레."

"뭘 하는데?"

"일을 돕고 있소."

"나는 차에서 자겠소. 당신 부인이 음식을 준비할 필요도 없소. 나한테 먹을 게 있으니까."

아랍인은 어깨를 으쓱하더니 몸을 돌려 전화가 있는 오두막 쪽으로 걸어가기 시작했다. 나는 차에 그대로 있었다. 달리 어쩐단 말인가? 시간은 두시 삼십분을 넘었다. 앞으로 서너 시간 뒤면 조금씩 시원해지기 시작할 터였다. 그때 산책을 나가든지 전갈을 잡든지 해야지. 나는 책이 든 상자를 보관하는 뒷자리로 가서, 보지도 않고 아무것이나 손에 잡히는 대로 뽑아들었다. 상자에는 세상에서 가장 훌륭한 책이 3, 40권가량 들어 있었다. 모두 백번이라도 다시 읽을 수 있었다. 그뿐만 아니라 읽을 때마다 더 좋다는 느낌이 들었다. 어느 것을 뽑아드느냐는 중요하지 않았다. 어쨌든 내가 뽑은 책은 『셀본의 자연사』(1789년에 출간된 길버트 화이트의 책—옮긴이)였다. 나는 아무 페이지나 펼쳤다.

……이 마을에는 20여 년 전에 백치 소년이 살았다. 내 기억에 그 소년은 어린 시절부터 벌을 유난히 좋아했다. 벌은 소년의 음식이었고, 즐거움이었고, 유일하게 애착을 가지는 대상이었다. 이런 유형의 사람들이 한 가지 생각만 하는 경우가 많듯이, 이 소년도 이 한 가지 일에 자신의 얼마 안 되는 능력을 모두 쏟아부었다. 소년은 겨울이면 아버지의 집 난롯가에서 졸면서 시간을 보냈다. 일종의 동면 상태로, 난롯가를 거의 떠나지 않았다. 그러나 여름이면 소년은 바짝 긴장하여, 들판으로, 해가 비치는 강둑으로 사냥감을 찾으러 나갔다. 꿀벌, 땅벌, 말벌은 발견되는 즉시 그의 먹이가 되었다. 그는 벌의 침을 무서워하지 않아 맨손으로 벌을 잡곤 했다. 소년은 즉시 벌의 무기를 제거하고 꿀주머니를 찾아 벌의 몸을 빨았다. 가끔 소년은 가슴에, 즉 셔츠와 피부 사이에 이렇게 잡은 포로를 수도 없이 집어넣곤 했다. 때로는 병에 담기도 했다. 소년은 메롭스 아피아스터, 즉 딱새와 다름없었으며, 양봉업자에게는 매우 해로운 존재였다. 소년은 양봉업자의 밭으로 들어가 손가락으로 벌집을 두드려서 벌이 나오면 손으로 잡곤 했다. 소년은 꿀을 정말 좋아하여, 꿀을 찾아 벌집을 뒤집기도 했다. 메테글린(벌꿀술의 일종—옮긴이)을 만드는 곳에서는 통이나 그릇 주변에서 얼

쩡거리다가 벌술—소년은 메테글린을 그렇게 불렀다—을 한 모금만 달라고 애걸하곤 했다. 소년은 뛰어다니면서 콧소리를 냈는데, 그 소리는 벌이 붕붕대는 소리와 비슷했다……

나는 책에서 눈을 떼고 주위를 둘러보았다. 도로 건너편에서 꼼짝도 하지 않던 남자는 사라졌다. 아무도 보이지 않았다. 괴괴한 정적뿐이었다. 고요, 완전한 고요와 황량한 공간이 묵직하게 나를 짓누르는 느낌이었다. 나는 감시당하고 있었다. 저쪽에서는 나의 모든 동작, 위스키를 한 모금 마시거나 담배를 한번 빠는 것까지 세심하게 관찰하고 있을 터였다. 나는 폭력을 혐오했기 때문에 무기를 들고 다니지 않았다. 그러나 지금은 아쉬웠다. 엔진이 과열될 때 과열되더라도 시동을 켜고 차를 달려볼까 하는 생각도 잠시 했다. 그러나 얼마나 갈 수 있을까? 이 더위 속에서 팬이 돌아가지 않는다면 얼마 갈 수 없을 것이다. 어쩌면 한 2킬로미터, 기껏해야 3킬로미터…… 아냐, 말도 안 돼. 그냥 여기 죽치고 앉아 책이나 읽어야 해.

한 시간쯤 지났을까, 멀리서 작고 검은 점 하나가 내 쪽으로 다가오는 것이 보였다. 예루살렘 방향에서 오고 있었다. 나는 점에서 눈을 떼지 않고 책을 옆으로 치웠다. 점이 점점 커졌다. 아주 빠른 속도로 다가오고 있었다. 놀라운 속도였다. 나는 라곤다에서 내려 얼른 도롯가로 나섰다. 차를 멈추라고 신호를 보낼 생각이었다.

점은 점점 가까이 다가오다가 5백 미터쯤 남겨놓자 속도를 늦추기 시작했다. 순간 나는 그 차의 라디에이터 생김새를 알아보았다. 롤스로이스였다! 나는 팔을 치켜든 채 그대로 서 있었다. 커다란 녹색 차의 운전석에 앉은 남자는 도로를 벗어나더니 내 라곤다 옆에 차를 세웠다.

갑자기 마음이 들뜨기 시작했다. 그 자동차가 포드나 모리스였더라도 반갑기는 했을 것이다. 그러나 지금처럼 마음이 들뜨지는 않았을 것이다. 그 차가 롤스라는 사실—이 점에서는 벤틀리도 마찬가지였을 것이고, 이소타나 다른 라곤다도 마찬가지였을 것이다—은 나에게 필요한 모든 지원을 보장해주는 증표나 마찬가지였다. 아는지 모르겠지만, 최고가의 자동차를 소유한 사람들 사이에는 강력한 형제애가 존재한다. 그들은 자연스럽게 서로를 존중한다. 그 이유는 간단하다. 부는 부를 존중하기 때문이다. 사실 큰 부자가 세상에서 가장 존경하는 사람은 다른 큰 부자다. 이런 이유에서 그들은 어디를 가나 자연스럽게 서로를 찾는다. 그들 사이에는 서로를 인식하는 많은 종류의 신호가 있다. 여자의 경우에는 육중한 보석을 몸에 걸치는 게 아마 가장 흔한 신호일 것이다. 그러나 비싼 자동차도 매우 선호하는 신호이며, 이것은 남녀 모두가 애용한다. 비싼 자동차는 움직이는 플래카드이며, 부의 공적인 과시다. 그렇기 때문에 '거부(巨富)연합'이라는 특별한 비공식 모임에 들어가는 회원증 역할을 하기도 하다. 물론 나는 오랜 기간 회원이었으며, 이 사실을 기쁘게 생각한다. 해서 지금처럼 다른 회원을 만나면 즉시 친밀감을 느낄 수밖에 없다. 저절로 존중하게 된다. 우리는 똑같은 언어로 말한다. 그는 우리 가운데 한 사람이다. 따라서 내가 마음이 들뜬 것도 당연한 일이었다.

롤스의 운전자는 차에서 내리더니 나를 향해 다가왔다. 올리브색 피부에 머리와 눈이 검은 자그마한 남자였다. 흠 하나 없는 하얀 아마포 양복 차림이었다. 시리아인인 것 같군. 나는 생각했다. 그리스인일지도 몰라. 어쨌든 한낮의 더위에도 불구하고, 남자는 아주 시원해 보였다.

"안녕하십니까? 무슨 문제라도?"

나는 그에게 인사를 하고, 주유소에서 일어난 일을 조금씩 하나도 남김없이 이야기해주었다.

"이런, 이런, 정말 괴롭겠습니다."

그는 완벽한 영어로 말을 이어갔다.

"정말 운이 나쁘시군요. 이런 좋지 않은 곳에서 오도 가도 못하게 되다니."

"정말 그렇습니다."

"새 팬벨트를 분명히 주문하셨다고요?"

"네. 이곳 주인 말을 믿을 수 있다면 말입니다."

아랍인은 롤스가 멈추기도 전에 오두막에서 나와 이제 우리와 함께 서 있었다. 롤스를 몰던 사람은 아랍인에게 빠른 아랍어로, 그가 나를 위해 어떤 조치를 취했는지 묻기 시작했다. 두 사람은 아주 잘 아는 사이 같았다. 아랍인은 새로 온 사람에게 경외심을 품고 있는 게 분명했다. 실제로 땅을 설설 기다시피 했다.

"흠, 그럼 된 것 같군."

새로 온 사람은 마침내 그렇게 말하더니 나를 향해 말을 이었다.

"하지만 내일 아침까지 여기서 움직일 수 없다는 건 분명하군요. 어디로 가시는 길이었습니까?"

"예루살렘입니다. 이 지옥 같은 곳에서 밤을 보낸다는 건 별로 즐겁지 않은 일이지요."

"나 같아도 그럴 겁니다. 아주 불편하겠지요."

그는 나를 보고 유난히 하얀 치아를 드러내며 웃음을 지었다. 이어 그는 담뱃갑을 꺼내더니 담배 한 대를 권했다. 담뱃갑은 금이었다. 바깥 면에는 구석에서 구석까지 녹색 옥 상감으로 가는 대각선이 그어져 있었다. 아름다운 물건이었다. 나는 담배를 받아들었다. 그는 내 담배에 불을 붙여주고 자기 담배에도 불을 붙였다.

그는 담배를 깊이 빨더니 고개를 뒤로 젖히고 태양을 향해 연기를 내뿜었다. 그가 말했다.

"여기 더 있다간 둘 다 일사병에 걸리겠군요. 내가 제안을 하나 해도 될까요?"

"물론이죠."

"처음 보는 사람이 이런 제안을 한다고 주제넘다고 생각하지는 마시기 바랍니다……"

"천만의 말씀을……"

"선생은 여기 계시지는 못합니다. 따라서 우리집에 가서 하룻밤 보내시라고 권하고 싶습니다만."

역시! 롤스로이스가 라곤다를 향해 웃음을 짓고 있었다. 포드나 모리스 같았으면 절대 이런 웃음을 보여주지 않았을 것이다!

"이스마일리아에서 말씀입니까?"

내가 물었다.

"아니, 아닙니다."

그는 웃음을 터뜨리며 말을 이었다.

"우리집은 저기 모퉁이만 돌면 나옵니다. 바로 저기죠."

그는 자기가 왔던 방향을 손으로 가리켰다.

"하지만 이스마일리아로 가는 길 아니었습니까? 나 때문에 계획을 바꾸시게 하고 싶지는 않습니다."

"이스마일리아에 가는 게 아니었습니다. 우편물을 가지러 온 거죠. 놀라실지 모르지만, 우리집은 여기서 아주 가깝습니다. 저기 저 산 보이죠? 저게 마그하라입니다. 우리집은 바로 그 뒤입니다."

나는 산을 보았다. 북쪽으로 20킬로미터 정도 거리였다. 노란 바위산으로, 높이는 6백 미터쯤 되어 보였다.

"정말로 이런…… 이런 황무지 한가운데 집이 있다는 말씀입니까?"

"내 말이 믿기지 않습니까?"

그가 웃음을 지었다.

"물론 믿지요. 이제 나는 어떤 일에도 놀라지를 않으니까요. 다만……"

나는 마주 웃음을 지어 보이고는 말을 이었다.

"다만, 사막 한가운데서 만난 낯선 사람이 나를 형제처럼 대해줄 때는 예외죠. 선생 제안에 무척 감동했습니다."

"어이쿠, 말도 안 됩니다. 내 동기는 전적으로 이기적인 것입니다. 이 지역에서는 교양 있는 벗을 만나기가 힘들지요. 저녁식사를 손님과 함께한다는 생각만 해도 몹시 흥분이 되는군요. 소개가 늦었습니다. 나는 압둘 아지즈라고 합니다."

그는 빠르게 살짝 고개를 숙였다.

"오스왈드 코넬리어스입니다. 만나서 반갑습니다."

우리는 악수를 했다.

"베이루트에도 집이 있지요."

그가 말했다.

"나는 파리에 삽니다."

"그거 멋지군요. 그럼 갈까요? 준비는 되셨나요?"

"하지만 차가…… 여기 그대로 두고 가도 안전할까요?"

"그 점은 염려하지 마십시오. 오마르는 내 친구입니다. 볼품은 없는 친구입니다만, 선생이 나와 함께 있는 한 선생을 실망시키는 일은 없을 겁니다. 그리고 저기 살레도 훌륭한 기술자지요. 내일 팬벨트가 도착하면 저 친구가 장착을 해놓을 겁니다. 지금 말을 해두겠습니다."

길 건너편에 있던 남자 살레는 우리가 이야기를 하는 동안 건너와 있었다. 아지즈 씨는 그에게 지침을 내렸다. 이어 두 사람에게 라곤다를 잘 지키라고 일렀다. 그의 말은 짧고 날카로웠다. 오마르와 살레는 선 채로 연신 고개를 꾸벅였다. 나는 옷가방을 가지러 라곤다로 갔다. 옷을 갈아입고 싶어 미칠 지경이었다.

아지즈 씨가 나에게 소리쳤다.

"아, 그런데, 나는 저녁식사 때는 보통 검은 넥타이를 맵니다."

"알겠습니다."

나는 중얼거리는 소리로 대꾸하고는, 얼른 처음에 손에 잡았던 옷가방을 뒤로 밀고 다른 옷가방을 꺼냈다.

"무엇보다 여자들 때문이지요. 여자들은 저녁식사 때는 정장을 좋아하는 것 같더라고요."

나는 여자라는 말에 몸을 획 돌려 그의 모습을 찾았으나 그는 이미 차 안에 들어가 있었다.

"갈까요?"

그가 말했다.

나는 옷가방을 롤스의 뒷자리에 밀어넣었다. 그리고 운전석 옆자리에 가서 앉았다. 곧 차가 출발했다.

우리는 차를 타고 가면서 허물없이 이런저런 이야기를 나누었다. 그는 양탄자 사업을 한다고 했다. 베이루트와 다마스쿠스에 사무실이 있었다. 그의 조상들이 수백 년 동안 해오던 사업이라고 했다.

나는 파리의 내 침실 바닥에 17세기 다마스쿠스 양탄자를 깔아두었다고 말했다.

"설마!"

그는 소리를 질렀다. 흥분 때문에 차가 길 밖으로 벗어날 뻔했다. 그가 말을 이었다.

"그게 비단과 양모로 짠 것인가요? 날실은 비단만 쓰고요? 바탕은 금실과 은실로 짠 것 말입니다."

"바로 그겁니다."

"하지만 그런 것은 바닥에 깔면 안 됩니다!"

"물론 맨발로만 밟지요."

그는 내 대답에 만족했다. 그는 내가 청화백자를 좋아하는 것만큼이나 양탄자를 좋아하는 것 같았다.

곧 우리는 아스팔트가 깔린 도로에서 벗어나 돌을 깐 단단하고 좁은 길로 들어섰다. 차는 산을 향해 사막을 가로질렀다.

"여기는 내 전용 진입로지요. 팔 킬로미터 길이입니다."

"전화도 있군요."

나는 간선도로에서 가지를 쳐 개인 진입로를 따라 달리는 전신주들을 보며 말했다.

순간 묘한 생각이 떠올랐다.

주유소의 아랍인…… 그자한테도 전화가 있었는데……

혹시 이게 아지즈 씨의 예기치 않은 출현을 설명해주는 건 아닐까?

이 외로운 주인이 이른바 '교양 있는 벗'을 저녁식사 자리에 앉히기 위해 여행자를 길에서 교묘하게 유괴하는 것은 아닐까? 주유소의 아랍인에게 그럴듯하게 생긴 사람이 탄 차가 나타나면 오는 대로 차가 움직이지 못하게 만들라고 지침을 내려놓은 것은 아닐까? "그냥 팬벨트만 잘라, 오마르. 그러고 나서 얼른 나한테 전화를 해. 하지만 좋은 차를 가진 괜찮아 보이는 사람이어야만 해. 그럼 내가 얼른 가서 그자가 집에 초대할 만한 가치가 있는지 살펴볼 테니까……"

물론 터무니없는 생각이었다.

아지즈 씨가 말하고 있었다.

"아마 내가 도대체 왜 이런 곳에 집을 짓기로 했는지 궁금하실 겁니다."

"어, 네, 조금 궁금하기는 하군요."

"모두들 궁금해하죠."

"모두들?"

"네."

어라, 어라. 모두들이라니.

"내가 이곳에 사는 것은 사막을 몹시 좋아하기 때문입니다. 나는 선원이 바다에 끌리듯 사막에 끌립니다. 그게 이상해 보입니까?"

"아뇨. 전혀 이상해 보이지 않는데요."

그는 말을 끊고 담배를 꺼냈다. 이윽고 그가 말을 이었다.

"그게 한 가지 이유죠. 하지만 또 한 가지 이유가 있습니다. 선생은 가정적인 남자입니까, 코넬리어스 씨?"

"안타깝게도 그렇지 못합니다."

나는 조심스럽게 대답했다.

"나는 그렇습니다. 나한테는 아내와 딸이 있습니다. 둘 다 내 눈에는 매우 아름답습니다. 딸은 이제 겨우 열여덟이죠. 영국에 있는 좋은 기숙학교에 다녔는데, 지금은……"

그는 어깨를 으쓱하더니 말을 이어갔다.

"……지금은 그냥 앉아서 결혼할 나이가 되기만 기다리고 있습니다. 하지만 사람들이 그때까지 아름다운 처녀를 그냥 놔두겠습니까? 나는 아이를 행실 나쁜 아이로 키우고 싶지 않았습니다. 그러기에는 너무 좋은 아이니까요. 한번 아이를 베이루트에 데려가니까 남자들이 먹이를 본 이리떼처럼 몰려들더군요. 그걸 보니 미칠 것 같았습니다. 나는 남자에 대해서는 잘 알거든요, 코넬리어스 씨. 남자들이 어떻게 행동하는지 안단 말입니다. 물론 이런 문제로 고민하는 아버지가 나만은 아니겠지요. 하지만 왠지 몰라도 다른 아버지들은 현실을 직시하고 그냥 받아들이는 것 같더라고요. 그냥 딸을 놓아줍디다. 그냥 집에서 내보내고 외면을 해버리더라고요. 나는 그럴 수가 없어요. 나는 도저히 그럴 수가 없단 말입니다! 나는 그 아이가 아치메드, 알리, 하밀 등등의 사내녀석들을 만나며 상처를 받도록 놔둘 수가 없습니다. 이제 짐작하시겠지만, 그것이 내가 사막에 사는 또하나의 이유죠. 내 어여쁜 딸을 사나운 짐승들로부터 몇 년이라도 더 보호하자는 겁니다. 가족이 없다고 하셨나요, 코넬리어스 씨?"

"유감스럽게도 그렇습니다."

"아."

아지즈 씨는 실망한 표정이었다. 그가 말을 이었다.

"그러니까 한 번도 결혼한 적이 없나요?"

"음…… 없습니다. 한 번도 없습니다."

나는 바로 다음에 이어지는, 피할 수 없는 질문이 나오기를 기다렸다. 질문은 1분쯤 뒤에 나왔다.

"결혼을 하거나 자식을 두고 싶은 적이 없었나요?"

사람들은 모두 이 질문을 한다. 이것은 "당신 그렇다면 동성애자 아니오?" 하는 질문을 다른 식으로 묻는 것에 지나지 않는다.

"한 번. 딱 한 번 있었습니다."

"그런데요?"

"평생 딱 한 사람이 있었지요, 아지즈 씨…… 하지만 그 여자가 가버린 뒤에는……"

나는 한숨을 쉬었다.

"그 여자가 죽었다는 뜻입니까?"

나는 고개를 끄덕였다. 목이 메어 말이 나오지 않았다.

"이런, 정말 안됐습니다. 캐물어서 죄송합니다."

우리는 한동안 말없이 앉아 있었다.

"놀라운 일이더군요."

나는 중얼거리는 목소리로 말을 이었다.

"그런 일이 있고 난 뒤에는 육신의 문제에는 모든 관심을 잃었지요. 아마 충격이었던 모양입니다. 절대 극복이 되지 않는 충격."

그는 공감하듯 고개를 끄덕였다. 내 말을 모두 받아들이는 것 같았다. 내가 말을 이었다.

"그래서 잊어버리기 위해 여기저기 돌아다니는 거지요. 이러고 산 지도 꽤 오래되었습니다……"

우리는 마그하라산 밑에 이르러, 구불구불 좁은 길을 통해 도로에서는 보이지 않는 산비탈을 올라가고 있었다. 북쪽 비탈이었다.

"다음 굽이만 돌면 집이 보입니다."

아지즈 씨가 말했다.

우리는 굽이를 돌았고…… 과연 집이 나타났다! 나는 눈을 깜빡이며 앞을 뚫어져라 보았다. 정말이지 처음 몇 초간은 내 눈을 믿을 수가 없었다. 눈앞에 하얀 성이 보였다. 진짜 성이었다. 높고 하얀 성이었다. 둘레에는 작은 탑과 망루, 뾰족탑들이 달려 있었다. 헐벗은 노란 산의 타는 듯이 뜨거운 산자락에 조성된 녹지 한가운데 마치 동화 속의 성처럼 서 있었다! 환상적이었다! 한스 크리스티안 안데르센이나 그림형제의 동화에서 바로 튀어나온 것 같았다. 나도 라인이나 루아르 골짜기의 낭만적으로 보이는 성들을 볼 만큼 본 사람이다. 그러나 이렇게 늘씬하고, 우아하고, 동화 같은 느낌을 주는 성은 본 적이 없었다! 가까이 다가가면서 보니 녹지는 잔디와 야자나무로 꾸며놓은 예쁜 정원이었다. 사막의 침범을 막으려는 듯 정원 주위에는 흰 담을 높이 쳐놓았다.

"마음에 드십니까?"

주인이 웃음을 지으며 물었다.

"환상적입니다! 세상의 동화에 나오는 모든 성을 하나로 합쳐놓은 것 같군요."

"바로 그겁니다!"

주인은 소리를 지르더니 말을 이었다

"동화 속의 성! 특별히 내 딸, 나의 아름다운 공주를 위해 지은 겁니다."

(그 아름다운 공주는 엄하고 질투심 많은 아버지 압둘 아지즈왕에 의해 이 안에 갇혀 있다. 아지즈왕은 딸이 남자와 함께 즐거움을 누리는 것을 허락지 않으려 한다. 하지만 조심하라. 여기 오스왈드 코넬리어스 왕자가 공주를 구하러 왔으니! 왕은 모르고 있지만, 코넬리어스 왕자는 아름다운 공주에게 빛나는 기쁨과 행복을 안겨줄 것이다.)

"여기는 다른 데와 좀 다릅니다."

아지즈 씨가 말했다.

"과연 다르네요."

"또 멋지고 은밀하기도 하지요. 나는 이곳에서는 아주 편하게 잠을 잘 수 있습니다. 공주도 마찬가지고요. 불쾌한 젊은 사내들이 밤에 저 창문으로 기어오를 수는 없으니까요."

"과연 그렇군요."

"원래 이곳에는 작은 오아시스가 있었습니다. 나는 정부로부터 이곳을 사들였지요. 이곳에는 집안에서 쓰고, 수영장을 만들고, 삼 에이커 크기의 정원을 유지할 만한 풍부한 물이 있습니다."

우리는 정문으로 들어갔다. 갑자기 녹색 잔디밭과 꽃밭과 야자나무로 이루어진 작은 낙원이 나타났다. 기분이 매우 상쾌했다. 모든 것이 완벽한 질서를 유지하고 있었다. 잔디밭에는 스프링클러가 돌아가고 있었다. 집의 현관 앞에서 차가 멎자, 깨끗한 갈라비아(이슬람교도의 헐렁하고 긴 옷—옮긴이)와 주홍색 타르부시(터키모자—옮긴이) 차림의 하인 둘이 바로 달려나와서 한 사람씩 차 옆에 붙어 문을 열어주었다.

하인이 둘? 두 사람이 올 거라고 예상하지 않았다면 어떻게 하인이 두 명 나올 수 있을까? 아마 예상을 했을 것이다. 내가 저녁 손님으로 유괴된 것이 맞다는 느낌이 더욱 강해졌다. 어쨌든 아주 재미있었다.

주인은 나를 현관으로 안내했다. 곧 나는 강렬한 더위에 시달리다가 냉방 장치가 있는 실내로 갑자기 들어섰을 때 피부에 다가오는, 기분좋게 오싹하는 느낌을 맛보게 되었다. 나는 현관에 서 있었다. 바닥은 녹색 대리석이었다. 오른쪽으로는 큰방으로 통하는 널찍한 아치 통로가 있었다. 시원하고 하얀 벽, 훌륭한 그림, 고풍스러운 루이 15세 시대 가구가 한눈에 들어왔다. 시나이 사막 한가운데서 이런 곳을 만나게 되다니!

이윽고 여자가 층계를 따라 천천히 내려왔다. 주인은 하인들과 이야기를 하느라 등을 돌리고 있었기 때문에 바로 여자를 보지 못했다. 여자는 층계 밑에 내려와 발을 멈추었다. 그녀는 하얀 아나콘다 같은 벗은 팔을 난간에 올려놓고 있었다. 여자는 선 채로 나를 보고 있었다. 마치 바빌로니아의 계단 위에 올라선 삼무 라무트 여왕(고대 오리엔트의 전설적인 여왕—옮긴이) 같았다. 그리고 나는 그녀의 취향에 맞을 수도 있고 맞지 않을 수도 있는 후보자 같았다. 여왕의 머리는 새까맸으며, 몸매는 내 입술을 순간적으로 촉촉하게 만들 만한 수준이었다.

아지즈 씨는 몸을 돌려 그녀를 보고 말했다.

"아, 여보, 거기 있었군. 손님을 모셔왔소. 주유소에서 차가

고장났다지 뭐요. 운이 없으셨던 게지. 그래서 오늘 우리 집에서 묵고 가시라고 했소. 코넬리어스 씨…… 집사람입니다."

"정말 반가워요."

그녀는 작은 소리로 말하고는 앞으로 다가왔다. 나는 그녀의 손을 잡아 입술로 가져갔다.

"과한 친절에 몸 둘 바를 모르겠습니다."

그녀의 손에서는 악마적인 향기가 풍겼다. 거의 동물적인 냄새였다. 향유고래, 수컷 사향노루, 비버의 은밀한 성적 분비물을 모두 섞어놓은 냄새였다. 말로 표현할 수 없을 정도로 자극적이고 외설적이었다. 이 냄새가 다른 냄새들을 압도하고 있었다. 레몬, 카유푸트, 제롤리 같은 깨끗한 식물 기름의 향기는 희미한 흔적만 느껴질 뿐이었다. 대단했다! 그러나 그 짧은 순간에 나는 또 한 가지를 느꼈다. 그녀의 손을 잡았을 때 그녀는 다른 여자들과는 달리 자기 손을 저민 날생선 요리처럼 내 손바닥에 얹어두지 않았다는 것이다. 그녀는 엄지손가락은 내 손 아래로 내리고 나머지 네 손가락은 내 손 위에 올렸다. 그래서 그녀는 내가 관례적으로 그녀의 손에 입을 맞출 때 부드럽지만 암시적으로 내 손에 압박을 가할 수 있었다. 맹세컨대 그녀는 실제로 압박을 가했다.

"다이애나는 어디 있지?"

아지즈 씨가 물었다.

"수영장에 있어요."

여자가 대답했다. 여자는 나를 돌아보더니 말을 이었다.

"수영하시겠어요, 코넬리어스 씨? 그 끔찍한 주유소에서 오도 가도 못하셨다니 몸이 더위에 다 익었을 텐데."

그녀의 큰 눈은 벨벳 같았다. 아주 길어서 검은색에 가까웠다. 나를 향해 웃음을 지을 때 그녀의 코는 위로 움직였고 콧구멍이 팽창했다.

(바로 그 자리에서 오스왈드 코넬리어스 왕자는 질투심 많은 왕이 성에 포로로 잡아두고 있는 아름다운 공주에게는 조금도 관심을 가질 필요가 없다고 판단했다. 그는 대신 왕비를 정복하기로 결정했다.)

"어……"

내가 망설이는 사이에 아지즈 씨가 대답했다.

"나는 수영 좀 해야겠소."

"그럼 모두 하도록 하죠."

부인이 대꾸하고는 말을 이었다.

"수영복은 빌려드릴게요."

나는 우선 내가 묵을 방으로 가서 수영한 뒤에 입을 깨끗한 셔츠와 바지를 꺼내와도 좋겠냐고 물었다. 여주인은 대답했다.

"그럼요, 물론이지요."

그녀는 한 하인에게 길을 안내하라고 말했다. 하인은 나를 데리고 층계 두 개를 올라가 3층으로 갔다. 우리는 크고 하얀 침실로 들어섰다. 안에는 아주 커다란 더블베드가 놓여 있었다. 한쪽 벽은 모든 비품이 갖춰진 욕실로 통했다. 그곳에는 연푸른 욕조와 거기에 어울리는 비데가 있었다. 어디를 보나 아주 깨끗했을 뿐 아니라, 꾸민 방식까지도 내 마음에 들었다. 하인이 가방을 푸는 동안 나는 창문으로 다가가 밖을 내다보았다. 불타오르는 거대한 사막이 사방의 지평선으로부터 이곳까지 쭉 밀려오다가, 바로 내 발 아래, 정원을 둘러싼 하얀 담에서 멈추고 있었다. 담 안에는 수영장이 보였다. 수영장 가에는 한 처녀가 하얀 수영복을 입고 커다란 분홍색 파라솔 그늘 아래 누워 책을 읽고 있었다. 다리는 늘씬했고 머리카락은 검었다. 그녀가 공주였다.

황홀한 상황 설정이야. 나는 생각했다. 하얀 성, 안락, 청결, 냉방 장치, 눈부시게 아름다운 두 미녀, 감시견 같은 남편. 게다가 여유 있게 작업을 할 수 있는 하룻밤의 시간! 상황은 아주 완벽하여 더 낫게 고칠 수도 없을 정도였다. 예상되는 난관들 때문에 오히려 나는 큰 매력을 느꼈다. 단순한 유혹은 이제 재미가 없었다. 그런 일에는 아무런 예술적 향취가 없었다. 장담하건대, 설사 나에게 마법의 지팡이가 있어 질투심 많은 감시견 앞둘 아지즈 씨를 하룻밤 사라지게 할 수 있다 해도 나는 그것을 휘두르지 않았을 것이다. 나는 거저 주어지는 승리는 바라지 않았다.

방을 나가자 하인이 따라왔다. 우리는 층계를 하나 내려갔다. 나는 2층 층계참에서 발을 멈추고 하인에게 별것 아니라는 듯이 물었다.

"가족이 모두 이층에서 자나?"

"네. 저쪽에 있는 방이 주인님 방입니다."

그는 한쪽 문을 가리키며 그렇게 말하고는 덧붙였다.

"그 옆이 아지즈 부인 방, 맞은편이 다이애나 양 방입니다."

방 세 개라. 모두가 아주 가까이 붙어 있었다. 거의 난공불락이었다. 나는 머릿속에 그 정보를 챙겨넣고 수영장으로 내려갔다. 주인 부부는 이미 나와 있었다.

"이 아이가 내 딸 다이애나입니다."

주인이 말했다.

하얀 수영복을 입은 아가씨가 일어섰고 나는 그녀의 손에 입을 맞추었다.

"안녕하세요, 코넬리어스 씨."

그녀는 어머니와 마찬가지로 강렬한 동물성 향수를 썼다. 용연향, 사향, 해리향! 정말 대단한 냄새였다. 음란하고, 뻔뻔하고, 불가사의한 향기! 나는 개처럼 그 냄새를 맡았다. 정말 예상하지 못했던 일이지만, 딸이 어머니보다 훨씬 더 아름다운 것 같았다. 그녀의 눈은 어머니의 눈을 닮아 크고 벨벳 같았다. 머리카락도 똑같이 검었고, 얼굴 윤곽도 똑같았다. 그러나 다리는 의심할 바 없이 더 길었으며, 몸도 나이든 여자의 몸보다는 약간 더 나아 보이는 뭔가가 있었다. 더 나긋나긋하고, 뱀 같은 느낌도 더 강했다. 물론 유연성이야 훨씬 뛰어날 터였다. 그러나 나이든 여자, 아마 서른일곱은 되었겠지만 겉으로는 스물다섯밖에 안 되어 보이는 여자의 눈에는 그녀의 딸이 감히 넘볼 수 없는 불꽃이 담겨 있었다.

(어느, 것을, 고를, 까요—조금 전 오스왈드 왕자는 왕비만 정복하고 공주에게는 신경을 끄기로 결심했다. 그러나 이제 공주를 직접 보자 어느 쪽을 택해야 할지 마음을 정할 수가 없었다. 둘 다 그 나름의 방식으로 헤아릴 수 없는 기쁨을 약속하고 있었다. 하나는 순수하고 간절해 보였으며, 또하나는 능숙하고 탐욕스러워 보였다. 사실 그는 둘 다 가지고 싶었다. 공주는 전채로, 왕비는 본요리로.)

"탈의실에 있는 수영복으로 갈아입으시죠, 코넬리어스 씨."

아지즈 씨가 말했다. 내가 옷을 갈아입고 밖으로 나왔을 때 세 사람은 이미 물에 들어가 물을 튀기고 있었다. 나도 물로 뛰어들어 함께 어울렸다. 물은 몹시 차가워서 숨을 몰아쉬어야 할 정도였다.

"놀랄 줄 알았습니다."

주인은 웃음을 터뜨리며 말을 이었다.

"차게 식힌 물이지요. 늘 18도로 유지합니다. 이 기후에서는 그게 상쾌하거든요."

얼마 후 해가 기울기 시작하자 우리는 젖은 수영복을 입은 채 둘러앉았다. 하인이 얼음처럼 차갑고 옅은 마티니를 가져왔다. 그 순간부터 나는 아주 느리게, 아주 조심스럽게 나만의 특별한 방법으로 두 여자를 유혹하기 시작했다. 보통 내 마음대로 할 수 있을 때는 이것이 그다지 어려운 일이 아니었다. 내가 가진 작지만 신기한 재능—말로 여자를 호리는 능력—은 나를 실망시킨 적이 없다. 물론 말로만 하는 것이 아니었다. 입에서는 말, 그 자체로는 무해하고 피상적인 말들이 나온다. 그러나 진짜 메시지, 음탕하고 흥미진진한 약속은 몸의 사지와 기관으로부터 나와 눈을 통해 전달된다. 솔직히 어떻게 그런 일이 이루어지는지 나 자신도 명확하게 이야기할 수 없다. 요는 어쨌든 이루어진다는 것이다. 마치 칸타리스(최음제—옮긴이)처럼 효과를 발휘한다. 교황 부인—교황에게 부인이 있다면—맞은편에 앉아서 15분만 열심히 노력할 기회를 준다면, 그녀도 입을 벌리고 욕망으로 눈을 빛내며 탁자 너머 나에게로 몸을 기울이게 할 수 있다. 이것은 대단치 않은 작은 재능이다. 그럼에도 나에게 이런 재능이 있다는 것에 감사하며, 늘 이 재능을 낭비하지 않으려고 최선을 다한다.

이렇게 우리 넷, 나와 두 아름다운 여자, 작은 남자는 수영장 가에 반원을 그리고 있는 일광욕 의자에 앉아 술을 마시며 여섯시의 따뜻한 햇볕이 피부에 닿는 것을 즐겼다. 나는 원기가 충만하여, 그들을 한참 웃겼다. 늙고 탐욕스러운 글래스고 공작부인이 초콜릿 상자에 손을 집어넣었다가 전갈에게 물렸다는 이야기를 듣고 딸은 웃다가 의자에서 굴러떨어질 뻔했다. 파리 외곽에 있는 집 정원의 거미 온실 내부를 자세히 묘사하자, 두 여자는 역겨움과 즐거움 때문에 몸을 비틀기 시작했다.

이 단계에 이르자 압둘 아지즈의 선량하게 반짝거리는 눈이 나에게 머물곤 했다. 그 눈은 이렇게 말하는 것 같았다. "그래, 그래. 차에서 들은 것과는 달리 당신이 여자에게 전혀 무관심하지 않다는 걸 알게 되어 기쁘오…… 아니면 이 쾌적한 환경 때문에 마침내 큰 슬픔을 잊게 된 건가……" 아지즈 씨는 그 새하얀 이를 드러내며 나에게 웃음을 지었다. 친근한 웃음이었다. 나도 친근한 웃음으로 답을 했다. 얼마나 다정한 친구인가. 그는 내가 여자들에게 관심을 기울이는 것을 정말 반가워했다. 따라서 그때까지는 다 좋았다.

다음 몇 시간의 일은 얼른 지나가도록 하겠다. 나에게 정말로 엄청난 일이 벌어진 것은 자정이 지난 뒤부터였기 때문이다. 그전의 몇 시간은 짧게 끝낼 수 있을 것이다.

일곱시에 우리는 모두 수영장을 떠나 집으로 들어가 저녁을 먹을 준비를 하며 옷을 갈아입었다.

여덟시에 우리는 커다란 거실에 모여 칵테일을 마셨다. 두 여자는 모두 멋지게 변신했으며, 몸에서는 보석이 반짝거렸다. 둘 다 가슴이 깊게 패고 소매가 없는 이브닝드레스를 입었는데, 그 옷들은 파리의 커다란 패션 전문점에서 온 것이 틀림없었다. 여주인은 검은색, 딸은 연한 파란색 드레스였다. 그들 주위 어디에나 그 취할 듯한 향수 냄새가 흘러넘쳤다. 대단한 모녀였다. 나이든 여자는 어깨 앞쪽에 살이 약간 붙어 있었다. 가장 정열적이고 노련한 여자에게서만 볼 수 있는 것이었다. 말을 타는 여자가 계속 말 위에 앉아 있다보면 밭장다리가 되는 것과 마찬가지로, 정열이 강한 여자는 계속 남자를 안기 때문에 어깨가 묘하게 둥글둥글해지는 법이다. 일종의 직업적 기형이라고 할 수 있는데, 물론 그런 기형 가운데서 가장 고귀한 것이다.

딸은 아직 이런 독특한 명예훈장을 얻을 만한 나이가 아니었다. 그러나 그녀의 몸은 뒤로 물러서서 그 형태를 관찰하는 것으로 충분했다. 나는 그녀가 방을 돌아다닐 때 꽉 끼는 비단 드레스 밑으로 드러나는, 허벅지의 미끄러지는 듯한 화려한 움직임을 놓치지 않았다. 드러난 등의 척추에는 아주 짧고 부드러운 황금색 털이 자라고 있었다. 그녀 뒤에 서 있을 때는 손등으로 그 아름다운 척추를 아래위로 쓰다듬고 싶은 유혹에 저항하기가 어려웠다.

여덟시 삼십분에 우리는 식당으로 들어갔다. 저녁은 정말 대단했다. 그러나 여기서 음식이나 포도주를 묘사하느라 시간을 낭비하지는 않겠다. 식사를 하면서 나는 계속해서 내가 가진 기술을 총동원하여 섬세하고 교활하게 여자들의 감성을 건드렸다. 후식이 나왔을 때 그들은 내 눈앞에서 햇볕을 쬔 버터처럼 녹고 있었다.

저녁을 먹은 뒤 우리는 커피와 브랜디를 마시기 위해 거실로 돌아갔다. 그곳에서 주인의 제안에 따라 브리지 3판 승부를 두어 차례 했다.

저녁 시간이 끝날 무렵, 나는 내 과제를 훌륭하게 수행했다고 확신했다. 나의 오랜 마법은 나를 실망시키지 않았다. 두 여자 모두 조건만 된다면 무조건 내 요구에 응해줄 것 같았다. 이것은 결코 착각이 아니었다. 단순하면서도 분명한 사실이었다. 그 점은 한눈에 알 수 있었다. 여주인의 얼굴은 흥분으로 밝게 빛나고 있었다. 카드 탁자 너머로 나를 볼 때마다, 그 크고 검은 벨벳 같은 눈이 점점 더 커지고 콧구멍은 팽창했다. 입이 약간 열리면서 잇새를 비집고 나온 촉촉한 분홍색 혀끝이 드러났다. 놀라울 정도로 도발적인 얼굴이었다. 그 때문에 나는 몇 번이나 좋은 패를 내놓는 실수를 저지를 뻔했다. 딸은 어머니처럼 과감하지는 않았지만, 직접적이라는 점에서는 차이가 없었다. 나와 눈이 마주칠 때면—자주 있는 일이었다—눈썹을 약간 들어올렸다. 1센티미터의 몇 분의 1도 안 되는 높이였다. 마치 질문을 하는 것 같았다. 이어 얼른 작고 교활한 미소를 지어 보임으로써, 스스로 답을 제공했다.

"모두 잘 시간인 것 같군."

아지즈 씨가 손목시계를 보며 말하고는 덧붙였다.

"열한시가 넘었네. 자, 들어갑시다."

그때 묘한 일이 벌어졌다. 두 여자는 즉시, 조금의 망설임도 없이, 내 쪽으로는 눈길 한번 주지 않고 일어서서 문으로 향했다! 놀라운 일이었다. 나는 정신이 멍했다. 이것을 어떻게 받아들여야 할지 알 수가 없었다. 그렇게 빠른 움직임은 본 적이 없었다. 그렇다고 아지즈 씨가 화를 내거나 한 것은 아니었다. 적어도 내가 듣기에 그의 목소리는 전과 다름없이 쾌활했다. 그러나 그는 벌써 불을 끄고 있었다. 나 역시 잠자리에 들기를 바란다는 뜻임이 분명했다. 충격적인 일이었다! 부인과 딸 가운데 적어도 한 사람은 헤어지기 전에 내 귀에 대고 속삭여줄 것이라고 생각했다. 언제 어디에 가 있으라는 짧은 서너 마디. 그러나 두 여자가 쏜살같이 빠져나간 방의 카드 탁자 옆에 나 혼자만 바보처럼 남겨져 있었다.

주인과 나는 그들을 좇아 계단을 올라갔다. 2층 층계참에 어머니와 딸이 나란히 서서 나를 기다리고 있었다.

"안녕히 주무세요, 코넬리어스 씨."

여주인이 말했다.

"안녕히 주무세요, 코넬리어스 씨."

딸이 말했다.

"안녕히 주무십시오. 부족한 것이 없기를 바랍니다."

아지즈 씨가 말했다.

그들은 몸을 돌렸다. 나는 어쩔 수 없이 천천히, 내키지 않는 걸음으로 층계를 올라가 3층의 내 방으로 향했다. 나는 안으로 들어가 문을 닫았다. 이미 하인이 묵직한 능직 커튼을 쳐놓았다. 나는 밤 구경을 하기 위해 커튼을 열고 창밖으로 몸을 내밀었다. 공기는 고요하고 따뜻했다. 달이 찬란하게 사막 위를 비추고 있었다. 밑의 수영장은 달빛을 받아 잔디밭에 놓인 거대한 거울처럼 보였다. 그 옆에 우리가 조금 전에 앉아 있었던 네 개의 일광욕 의자가 보였다.

나 원, 이제 어떻게 해야 하지?

내가 이 집에서 해서는 안 되는 일이 한 가지 있다면, 그것은 내 방에서 나가 복도를 배회하는 것이었다. 그것은 자살행위였다. 나는 오래전에 세상에는 절대 불필요한 모험으로 자극을 하면 안 되는 세 가지 인종의 남편이 있다는 사실을 배웠다. 불가리아인, 그리스인, 시리아인이었다. 이 인종에 속하는 남편은 어떻게 된 일인지 외간 남자가 자기 마누라와 눈 앞에서 시시덕거려도 화를 내지 않는다. 그러나 외간 남자가 자기 마누라 침대에 들어가 있는 것이 눈에 띄면 그 자리에서 죽여버린다. 아지즈 씨는 시리아인이었다. 따라서 신중하게 행동해야 했다. 지금 움직여야 한다면, 그 주체는 내가 아니라 두 여자 가운데 하나여야 했다. 오직 그 여자(또는 그 여자들)만이 어떻게 하면 안전하고 어떻게 하면 위험한지 알고 있기 때문이다. 그러나 주인이 4분 전에 그들을 방으로 올려 보내는 모습을 보고 난 뒤, 나는 가까운 미래에는 더이상의 일이 이루어질 가능성이 거의 없다고 생각했다. 문제는 내 속이 지옥의 불처럼 뜨겁게 타오르고 있다는 것이었다.

나는 옷을 벗고 오랫동안 냉수 샤워를 했다. 그런대로 약간은 도움이 되었다. 달빛을 받으면서 잠을 잘 수는 없었기 때문에 나는 커튼을 꼭 여미고 침대로 들어갔다. 한 시간 정도 길버트 화이트가 쓴 『셀본의 자연사』를 조금 더 읽었다. 이것도 도움이 되었다. 마침내 자정은 지나고 한시는 안 되었을 시각, 큰 아쉬움 없이 불을 끄고 잘 준비를 할 수 있었다.

막 잠이 들려고 했을 때 아주 작은 소리가 들렸다. 나는 그것이 무슨 소리인지 금방 알아차렸다. 전에도 여러 번 들어본 소리, 그럼에도 나에게는 다른 어떤 소리보다 강한 전율을 일으키면서 아주 많은 것을 환기시키는 소리였다. 그 소리는 일련의 작고 부드러운 금속성으로 이루어졌다. 금속이 금속과 부드럽게 마찰을 일으키는 소리. 누군가 바깥에서 아주 느리게, 아주 조심스럽게 문손잡이를 돌릴 때 나는 소리였다. 순식간에 잠이 달아났다. 그러나 움직이지 않았다. 그냥 눈을 뜨고 문 쪽을 보았다. 커튼이 조금이라도 벌어져 있으면 좋을 것을! 달빛이 조금만 비쳐들어도 지금 방으로 들어오려고 하는 아름다운 형체의 그림자를 볼 수 있을 텐데. 그러나 방은 지하 동굴처럼 깜깜했다.

문이 열리는 소리는 듣지 못했다. 경첩이 삐걱거리는 소리도 나지 않았다. 그러나 갑자기 바람이 방안으로 밀려들어오면서 커튼이 바스락거렸다. 잠시 후 문에서 나무와 나무가 부드럽게 마찰을 일으키는 소리가 들렸다. 다시 조심스럽게 문을 닫는 소리였다. 이어 손잡이를 놓는 것과 동시에 걸쇠가 딸깍하는 소리가 들렸다.

그다음에는 양탄자를 걸어 나에게 다가오는 발소리. 발가락 끝으로 걷는 소리.

한순간, 혹시 압둘 아지즈 씨가 손에 긴 칼을 들고 나에게 살금살금 다가오는 것이 아닌가 하는 무시무시한 생각이 들었다. 그러나 다음 순간 따뜻하고 유연한 몸이 내 몸 위로 휘어지더니, 내 귀에 대고 소곤거리는 여자의 목소리가 들렸다.

"아무 소리 내지 말아요!"

"내 사랑."

나는 둘 가운데 누구일지 궁금해하며 말을 이었다.

"이렇게 올 줄……"

그녀의 손이 내 입을 덮었다.

"제발!"

그녀가 작은 소리로 말을 이었다.

"아무 말 말아요!"

나는 버티지 않았다. 입은 말하는 것보다 더 좋은 일에 써야 했기 때문이다. 그녀의 입도 마찬가지였다.

여기서 이야기를 건너뛰어야겠다. 이것은 전혀 나답지 않은 행동이다—나도 안다. 그러나 이번만은 그뒤에 이어진 멋진 장면에 대한 상세한 묘사를 생략해야겠다. 그럴 만한 이유가 있으니 내 의사를 존중해주기 바란다. 어쨌든 기분 전환 삼아 당신의 상상력을 발휘해보는 것도 해롭지는 않을 것이다. 원한다면 당신의 상상을 자극하기 위해, 내가 알았던 수도 없이 많은 여자 가운데 이 시나이 사막의 여자만큼 엄청난 환희의 극치를 맛보게 해준 여자는 없었다는 점을 분명하게 또 솔직하게 말하겠다. 그녀의 솜씨는 놀라웠다. 그녀의 정열은 강렬했다. 그녀의 전술은 믿을 수 없을 정도로 광범위했다. 그녀는 매번 새롭고 복잡한 작전을 구사했다. 무엇보다도 그녀는 그 스타일이 내가 만나본 어떤 여자보다 섬세하고 심원했다. 그녀는 위대한 예술가였다. 천재였다.

이런 말을 들으면 나를 찾아온 사람이 나이든 여자라고 짐작할 것이다. 그러나 아닐 수도 있다. 이것만으로는 아무것도 알 수 없다. 진정한 천재성은 가지고 태어나는 것이다. 그것은 나이와는 아무런 관계가 없다. 분명히 말하거니와, 나로서도 그 어둠 속에서는 둘 가운데 어느 쪽인지 도저히 분간할 수 없었다. 어느 쪽으로든 한 푼도 걸지 않을 것이다. 매우 거친 카덴차(협주곡에서 독주자의 기교를 나타내기 위한 장식부—옮긴이)가 끝난 뒤에는 그것이 부인이라고 확신했다. 그래, 부인이 틀림없어! 그러나 갑자기 템포가 완전히 바뀌어버렸다. 이번 선율은 너무 유아적이고 순수해서, 나는 속으로 이건 분명히 딸이라고 장담했다. 그래, 딸이 틀림없어!

답을 모르니 미칠 것 같았다. 정말 감질났다. 동시에 겸손한 마음이 들기도 했다. 결국 최고의 와인 감식가도 병에 붙은 딱지를 보지 않고 생산 연도를 맞히는 일이 언제나 가능한 것은 아니로구나. 정말 이번만은 도저히 알 수가 없었다. 어느 때인가 나는 담배를 향해 손을 뻗었다. 성냥불의 힘을 빌려 수수께끼를 풀고 싶었기 때문이다. 그러나 즉시 그녀의 손이 날아오더니, 담배와 성냥을 모두 잡아채 멀리 던져버렸다. 나는 여러 번 그녀의 귀에 대고 물어보려 했다. 그러나 세 마디가 이어지기도 전에 그녀의 손이 올라와 입을 때렸다. 상당히 아팠다.

좋아. 나는 생각했다. 일단은 이대로 두자. 내일 아침 날이 밝은 뒤 아래층에서 얼굴의 광채를 보면, 내 눈과 마주친 상대의 눈을 보면, 그 밖에 여러 가지 작지만 분명한 표시를 보면 알 수 있겠지. 무엇보다도 내 이가 그녀의 왼쪽 목덜미에, 옷으로 덮이는 선 바로 위에 만들어놓은 표시를 보면 알 수 있을 터였다. 사실 좀 교활한 행동이기는 했다. 그러나 워낙 타이밍이 완벽했기 때문에—나는 그녀의 열정이 가장 높이 고조된 순간을 놓치지 않고 이를 사납게 움직였다—그녀는 그 행동의 의미를 전혀 깨닫지 못했다.

정말 기억에 남을 만한 밤이었다. 적어도 네 시간은 흐른 뒤에 그녀는 마지막으로 나를 격렬하게 포옹하더니, 들어올 때와 마찬가지로 빠르게 방을 나갔다.

나는 다음날 아침 열시가 되어서야 잠을 깨고 침대에서 나와 커튼을 열었다. 어제와 다름없이 밝고, 뜨거운 사막의 하루였다. 나는 천천히 목욕을 하고, 평소처럼 세심하게 옷을 입었다. 편안하고 상쾌했다. 중년에 이른 나이에도 여전히 눈만으로 여자를 방으로 부를 수 있다는 사실이 무척 만족스러웠다. 게다가 보통 여자인가! 둘 가운데 어느 쪽인지 알아내는 일도 흥미진진할 터였다. 그 답은 곧 알 수 있겠지.

나는 천천히 층계 둘을 내려갔다.

"안녕하세요, 잘 주무셨습니까?"

아지즈 씨가 거실의 작은 책상에서 뭔가 쓰고 있다가 일어서며 말을 이었다.

"잠자리는 편안했습니까?"

"아주 좋았습니다. 고맙습니다."

나는 너무 으스대지 않으려고 애를 쓰고 있었다.

아지즈 씨는 내 옆으로 다가와 새하얀 치아를 드러내며 웃음을 지었다. 그의 빈틈없는 작은 눈이 내 얼굴에 머물더니, 뭔가를 찾아내려는 듯 천천히 움직였다.

"좋은 소식이 있습니다. 비르 라우드 살림에서 오 분 전에 전화가 왔는데, 우편 트럭으로 팬벨트가 도착했답니다. 살레가 지금 장착을 하고 있습니다. 한 시간이면 준비가 될 겁니다. 아침을 드시고 난 뒤에 내가 모셔다드리죠."

나는 고맙다고 말했다.

"가시게 되어 섭섭하네요. 이렇게 들러주셔서 아주 즐거웠는데. 정말로 즐거웠습니다."

나는 식당에서 혼자 아침을 먹었다. 식사 후에 담배를 피우려고 거실로 돌아갔을 때도 주인은 책상에서 계속 뭔가 쓰고 있었다.

주인이 말했다.

"미안합니다. 지금 끝내놓아야 할 일이 두어 가지 있어서요. 오래 걸리지 않을 겁니다. 가방은 싸서 차에 옮겨놓게 했으니 걱정하실 것 없습니다. 앉아서 담배나 피우고 계십시오. 집사람과 딸애도 곧 내려올 겁니다."

부인이 먼저 왔다. 거실로 미끄럼질치듯 들어오는 그녀의 모습은 바로 나일강의 눈부신 여왕 삼무 라무트였다. 가장 먼저 눈에 띈 것은 목에 가볍게 걸친 옅은 녹색 시폰 스카프였다! 가볍지만 세심하게! 워낙 세심하게 걸쳤기 때문에 목의 피부가 전혀 드러나지 않았다. 부인은 바로 남편에게 가더니 뺨에 입을 맞추었다

"잘 잤어요, 여보?"

여자가 말했다.

이 교활하고 아름다운 암캐. 나는 생각했다.

"안녕히 주무셨나요, 코넬리어스 씨."

그녀는 쾌활하게 말하며 내 맞은편 의자에 와서 앉았다.

"잠자리는 편하셨나요? 부족한 게 없으셨는지 모르겠어요."

나는 평생 그날 아침 그녀의 눈에서 본 것 같은 불꽃을 본 적이 없었다. 여자의 얼굴에서 그런 기쁨의 빛을 본 적도 없었다.

"아주 잘 잤습니다. 정말 고맙습니다."

나는 그녀에게 내가 다 알고 있다는 것을 표시하며 대답

했다.

그녀는 웃음을 지으며 담배에 불을 붙였다. 나는 아지즈 씨 쪽을 건너다보았다. 그는 여전히 우리에게 등을 돌린 뒤 책상에서 뭔가를 바쁘게 쓰고 있었다. 부인이나 나에게는 조금도 관심을 가지지 않았다. 이 사람도 내가 지금까지 오쟁이를 지게 한 가엾은 남자들과 다를 게 없구나. 그들 가운데 누구도 자신에게 그런 일이 일어날 거라고 믿지 않았다. 하물며 바로 자기 코앞에서.

"모두들 안녕하세요!"

딸이 소리치며 당당하게 거실로 들어왔다. 그녀가 말을 이었다.

"안녕히 주무셨어요, 아빠! 안녕히 주무셨어요, 엄마!"

그녀는 두 사람에게 입을 맞추고는 덧붙였다.

"안녕히 주무셨어요, 코넬리어스 씨!"

그녀는 분홍색 슬랙스에 적갈색 블라우스 차림이었다. 그런데 그녀 역시 목에 가볍게, 그러나 세심하게 스카프를 묶고 있었다! 시폰 스카프였다!

"밤은 잘 보내셨나요?"

그녀가 물으며 신혼의 신부처럼 내 의자의 팔걸이에 걸터앉았다. 앉는 자세 때문에 그녀의 허벅지 하나가 내 팔뚝에 닿았다. 나는 등을 뒤로 젖히고 그녀를 꼼꼼히 살폈다. 그녀는 나를 마주보며 눈을 찡긋했다. 눈을 찡긋한 것이다! 그녀의 얼굴 역시 어머니의 얼굴과 마찬가지로 빛을 발하며 반짝이고 있었다. 나이든 여자보다 더 흡족한 표정이었다.

나는 혼란에 빠졌다. 둘 가운데 물린 자국을 감출 사람은 하나뿐이다. 그런데 둘 다 스카프로 목을 가리고 있었다. 우연의 일치겠지. 그러나 왠지 음모일지도 모른다는 생각을 떨쳐버릴 수가 없었다. 나에게 진실을 감추기 위해 둘이서 공모를 하고 있다는 느낌이었다. 하지만 뭐하러 그런 야릇하고 골치 아픈 일을 하겠는가! 그럴 필요가 어디 있는가? 만일 그들끼리 음모를 짜고 계획을 세웠다면 어디까지일까? 어젯밤에 제비라도 뽑은 것일까? 아니면 손님이 올 때마다 번갈아 나서는 것일까? 이 집에 다시 와봐야겠군. 나는 속으로 중얼거렸다. 가능한 한 빨리 다시 와서 어떻게 하는지 확인해야겠어. 사실 하루이틀 후에 예루살렘에서 일부러 차를 몰고 내려올 수도 있었다. 다시 초대를 받는 것은 어렵지 않을 것 같았다.

"준비되셨습니까, 코넬리어스 씨?"

아지즈 씨가 책상에서 일어나며 말했다.

"네, 다 됐습니다."

여자들은 웃음을 지으며 커다란 녹색 롤스로이스가 기다리고 있는 곳으로 맵시 있게 걸어나갔다. 나는 모녀의 손에 차례로 입을 맞추며 매우 고마웠다고 한 사람씩 인사했다. 이어 주인 옆자리에 올라탔다. 주인이 차를 움직이기 시작했다. 모녀는 손을 흔들었다. 나는 창을 내리고 마주 손을 흔들었다. 이어 우리는 정원을 빠져나가 사막으로 들어갔다. 돌이 깔린 노란 길을 따라 마그하라산을 에둘러 갔다. 전신주가 우리와 함께 행진을 하고 있었다.

주인과 나는 차를 타고 가면서 유쾌하게 이런저런 이야기를 나누었다. 나는 가능한 한 호감을 주려고 애를 쓰고 있었다. 이제 나의 목적은 다시 그의 집에 초대를 받는 것이기 때문이었다. 그가 나를 초대하도록 만들지 못하면, 내 입으로 그에게 직접 청해야 했다. 나는 정 안 되면 마지막 순간에 그렇게 할 생각이었다. "안녕히 계십시오, 친구." 나는 그의 목을 따뜻하게 어루만지며 그렇게 말하고는 이런 식으로 덧붙일 생각이었다. "혹시 이쪽으로 다시 지나가게 되면 들러도 되겠습니까?" 그가 좋다고 하지 않을 이유가 없었다.

"어제 내 입으로 딸아이가 아름답다고 말했는데 그게 과장이라고 생각하십니까?"

그가 물었다.

"아시겠지만 따님은 대단히 아름답습니다. 정말 축하드립니다. 하지만 부인도 못지않게 어여쁘시더군요. 사실 두 분한테 반해 정신을 못 차릴 지경이었습니다."

나는 웃음을 터뜨렸다.

"나도 봤습니다."

그는 나와 함께 웃음을 터뜨리더니 말을 이었다.

"둘 다 아주 짓궂지요. 외간 남자들하고 시시덕거리는 것을 아주 좋아하거든요. 하지만 나는 아무렇지도 않습니다. 시시덕거리는 게 무슨 해가 되겠습니까?"

"아무런 해가 되지 않지요."

"나는 즐겁고 재미있는 일이라고 생각합니다."

"매혹적인 일이지요."

30분도 안 되어 우리는 이스마일리아와 예루살렘을 잇는 도로에 이르렀다. 아지즈 씨는 검은 타맥 도로에 오르더니, 시속 110킬로미터의 속도로 주유소를 향해 달리기 시작했다. 이제 몇 분이면 주유소였다. 나는 재방문 문제로 살살 다가가려고 애를 쓰고 있었다. 물론 자연스럽게 초대를 받아내려는 것이었다.

"선생 댁은 정말 잊을 수가 없습니다. 아주 훌륭하더군요."

"그만하면 괜찮지요?"

"이렇게 외딴곳에서 세 분만 사시니 가끔은 외롭기도 하겠습니다."

"다른 곳이라고 다를 바 없죠. 사람은 어디에 있든 외로우니까요. 사막이든 도시든 사실 별 차이가 없습니다. 하지만 우리집에는 손님들이 찾아오지요. 가끔씩 들르는 손님들이 얼마나 많은지, 아시면 놀랄 겁니다. 예를 들어 선생처럼 말입니다. 하여간 우리집에 와주셔서 정말 즐거웠습니다."

"저도 결코 잊지 못할 겁니다. 요즘에는 그런 친절과 환대를 만나기가 힘들거든요."

나는 그가 또 한번 들르라는 말을 하기를 기다렸으나, 그는 하지 않았다. 잠시 침묵이 흘렀다. 짧지만 좀 불편한 침묵이었다. 그 침묵을 건너기 위해 내가 말했다.

"선생은 부모로서 내가 평생 들어보지 못했을 정도로 사려 깊게 행동하고 계시더군요."

"내 행동이요?"

"네. 저런 외딴곳에 집을 지어놓고 딸만을 위해, 딸을 보호하며 그곳에 사시잖습니까. 정말 훌륭합니다."

나는 그가 웃음 짓는 것을 보았다. 그러나 그는 앞의 도로만 바라볼 뿐 아무 말도 하지 않았다. 이제 6백 미터 정도 앞에 주유소와 오두막들이 보였다. 해가 하늘 높이 올라가 차 안도 점점 뜨거워지고 있었다.

"그렇게까지 할 수 있는 아버지는 많지 않죠."

내가 말했다.

그러나 그는 이번에도 웃음만 지었다. 이번에는 약간 쑥스러워하는 것 같기도 했다. 이윽고 그가 말했다.

"나는 그런 칭찬은 받을 자격이 없습니다. 정말 없습니다.

솔직히 말해서 내가 이렇게 화려한 고립 상태에서 살아가는 것이 그 예쁜 딸 때문만은 아닙니다."

"알고 있습니다."

"아신다고요?"

"말씀하셨죠. 또하나의 이유는 사막이라고, 선원이 바다를 사랑하듯이 사막을 사랑한다고 하셨잖습니까."

"그랬지요. 그게 사실이기도 하고요. 하지만 세번째 이유가 있습니다."

"아, 그게 뭡니까?"

그는 대답하지 않았다. 두 손을 운전대에 올린 채 차분하게 앉아 있었다. 시선은 앞의 도로에 고정되어 있었다.

내가 말했다.

"미안합니다. 묻지 말아야 할 걸 물었군요. 사실 내가 상관할 일이 아니지요."

"아니, 아니, 괜찮습니다. 사과하실 필요 없습니다."

나는 창밖의 사막을 내다보며 말했다.

"오늘은 어제보다 더 더운 것 같군요. 벌써 삼십칠 도는 넘었겠습니다."

"그러네요."

그는 불편한 듯 앉은 자세에서 엉덩이를 들썩였다. 이윽고 그가 말했다.

"그 집에 대한 진실을 말씀드리지 않을 이유가 없군요. 소문이나 퍼뜨리고 다닐 분으로는 보이지 않으니까요."

"그 점은 안심하세요."

우리는 이제 주유소에 거의 다 왔다. 그는 차의 속도를 늦추었다. 사람이 걷는 속도와 비슷했다. 이야기할 시간을 벌기 위해서였다. 두 아랍인이 라곤다 옆에 서서 우리를 지켜보고 있었다.

"그 딸 말입니다."

주인이 마침내 말하고 있었다.

"선생이 만난 딸이요, 그 아이는 제 외동딸이 아닙니다."

"아, 그래요?"

"그 아이보다 다섯 살 많은 딸이 또하나 있지요."

"틀림없이 내가 본 따님과 마찬가지로 아름답겠군요. 그 따님은 어디 사나요? 베이루트에 삽니까?"

"아뇨, 그 아이도 집에 있습니다."

"어느 집이요? 방금 우리가 나온 집 말입니까?"

"네."

"하지만 못 봤는데요!"

"어……"

그는 갑자기 고개를 돌려 내 얼굴을 뚫어져라 바라보며 덧붙였다.

"……못 보셨을 겁니다."

"왜죠?"

"아이는 나병에 걸렸거든요."

나는 깜짝 놀랐다.

"그래요, 당연히 놀라시겠죠."

그가 말을 이어가고 있었다.

"사실 끔찍한 일입니다. 게다가 나병 가운데도 가장 악질적인 경우거든요. 가엾은 아이예요. 마비성 나병이라고 부르는 거지요. 이건 저항력이 아주 강해 치료가 거의 불가능합니다. 결절성 나병이기만 해도 훨씬 쉬웠을 텐데 말입니다. 하지만 그렇지가 못합니다. 그래서 집에 손님이 오면 그 아이는 자기 방에 들어가 있습니다. 삼층에 있는 방이죠……"

그때쯤 차는 주유소에서 멈추었을 것이다. 그다음에 기억나는 것은 의자에 앉은 채 그 작고 영리해 보이는 검은 눈으로 나를 바라보며 이야기하던 압둘 아지즈 씨의 모습뿐이다.

"하지만 그렇게 놀라실 것 없습니다. 진정하십시오, 코넬리어스 씨. 진정하세요! 선생은 걱정하실 일이 전혀 없습니다. 그건 전염력이 강한 병이 아니니까요. 아주 깊숙한 접촉을 하지 않는 한 그 병은 절대 전염되지 않습니다."

나는 차에서 천천히 내려 햇빛을 받으며 섰다. 병에 걸려 얼굴이 문드러진 아랍인이 나를 보고 싱긋 웃으며 말하고 있었다.

"팬벨트는 다 고쳐놓았소. 이제 아무 문제 없소."

나는 담배를 꺼내려고 호주머니에 손을 넣었으나, 손이 너무 심하게 떨리는 바람에 담뱃갑을 땅에 떨어뜨리고 말았다. 나는 허리를 굽혀 담뱃갑을 집어들고, 담배를 한 대 꺼내 간신히 불을 붙였다. 다시 고개를 들었을 때, 녹색의 롤스로이스는 이미 5백 미터 떨어진 곳에서 빠른 속도로 멀어지고 있었다.

맛

T a s t e

그날 밤 런던의 마이크 스코필드의 집에 마련된 저녁식사 자리에는 여섯 명이 모였다. 마이크 부부와 딸, 우리 부부, 그리고 리처드 프랏이라는 이름의 남자.

리처드 프랏은 유명한 미식가였다. 그는 '식도락가'라는 이름을 가진 작은 모임의 회장으로, 매달 혼자서 음식과 포도주에 관한 작은 책자를 만들어 회원들에게 돌렸다. 화려한 요리와 진귀한 포도주가 나오는 식사 자리를 마련하기도 했다. 미각이 상할까봐 담배는 피우지 않았다. 포도주 이야기를 할 때면 마치 살아 있는 존재에 대해 이야기를 하는 것 같았다. 이런 묘한 습관은 약간 우스꽝스럽게 느껴지기도 했다.

"조신한 포도주로군. 약간 수줍어하고 망설이는 듯하지만, 어쨌든 아주 조신해."

그런 식이었다. 또는,

"명랑한 포도주로구먼. 자비롭고 명랑해. 약간 외설적인 것 같기는 하지만, 어쨌든 명랑해."

나는 전에도 두 번 마이크의 집에서 리처드 프랏과 합석하여 저녁을 먹은 적이 있었다. 두 번 다 마이크 부부는 각별히 노력하여 이 유명한 미식가를 위한 특별한 음식을 내놓았다. 이번에도 예외가 아니었다. 식당에 들어서는 순간 나는 성대한 잔칫상이 마련되어 있다는 것을 알 수 있었다. 높은 촛대, 노란 장미, 여기저기 눈에 띄는 반짝거리는 은식기, 사람마다 포도주잔 세 개씩. 무엇보다도 부엌에서 희미하게 새어나오는 구운 고기 냄새 때문에 입에 침이 고였다.

자리에 앉아 있자니 리처드 프랏이 이 집에 올 때마다 마이크와 클라레(보르도산 붉은 포도주—옮긴이)의 품종과 연도를 알아맞히는 내기를 했다는 기억이 났다. 프랏은 좋은 해에 나온 것이기만 하다면 맞히기가 어렵지 않다고 주장했다. 그러자 마이크는 문제로 나오는 포도주 한 상자를 내기에 걸었다. 프랏은 내기를 받아들였고, 두 번 다 이겼다. 오늘밤에도 똑같은 내기가 이루어질 게 틀림없었다. 마이크는 미식가가 알아맞힐 수 있을 만큼 좋은 포도주를 가지고 있다는 것을 보여주기 위해서라면 얼마든지 내기에 질 용의가 있었고, 근엄한 얼굴로 내색은 하지 않지만 프랏은 프랏대로 자신의 지식을 과시하는 데 즐거움을 느끼고 있었기 때문이다.

식사는 버터로 파삭파삭하게 구운 뱅어에 모젤 포도주를 곁들여 시작했다. 마이크가 일어서서 포도주를 직접 따랐다. 그가 다시 자리에 앉았을 때, 나는 그의 눈길이 리처드 프랏을 향하고 있다는 것을 알았다. 그는 내가 상표를 읽을 수 있도록 포도주병을 내 앞에 놓았다. 상표에는 '가이어슬라이 올리그스베르크, 1945'라고 적혀 있었다. 그는 내게 몸을 기울이더니 가이어슬라이는 모젤의 아주 작은 마을이며, 독일 외부에는 거의 알려지지 않은 곳이라고 작은 소리로 귀띔해 주었다. 이어 우리가 마시는 포도주는 특별한 것이며, 원료가 되는 포도의 수확량이 워낙 적어 외부인은 그 포도주를 얻기가 힘들다고 덧붙였다. 마이크가 지난여름에 직접 가이어슬라이에 가서 간신히 수십 병을 구해왔다는 이야기였다.

"이 나라에서 현재 이 포도주를 가진 사람은 나밖에 없을 겁니다."

마이크가 말했다. 그는 다시 리처드 프랏 쪽을 흘끗 보았다. 마이크는 큰소리로 말을 이어갔다.

"모젤 근처에서 나는 훌륭한 포도주지요. 클라레를 마시기 전에 내놓을 만한 완벽한 포도주입니다. 많은 사람들이 이런 것 대신 라인의 포도주를 내놓습니다만, 그건 그 사람들이 더 나은 포도주를 모르기 때문일 뿐입니다. 라인의 포도주는 클라레의 섬세한 맛을 죽여버리지요, 그렇지 않습니까? 클라레 전에 라인의 포도주를 내놓는 것은 야만적인 짓입니다. 하지만 모젤산이라면, 아, 모젤산이야말로 이 자리에 딱 맞는 것이지요."

마이크 스코필드는 붙임성 있는 중년 남자로 직업은 증권중개인이었다. 정확히 말하자면, 그 바닥에서 하는 말로 조버(런던 증권거래소의 회원으로 다른 업자와의 매매를 통해 거래를 원활하게 해주는 사람—옮긴이)였다. 그런 일을 하는 많은 사람들이 그렇듯이, 그는 자신이 그런 조그만 재주로 그렇게 많은 돈을 번다는 사실에 스스로 약간 어리둥절해하는 것 같았다. 어쩌면 창피해하는 것 같기도 했다. 그는 속으로는 사실 자신이 마권(馬券) 영업자와 크게 다를 바 없다는 것을 잘 알고 있었다. 상냥하고 품위가 넘치지만, 까놓고 보면 파렴치한 마권업자에 불과한 사람. 그는 자기 친구들도 그렇게 생각한다는 사실을 잘 알고 있었다. 그래서 그는 이제 문학이나 미술 쪽 취향을 계발하고, 그림, 음악, 책 같은 것들을 수집하는 등 교양인이 되려고 노력하고 있었다. 라인산 포도주와 모젤산 포도주에 대한 이런 작은 설교 역시 바로 그런 것, 즉 그가 추구하는 교양의 일부였다.

"매혹적이고 귀여운 포도주라 생각하지 않으시는지요?"

마이크가 말했다. 그는 여전히 리처드 프랏을 지켜보고 있었으며 뱅어를 먹으려고 고개를 숙일 때마다 식탁 건너편을 슬쩍슬쩍 훔쳐보는 것도 눈에 띄었다. 물론 나는 마이크의 기대감을 손으로 만지듯이 느낄 수 있었다. 그는 프랏이 처음 포도주를 입에 대고, 이어 잔에서 고개를 들면서 기쁨과 놀라움, 심지어 경이감이 섞인 웃음을 짓는 순간을 기다리고 있었다. 그러면 품평회가 벌어질 것이고, 마이크는 그때 프랏에게 가이어슬라이 마을 이야기를 해주고 싶은 것이었다.

그러나 리처드 프랏은 포도주를 맛보지 않았다. 그는 마이크의 열여덟 살 난 딸 루이즈와 이야기를 하는 데 몰두해 있었다. 그는 루이즈를 향해 반쯤 몸을 돌린 채 연신 웃음을 짓고 있었다. 파리의 어떤 레스토랑 주방장 이야기를 해주는 것 같았다. 프랏은 말을 하면서 점점 루이즈 쪽으로 몸을 기울였다. 이야기에 너무 몰두한 나머지 그녀에게 몸이 닿을 지경인 것도 모르는 듯했다. 가엾은 처녀는 가능한 한 그로부터 몸을 멀리 떼면서, 정중하게, 아니, 필사적으로 고개를 끄덕이며 그의 얼굴이 아니라 야회복의 맨 위에 달린 단추를 보고 있었다.

우리가 생선을 다 먹자, 하녀가 돌아다니며 접시를 치웠다. 하녀는 프랏에게 다가갔다가 그가 음식에 손을 안 댔다는 것을 알고 주춤했다. 프랏도 하녀가 가까이 왔다는 것을 알아챘다. 그는 손을 저어 하녀를 물리치더니, 대화를 중단하고 빠르게 먹기 시작했다. 그는 잽싸게 포크를 놀려 갈색의 작고 파삭파삭한 생선을 입안에 집어넣었다. 마침내 생선을 다 먹자 프랏은 잔으로 손을 뻗더니, 짧게 두 번 잔을 기울여 포도주를 목구멍에 털어넣고는 즉시 고개를 돌려 루이즈 스코필드와 중단되었던 대화를 이어나가기 시작했다.

마이크는 이 모든 과정을 지켜보았다. 나는 그가 들뜬 마음을 간신히 억누르고 가만히 앉아 손님을 지켜보고 있다는 사실을 의식하지 않을 수 없었다. 그의 둥그스름하고 유쾌해 보이는 얼굴이 지금은 약간 늘어지고 처진 듯한 느낌을 주었다. 그러나 그는 계속 자제하면서 아무런 말도 하지 않았다.

곧 하녀가 나오더니 두번째 요리를 내놓았다. 이번에는 큼지막하게 구운 쇠고기였다. 하녀가 쇠고기를 마이크 앞에 갖다놓자 마이크는 일어서서 고기를 아주 얇게 잘라내 접시에 살며시 얹었고, 하녀는 그 접시를 손님들에게 날랐다. 마이크는 자기 것을 포함하여 모든 사람의 고기를 다 자르자, 칼을 내려놓더니 두 손으로 식탁 가장자리를 잡고 몸을 앞으로 기울였다.

"자."

그는 입으로는 우리 모두에게 말하고 있었지만, 눈으로는 리처드 프랏을 보고 있었다.

"자, 이제 클라레를 마실 시간이로군요. 잠시 실례하겠습니다. 가서 클라레를 가져와야 하거든요."

"가서 가져온다고요, 마이크? 그게 어디 있는데요?"

내가 물었다.

"내 서재에 있지요. 코르크를 빼내어 숨을 쉬게 해두었습니다."

"왜 서재에 둔 겁니까?"

"물론 실온에서 보관하기 위해서지요. 그곳에 스물네 시간 놔두었습니다."

"그런데 왜 하필이면 서재입니까?"

"그곳이 이 집에서 최고거든요. 리처드가 지난번에 왔을 때 그곳을 가장 좋은 장소로 추천해주었습니다."

자기 이름이 나오자 프랏은 고개를 돌렸다.

"그렇지요?"

마이크가 물었다.

"그렇소."

프랏은 엄숙한 표정으로 고개를 끄덕이며 덧붙였다.

"그 말이 맞소."

"지금 클라레는 내 서재의 녹색 서류장 위에 있습니다."

마이크가 말을 받더니 덧붙였다.

"그곳이 우리가 선택한 장소지요. 외풍이 들지 않고 온도가 균일한 곳입니다. 그럼, 잠시 실례하겠습니다. 금방 가져오지요."

마이크는 가지고 놀 수 있는 포도주가 하나 더 있다고 생각하자 활기를 되찾은 듯했다. 그는 얼른 문밖으로 나가더니 잠시 후 나갈 때보다 천천히, 조심스러운 발걸음으로 돌아왔다. 두 손에 든 포도주 바구니 안에 검은 병이 누워 있었다. 상표가 있는 쪽은 보이지 않도록 아래로 돌려놓았다.

"자!"

마이크는 식탁으로 다가오며 큰소리로 말하고 있었다.

"이건 어떻습니까, 리처드? 이건 절대 이름을 맞히지 못할 걸요!"

리처드 프랫은 천천히 고개를 돌려 마이크를 쳐다보았다. 이윽고 그의 눈은 작은 고리버들 바구니 안에 놓인 병으로 내려갔다. 그는 눈썹을 치켜올렸다. 아치 모양을 그린 눈썹에서 거만함이 약간 느껴졌다. 동시에 촉촉한 아랫입술이 밖으로 튀어나왔는데, 그 갑작스러운 동작은 오만하면서도 추해 보였다.

"이건 절대 못 맞힐 겁니다. 절대로."

마이크가 말했다.

"클라레라고요?"

리처드 프랏이 거들먹거리는 표정으로 물었다.

"물론이지요."

"그렇다면 작은 포도밭에서 나온 것이겠군?"

"그럴 수도 있지요, 리처드. 하지만 그렇지 않을 수도 있습니다."

"그래도 연도는 좋겠지요? 좋은 해에 나온 것이겠지요?"

"네, 그건 보장합니다."

"그럼 그렇게 어렵지 않겠는걸."

리처드 프랏은 아주 따분하다는 표정으로 느릿느릿 말했다. 그러나 나는 그의 길게 늘이는 말투와 권태의 표정에 뭔가 이상한 것이 있다고 느꼈다. 그의 미간에 왠지 사악한 느낌을 주는 그림자가 어른거리는 듯했다. 그의 자세와 열중한 듯한 표정도 왠지 불편하게 느껴졌다.

"이건 정말 어려울 겁니다. 따라서 이번에는 내기를 강요하지 않겠습니다."

마이크가 말했다.

"그래요? 왜?"

이번에도 눈썹이 천천히 아치를 그리면서 그 싸늘하면서도 열중한 듯한 표정이 나타났다.

"그야 어려우니까요."

"그건 나를 칭찬하는 말로는 들리지 않는데."

"그럴 리가요. 원하신다면 저야 기꺼이 내기를 하지요."

"맞히기 어려울 것 같지 않소."

"내기를 하고 싶다는 말씀입니까?"

"얼마든지 내기를 하지."

리처드 프랏이 말했다.

"그럼 좋습니다. 평상시대로 하지요. 이 포도주 한 상자 내기입니다."

"내가 못 맞힐 거라고 생각하시는군, 그렇지요?"

"실례를 범하려는 건 아닙니다만, 사실 그렇습니다."

마이크는 정중한 태도를 보이려고 상당히 애를 쓰고 있었지만, 프랏은 이런 내기 자체에 대한 경멸을 굳이 감추려 하지 않았다. 그러나 그의 다음 질문은 묘하게도 그가 이 일에 약간 흥미를 가지고 있다는 사실을 드러냈다.

"판돈을 올리고 싶소?"

"아뇨, 리처드. 한 상자면 많은 거지요."

"쉰 상자를 걸고 싶소?"

"그건 바보 같은 짓이지요."

마이크는 우스꽝스러워 보이는 고리버들 바구니를 조심스럽게 든 채 식탁 상석의 자기 의자 뒤편에 꼼짝도 않고 서 있었다. 그의 콧구멍 주위에 흰빛이 감돌기 시작했다. 입은 꼭 다물고 있었다.

프랏은 의자에 등을 기대고 늘어지듯이 앉아 마이크를 쳐다보고 있었다. 눈썹은 치켜올렸지만 눈은 반쯤 감고 있었으며, 입가에는 흐릿하게 미소가 감돌고 있었다. 나는 이 사람의 얼굴에서 다시 뭔가 사람을 불편하게 만드는 것을 보았다. 아니, 보았다고 생각했다. 집중으로 인해 생긴 미간의 어둠. 그리고 그의 두 눈에, 그 눈의 정중앙 새까만 곳에 감추어진, 빈틈없다는 느낌을 주는 느리고 작은 불꽃.

"그러니까 판돈을 올리고 싶지 않다는 거요?"

"저로서는 전혀 상관이 없지요. 저야 원하시는 대로 뭐든지 걸 수 있습니다."

마이크가 말했다.

세 여자와 나는 가만히 앉아 두 남자를 지켜보고 있었다. 마이크의 부인은 슬슬 화가 나는 듯했다. 부인은 당장이라도 끼어들어 뜯어말릴 태세였다. 구운 쇠고기는 우리 앞에 놓인 채 느릿느릿 김을 뿜고 있었다.

"그러니까 뭐든지 걸겠다. 이 말이오?"

"말씀드린 대로입니다. 저는 젠장, 원하시는 대로 뭐든지 건다니까요. 지금 문제삼으시는 게 그것이라면 말입니다."

"만 파운드라도?"

"물론 걸지요. 원하신다면 말입니다."

이제 마이크는 자신감을 드러내고 있었다. 프랏이 부를 액수 정도라면 얼마든지 받아들일 수 있었기 때문이다.

"그러니까 무엇을 내기에 걸지를 내가 정할 수 있다는 거요?"

프랏이 다시 물었다.

"말씀드린 대로입니다."

잠시 정적이 흘렀다. 프랏은 천천히 식탁을 둘러보았다. 처음에는 나, 이어 세 여자를 차례로 훑어보았다. 마치 우리가 마이크가 한 제안의 증인이라는 점을 상기시키는 것 같았다.

"마이크!"

스코필드 부인이 입을 열었다.

"마이크, 이 말도 안 되는 짓 좀 그만두고 식사나 해요. 음식이 식어요."

"이건 말도 안 되는 일이 아닙니다."

프랏이 높낮이가 없는 목소리로 말을 하고 있었다.

"우리는 작은 내기를 하고 있는 겁니다."

하녀가 야채 접시를 든 채 뒤쪽에 서 있는 모습이 보였다. 앞으로 나올지 말지 망설이고 있었다. 프랏이 말을 이었다.

"그럼 좋소. 스코필드 씨가 걸었으면 하는 것을 말하겠소."

"좋습니다, 말씀해보시지요."

마이크는 약간 무모한 태도를 보이고 있었다.

"저는 상관하지 않습니다. 뭘 걸자고 하시든 말입니다."

프랏은 고개를 끄덕였다. 다시 그의 양쪽 입꼬리에 희미한 미소가 번졌다. 그는 마이크를 빤히 바라보면서 느릿느릿 말했다.

"따님을 나에게 아내로 주시겠다고 약속했으면 좋겠소."

루이즈 스코필드가 흠칫 놀랐다.

"뭐예요!"

루이즈가 소리치고 있었다.

"안 돼! 웃기지도 않아! 보세요, 아버지, 이런 장난은 하나도 즐겁지 않아요."

그녀의 어머니가 말을 받았다.

"얘야, 그냥 농담하시는 거야."

"농담이 아닙니다."

리처드 프랏이 말했다.

"말도 안 됩니다."

마이크가 말했다. 그는 다시 평정을 잃었다.

"내가 원하는 것은 무엇이든지 걸겠다고 하지 않았소."

"그건 돈 얘기였죠."

"돈이라고 하지는 않았잖소."

"그런 뜻이었습니다."

"그렇다면 왜 돈이라고 말을 안 했는지 모르겠구먼. 어쨌든 좋소. 제안을 거두겠다면 거두시오. 나야 아무런 상관 없으니까."

"제 쪽에서 제안을 거두는 게 아니지요. 어차피 내기가 안 되는 거 아닙니까. 선생님은 거기 해당하는 것을 걸 수가 없잖습니까. 선생님한테는 딸이 없으니, 내 딸과 맞먹는 것을 걸 수가 없지요. 설사 있다 해도, 내가 선생님 딸과 결혼할 리도 없고요."

"그 말을 들으니 반갑네요, 여보."

부인이 말했다.

"나는 스코필드 씨가 원하는 거면 뭐든지 걸겠소. 예를 들어 내 집이라도. 내 집은 어떻소?"

프랏이 말했다.

"어느 집 말씀입니까?"

마이크가 물었다. 그는 농담을 하고 있었다.

"시골 별장 말이오."

"왜, 또하나도 함께 거시잖고."

"좋소, 원하신다면야. 두 집 다 걸겠소."

순간 마이크가 입을 다물었다. 마이크는 앞으로 한 걸음 나서더니 병이 든 바구니를 가만히 탁자에 내려놓았다. 그는 소금 그릇을 한쪽으로 치우고, 이어 후추를 치웠다. 그는 칼을 집어들더니 잠시 칼날을 묵묵히 들여다보다가 내려놓았다.

그의 딸 역시 아버지가 입을 다문 것을 의식하고 있었다.

"뭐예요, 아버지!"

그녀가 소리치더니 말을 이었다.

"말도 안 되는 생각 하지 마세요! 너무 창피해서 말하기도 그러네. 저를 가지고 내기니 뭐니 하는 건 받아들이지 않겠어요."

"그럼, 당연하지."

어머니가 말을 받고는 덧붙였다.

"당장 그만둬요, 마이크. 앉아서 식사나 해요."

마이크는 그녀를 무시했다. 그는 딸을 건너다보더니 웃음을 지었다. 아끼는 딸을 보호하는 아버지다운 느릿느릿한 웃음이었다. 그러나 갑자기 그의 눈에서 승리의 빛이 반짝거렸다.

"얘야."

마이크가 웃음을 지으며 말하고 있었다.

"알잖니, 루이즈, 이건 좀 생각을 해볼 문제야."

"그만하세요, 아버지! 듣고 싶지도 않아요! 참 나, 이런 말도 안 되는 얘긴 처음 들어봐!"

"아니다, 얘야, 진지하게 하는 말이야. 잠깐만 내가 하는 이야기 좀 들어봐라."

"듣고 싶지 않다니까요."

"루이즈! 제발! 이건 이런 거야. 여기 리처드는 우리한테 진지한 내기를 제안했어. 이 내기를 하고 싶어하는 사람은 리처드이지, 내가 아니야. 만일 리처드가 지면, 상당한 재산을 내놓아야 해. 아, 잠깐만, 얘야, 내 말 마저 들어봐. 핵심은 이거야. 리처드는 절대 이길 수 없다는 거야."

"리처드는 이길 수 있다고 생각하는 것 같은데요."

"내 말 좀 들어봐. 나는 이런 일을 아주 잘 알아. 전문가들은 말이다, 클라레 맛을 볼 때, 그것이 라피트나 라투르처럼 유명하고 훌륭한 포도주가 아닐 경우에는 어떤 일정한 방법을 사용해서 포도밭을 맞힐 수밖에 없어. 물론 포도주가 보르도의 어느 지역에서 나왔느냐는 이야기할 수 있지. 생테밀리옹이냐 포메롤이냐 그라브냐 메도크냐. 하지만 각 지역에도 코뮌들, 즉 작은 행정 단위들이 몇 개씩 있어. 그리고 이 행정 단위 밑에는 작은 포도밭들이 수도 없이, 정말 수도 없이 많아. 한 사람이 맛과 냄새만으로 그 포도밭들을 다 구별해낸다는 것은 불가능한 일이야. 솔직히 말하면, 여기 지금 내가 가지고 온 이 포도주는 작은 포도밭에서 나온 건데, 그 주위는 또 작은 포도밭이 빙 둘러싸고 있어. 리처드는 절대 알아내지 못해. 불가능한 일이야."

"그렇게 자신할 수는 없잖아요."

딸이 말했다.

"장담할 수 있어. 내 입으로 말하기는 그렇지만, 난 이 포도주에 대해서라면 꽤 알고 있는 사람이야. 어쨌든 하늘에 대고 말하는데, 얘야, 나는 네 아비다. 내가 너한테 네가 원하지도 않는 일을 시킬 거라고는 생각하지 않겠지, 그렇지? 나는 네가 돈을 좀 벌게 해주려는 것뿐이야."

"마이크!"

그의 아내가 날카로운 목소리를 끼워넣더니 말을 이었다.

"그만해요, 마이크, 제발!"

마이크는 다시 그녀를 무시하고 딸을 향해 말했다.

"네가 이 내기를 받아들이면, 너는 십 분 안에 커다란 집 두 채를 가질 수 있어."

"하지만 저는 커다란 집 두 채가 필요 없어요, 아버지."

"그럼 팔아버려. 이 자리에서 도로 팔아버려. 내가 다 알아서 처리해주마. 한 가지 생각만 해라, 얘야, 너는 부자가 될 거야! 평생 아무한테도 의지하지 않고 살 수 있어!"

"아버지, 저는 싫어요. 이건 어리석은 짓이라고 생각해요."

"나도 마찬가지예요."

그의 아내가 말했다. 그녀는 말하면서 암탉처럼 고개를 아래위로 세차게 흔들었다. 그녀가 말을 이었다.

"그런 제안을 하다니. 마이클, 부끄러운 줄 알아요! 이애는 당신 딸이란 말이에요!"

마이크는 아내 쪽은 보지도 않았다.

"받아들여!"

그는 딸을 뚫어져라 바라보며 진지한 목소리로 말했다.

"받아들여, 얼른! 네가 지는 일은 없다고 보장하마."

"싫어요, 아버지."

"어서, 얘야. 받아들여!"

마이크는 강하게 밀어붙이고 있었다. 그는 딸 쪽으로 몸을 기울이고, 반짝거리는 강렬한 두 눈을 그녀에게 고정하고 있었다. 딸로서는 저항하기 쉽지 않을 것 같았다.

"하지만 지면 어떻게 해요?"

"다시 말하지만, 지는 일은 없어. 장담해."

"아버지, 꼭 이렇게 해야만 해요?"

"너한테 큰돈을 안겨주는 거야. 자, 어서. 어떻게 할래, 루이즈? 할래?"

그녀는 마지막으로 망설였다. 이윽고 그녀는 무력하게 어깨를 약간 으쓱하더니 말했다.

"알았어요, 그럼. 질 리 없다고 맹세하시니까."

"좋아!"

마이크는 소리쳤다.

"좋았어! 그럼 내기가 성립된 겁니다!"

"그렇소."

리처드 프랏도 루이즈를 보며 말을 이었다.

"내기가 성립된 거요."

마이크는 즉시 포도주를 집어들더니 병을 기울여 자신의 잔에 술을 조금 따르고, 흥분하여 종종걸음으로 식탁 주위를 돌아다니며 다른 사람의 잔도 채웠다. 이제 모두 프랏을, 그의 얼굴을 지켜보고 있었다. 프랏은 오른손을 천천히 뻗어 잔을 코 가까이 들어올렸다. 프랏은 나이가 쉰 정도였는데, 호감이 가는 생김새는 아니었다. 어떻게 된 건지 얼굴에 입밖에 없는 것처럼 보였다. 전문적인 미식가의 두툼하고 축축한 입술만 눈에 들어왔기 때문이다. 아랫입술은 가운데 부분이 축 늘어져 흔들거렸다. 맛 감정가의 입답게 언제든지 술잔이나 음식을 받아들이기 위해 동그란 구멍을 열어놓고 있는 듯했다. 열쇠구멍 같군. 나는 프랏의 입을 보며 생각했다. 실제로 그의 입은 축축하게 젖은 커다란 열쇠구멍 같았다.

프랏은 잔을 천천히 코앞으로 들어올렸다. 코끝이 잔으로 들어가더니 포도주의 표면을 살살 움직이며 냄새를 맡았다. 이어 잔에 든 포도주를 천천히 돌려 향기를 받아들였다. 그는 강렬한 집중력을 보여주고 있었다. 눈을 감았다. 이제 그의 상반신 전체, 머리와 목과 가슴이 냄새를 맡는 거대하고 민감한 기계가 된 것 같았다. 이 기계는 킁킁거리는 코를 통해 전달되는 메시지를 받아들이고, 걸러내고, 분석하고 있었다.

마이크는 무관심한 척하며 의자에 등을 기대고 있었다. 그러나 한 동작도 놓치지 않았다. 그의 아내 스코필드 부인은 식탁 맞은편 끝에 새침한 표정으로 꼿꼿하게 앉아서 똑바로 앞만 바라보고 있었다. 부인의 딱딱한 표정은 못마땅한 마음을 그대로 드러내고 있었다. 딸 루이즈는 의자를 약간 옆으로 움직여 미식가를 마주보았다. 그녀는 아버지와 마찬가지로 프랏을 꼼꼼히 지켜보고 있었다.

냄새를 맡는 과정은 거의 1분간 지속되었다. 이윽고 프랏은 눈을 뜨거나 머리를 움직이지 않고 잔을 입으로 내리더니, 내용물의 거의 반을 입에 넣었다. 그는 거기에서 동작을 멈추었다. 입에는 포도주가 가득했다. 그는 첫맛을 보고 있었다. 이윽고 그는 입에 든 것 가운데 일부를 목안으로 넘겼다. 포도주가 밑으로 내려가면서 그의 목울대가 움직이는 것이 보였다. 그러나 대부분은 아직 입안에 남아 있었다. 이어 프랏은 포도주를 더 삼키지 않고, 입술 사이로 공기를 약간 들이마셨다. 공기가 입안에서 술의 기운과 섞여 허파로 내려갔다. 그는 지그시 숨을 참았다가, 코로 내뱉었다. 그리고 마지막으로 포도주를 혀 밑에서 굴리더니 씹었다. 포도주가 빵이라도 되는 것처럼 이로 씹고 있었다.

엄숙하고 인상적인 공연이었다. 정말 잘한다고 말할 수밖에 없었다.

"음."

프랏이 잔을 내려놓더니 분홍색 혀로 입술을 핥았다. 그가 말을 이었다.

"음, 그래. 아주 재미있고 귀여운 포도주로구먼. 상냥하고 우아하고, 뒷맛은 거의 여성적이네."

입안에 침이 넘쳐나는지 말할 때마다 가끔씩 그 맑은 액체가 탁자로 튀었다.

"자, 이제 소거법을 사용해야겠군. 신중하게 하더라도 용서해주시기 바라오. 많은 것이 걸려 있으니 말이오. 보통의 경우라면 아마 약간의 모험을 할 거요. 재빨리 비약을 해서 내가 선택한 포도밭 한가운데로 내려앉겠지요. 하지만 이번에는…… 이번에는 신중하게 움직여야 하오, 안 그렇소?"

그는 마이크를 쳐다보며 웃음을 지었다. 두툼하고 축축한 입술 위로 번지는 웃음이었다. 마이크는 마주 웃음을 짓지 않았다.

"그럼 먼저, 보르도의 어느 지역에서 이 포도주가 나왔느냐? 그건 추측하기 어렵지 않소. 생테밀리옹이나 그라브에서 나왔다고 하기에는 진한 맛이 너무 약하기 때문이오. 이것은 메도크가 분명하오. 그 점에 대해서는 의심의 여지가 없소.

자, 그럼 메도크 가운데 어느 코뮌에서 나왔느냐? 그것 역시 소거법에 의해 어렵지 않게 판단을 내릴 수 있소. 마르고냐? 아니오. 마르고일 리는 없소. 마르고산 특유의 강렬한 향은 없소. 포이야크냐? 포이야크일 리도 없소. 포이야크라고 하기에는 너무 연약하오. 너무 상냥하고 수심에 차 있지. 포이야크의 포도주는 그 맛이 거의 오만하다 할 수 있거든. 게다가 내 입맛으로 느끼기에 포이야크에는 약간의 심이 들어 있소. 포도가 그 지역의 땅에서 얻는 묘한 맛, 뭔가 탁하면서도 힘찬 맛이 있지. 아냐, 아냐. 이건…… 이건 아주 상냥한 포도주야. 새침을 떨고 수줍어하는 첫맛이야. 부끄럽게 등장하지. 하지만 두번째 맛은 아주 우아하거든. 두번째 맛에서는 약간의 교활함이 느껴져. 또 좀 짓궂지. 약간, 아주 약간의 타닌으로 혀를 놀려. 그리고 뒷맛은 유쾌해. 위로를 해주는 여성적인 맛이야. 이 약간 경솔하다 할 정도로 너그러운 기분, 이건 생쥘리앵 코뮌 밖에서는 찾을 수가 없어. 이건 틀림없이 생쥘리앵의 포도주요."

프랏은 의자에 등을 기대며 가슴 높이로 두 손을 들어올리더니 양쪽 손끝을 살짝 맞추었다. 그는 우스꽝스러울 정도로 거들먹거리고 있었다. 하지만 일부러 그러는 면도 분명히 있는 것 같았다. 그저 집주인을 조롱하려는 것이었다. 나는 어느새 긴장이 되어, 그가 말을 이어나가기를 기다리고 있었다. 루이즈가 담배에 불을 붙였다. 프랏은 성냥을 긋는 소리를 듣더니 그녀를 돌아보았다. 진짜로 화가 나서 얼굴이 벌겋게 달아올랐다.

"제발! 제발 그만두시오! 그건 역겨운 습관이오. 식탁에서 담배를 피우다니!"

루이즈는 한 손에 불이 붙은 성냥을 든 채로 그를 쳐다보았다. 큰 눈이 느릿느릿 그의 얼굴로 움직이더니, 그곳에 잠시 머물다가 다시 얼굴 밖으로 벗어났다. 경멸이 담긴 느린 동작이었다. 그녀는 고개를 숙이더니 성냥불을 불어 껐다. 그러나 불이 붙지 않은 담배는 그대로 들고 있었다.

"미안하오. 하지만 식탁에서 담배를 피우는 건 참을 수가 없소."

그녀는 두 번 다시 그를 보지 않았다.

"자, 어디 보자…… 어디까지 했더라?"

프랏이 말하고 있었다.

"아, 그래. 이 포도주는 보르도산이고, 메도크 지역의 생쥘리앵 코뮌에서 온 거요. 여기까지는 좋아. 하지만 이제 좀 까다로운 부분에 이르렀소. 포도밭 이름을 맞혀야 하니 말이오. 생쥘리앵에는 포도밭이 많고, 이 집 주인이 아까 정확하게 말했듯이, 이 밭의 포도주와 저 밭의 포도주가 별 차이가 없기 때문이오. 하지만 어디 봅시다."

프랏은 다시 말을 끊고 눈을 감았다.

"나는 지금 산지의 '등급'을 확인하려 하오. 그것만 할 수 있다면 이 전투의 반은 이긴 거지. 자, 어디 보자. 이 포도주는 분명 일등급 포도밭에서 나온 것은 아니오. 이등급 포도밭도 아니야. 이것은 훌륭한 포도주가 아니야. 이 포도주의 품질에는 뭐냐, 거 뭣이냐, 광채, 힘이 빠져 있어. 하지만 삼등급 포도밭이라면…… 그래, 삼등급일 수는 있지. 하지만 삼등급도 아닌 것 같아. 우리는 이 포도주가 좋은 해에 나온 거라고 알고 있소. 주인이 그렇게 말했으니까. 하지만 그렇게 말하는 건 이 포도주에 약간은 아첨을 하는 걸 거요. 여기서 조심해야 돼. 아주 조심해야 돼."

프랏은 잔을 들더니 조금 더 마셨다.

"그래."

프랏은 입술을 빨더니 말을 이었다.

"내가 맞았어. 이건 사등급 포도밭이야. 이제 확신할 수 있어. 아주 좋은 해에 사등급 포도밭에서 재배한 포도. 사실, 위대한 해에 재배된 거지. 바로 그 점 때문에 잠시나마 이 포도주에서 삼등급, 심지어 이등급 포도밭 맛이 났던 거야. 좋아! 이제 훨씬 나아졌어! 자, 우리는 이제 정답에 다가가고 있소! 생쥘리앵 코뮌의 사등급 포도밭은 어디일까?"

그는 다시 말을 끊더니 잔을 들어올렸다. 그는 흔들거리는 아랫입술에 잔의 가장자리를 갖다대고 있었다. 순간 나는 그의 혀가 쑥 나오는 것을 보았다. 분홍색의 가는 혀였다. 혀끝이 포도주 속으로 들어가는가 했더니, 빠른 속도로 얼른 다시 입속으로 들어가버렸다. 역겨운 모습이었다. 잔이 입에서 떨어졌는데도 눈은 감은 채였다. 얼굴은 바짝 긴장되어 있었다. 오직 입술만 움직이고 있었다. 축축하고 물컹한 두 개의 고무조각처럼 좌우로 엇갈려 미끄러지고 있었다.

"역시 그렇구먼!"

프랏이 소리치더니 말을 이었다.

"중간 맛의 타닌. 순간적으로 혀를 휘어잡는 떫은맛. 그래, 그래, 물론이지! 이제 답이 나왔어! 이 포도주는 베슈벨 근처의 작은 포도밭 가운데 한 곳에서 나온 거요. 이제 기억이 나는군. 베슈벨 지구. 강과 작은 포구. 포구 바닥에는 흙이 쌓여 이제는 포도주 배들이 들어오지 못하지. 베슈벨…… 하지만 진짜로 베슈벨 그곳일까? 아니, 그렇게 생각하지 않소. 절대 그렇지 않아. 하지만 그곳과 아주 가까운 곳이야. 샤토 탈보? 탈보일까? 그래, 그럴 수도 있어. 잠깐 기다려보시오."

프랏은 포도주를 다시 조금 들이켰다. 내 시야 가장자리로 보이는 마이크 스코필드의 몸은 탁자 쪽으로 점점 기울고 있었다. 입은 약간 열려 있었고, 작은 눈은 리처드 프랏에게 고정되어 있었다.

"아냐. 내가 틀렸어. 탈보가 아니야. 탈보 것이라면 이 포도주보다는 약간 더 빨리 앞으로 튀어나오지. 열매가 표면에 더 가깝단 말이야. 이것이 삼십사년도산이라면, 나는 그러리라고 보는데, 그렇다면 이것은 탈보일 리가 없어. 하지만…… 그래, 하지만, 이건 베슈벨과 탈보 그 둘에 가까워, 아주 가까워. 따라서 포도밭은 그 둘 사이쯤일 게 틀림없어. 자, 그럼 어디일까?"

프랏은 망설였다. 우리는 다음 말을 기다리며 그의 모습을 살폈다. 이제 모두, 심지어 마이크의 부인마저 프랏을 보고 있었다. 하녀가 야채 접시를 내 뒤의 식기 받침대에 내려놓는 소리가 들렸다. 정적을 깨지 않으려고 살며시 내려놓고 있었다.

프랏이 소리쳤다.

"찾았어! 그래, 찾은 것 같아!"

프랏은 마지막으로 포도주를 마셨다. 이어 잔을 입가에 올린 채 마이크를 보며 웃음을 지었다. 느릿느릿하고 매끄러운 웃음이었다. 마침내 프랏이 말했다.

"이게 뭐냐? 이건 귀여운 샤토 브라네르-뒤크뤼요."

마이크는 꽉 끼는 옷을 입은 듯한 표정으로 꼼짝도 하지 않았다.

"그리고 연도는 천구백삼십사년이오."

우리는 모두 마이크를 보았다. 그가 바구니의 병을 돌려 상표를 보여주기를 기다리고 있었다.

"그게 최종 답안입니까?"

마이크가 물었다.

"그래, 그런 것 같소."

"그렇습니까, 아니면 아닙니까?"

"그렇소."

"이름을 다시 한번 말해주시겠습니까?"

"샤토 브라네르-뒤크뤼요. 아주 작고 귀여운 포도밭이지. 그리고 오래된 작은 성. 아주 잘 알고 있소. 왜 단번에 알아내지 못했는지 이해할 수가 없군."

"어서요, 아버지."

루이즈가 말하고 있었다.

"어서 병을 돌려 상표를 보여주세요. 집 두 채를 갖고 싶어요."

"잠깐."

마이크가 말했다.

"잠깐만 기다려라."

그는 가만히 앉아 있었다. 당황한 표정이었다. 갑자기 얼굴이 붓고 창백해진 것 같았다. 몸에서 힘이 죄다 빠져나가는 듯이 보였다.

"마이클!"

그의 아내가 식탁 맞은편에서 날카로운 소리로 그를 부르더니 물었다.

"어떻게 된 거예요?"

"좀 빠져주구려, 마거릿, 제발 좀."

리처드 프랏은 마이크를 보고 있었다. 입에는 웃음이 떠올랐고 작은 눈은 반짝거리고 있었다. 마이크는 아무도 보지 않았다.

"아버지!"

딸이 괴로운 표정으로 소리쳤다.

"아버지, 설마 저 사람 말이 맞았다고 말하려는 건 아니겠죠."

"자, 자, 걱정 마라, 얘야. 걱정할 필요가 없어."

마이크가 말했다.

그다음에 마이크가 한 말은 다른 무엇보다도 그의 가족으로부터 벗어나고 싶어서 한 말이었던 것 같다. 그는 리처드 프랏을 보며 이렇게 말했다.

"이렇게 합시다, 리처드. 우리 둘이 옆방으로 가서 잠깐 얘기를 좀 하는 게 어때요?"

"나는 그러고 싶지 않소. 내가 원하는 건 그 병의 상표를 보는 것뿐이오."

그것이 프랏의 대답이었다. 그는 이제 누가 이겼는지 알고 있었다. 그의 태도에는 승자의 고요한 오만이 내비치고 있었다. 여차하면 얼마든지 비열하게 나올 각오가 되어 있다는 것을 알 수 있었다.

"뭘 기다리고 있는 거요?"

그가 마이크에게 말하고 있었다.

"어서 병을 돌리시오."

일이 벌어진 것은 그 순간이었다. 하녀, 하얀색과 검은색이 섞인 제복을 입은 작고 허리가 꼿꼿한 하녀가 손에 뭔가를 들고 리처드 프랏 옆에 서 있었다.

"이거 선생님 거 같은데요."

프랏은 홀끗 돌아보았다. 하녀가 내민 손에는 가느다란 뿔테 안경이 들려 있었다. 그는 잠시 망설였다.

"그런가? 그런지도 모르겠네. 잘 모르겠소."

"맞습니다, 선생님. 선생님 거예요."

하녀는 나이가 많은 여자였다. 예순보다는 일흔 쪽에 더 가까웠다. 마이크의 집에서 오랫동안 일해온 사람이었다. 그녀는 안경을 식탁에 내려놓았다.

프랏은 고맙다는 말도 없이 안경을 집어들어 가슴 호주머니의 하얀 손수건 뒤에 꽂았다.

그러나 하녀는 물러가지 않았다. 그녀는 리처드 프랏의 약간 뒤쪽 옆에 그대로 서 있었다. 그녀의 태도, 그렇게 작은 몸으로 꼼짝도 않고 꼿꼿하게 서 있는 모습을 보자 뭔가 심상치 않은 일이 벌어질 것 같다는 느낌이 들었다. 나도 모르게 갑자기 불안을 느끼며 그녀를 지켜보지 않을 수 없었다. 그녀의 늙은 잿빛 얼굴에는 서리가 내린 듯 결연한 표정이 서려 있었다. 입은 앙다물고 작은 턱은 쑥 내밀고 있었다. 두 손은 앞에서 꽉 모아 쥐고 있었다. 머리에 쓴 이상한 모자와 제복 앞쪽의 반짝거리는 하얀 천 때문에 꼭 가슴에 하얀 털이 난 성난 작은 새처럼 보였다.

"그걸 스코필드 씨 서재에 놓고 가셨더군요."

그녀가 말했다. 의도적으로 예의를 차리고 있어 목소리가 부자연스러웠다. 그녀가 말을 이었다.

"스코필드 씨 서재의 녹색 서류장 위에 있던데요, 선생님. 아까 저녁식사 전에 혼자 거기에 들어가셨을 때 놓고 오신 겁니다."

자리에 앉은 사람들이 그녀가 하는 말의 의미를 완전히 이해하는 데는 몇 분이 걸렸다. 그뒤에 이어진 정적 속에서 나는 마이크가 천천히 의자에서 몸을 일으키는 것을 보았다. 얼굴에는 핏기가 돌아오고 눈은 크게 벌어져 있었다. 그의 입꼬리가 비틀리는가 싶더니, 콧구멍 근처에 위험한 흰빛이 번져가기 시작했다.

"마이클!"

그의 아내가 말하고 있었다.

"진정해요, 마이클, 여보! 진정해요!"

항해 거리

Dip in the Pool

사흘째 되는 날 아침 바다는 잔잔했다. 아주 민감한 승객들—배가 출항하고 나서 한 번도 모습을 드러내지 않았던 사람들—조차 선실에서 나와 상갑판으로 올라왔다. 갑판 사환은 그들에게 의자를 주고 다리에 무릎덮개를 덮어주었다. 그들은 창백한, 거의 열기가 없는 1월의 해를 향해 얼굴을 들어올린 채 줄을 지어 누워 있었다.

처음 이틀간은 파도가 조금 높았다. 그러다가 이렇게 갑자기 잠잠해지자 배 전체에 온화한 분위기가 감돌기 시작했다. 저녁이 되자 좋은 날씨를 열두 시간이나 맛본 승객들은 자신감을 갖기 시작했으며, 여덟시가 되자 식당은 마치 노련한 뱃사람이라도 된 듯 자신만만하게 먹고 마시는 사람들로 북적거렸다.

식사가 채 반도 끝나지 않았을 때, 승객들은 엉덩이와 의자 사이의 가벼운 마찰을 통해 배가 다시 옆질을 시작했다는 것을 깨달았다. 처음에는 아주 부드러웠다. 느릿느릿 여유 있게 한쪽으로 기울었다가, 이어 다시 반대편으로 기울었다. 그러나 이것만으로도 즉시 식당 전체의 분위기가 미묘하게 바뀌었다. 승객 몇 사람은 음식에서 고개를 들고 망설이는 듯한 표정으로 기다렸다. 마치 귀로 배가 반대편으로 기우는 소리를 찾고 있는 듯했다. 웃고는 있었지만 초조함을 감추지 못했고, 눈에는 은밀하게 불안의 빛이 반짝거렸다. 일부는 동요하지 않았으며, 일부는 노골적으로 으스대기까지 했다. 으스대는 사람들 가운데 다수는 괴로움을 느끼는 소수를 괴롭히기 위해 음식과 날씨를 가지고 농담을 했다. 배의 움직임은 점점 더 거칠어졌다. 처음 옆질을 한다는 느낌이 들고 나서 불과 오륙 분밖에 흐르지 않았는데도 배는 심하게 좌우로 흔들렸고, 승객들은 모퉁이를 도는 차에서 원심력에 저항하듯 의자 위에서 몸에 힘을 주고 있었다.

마침내 아주 심한 옆질이 찾아왔다. 사무장의 식탁에 앉아 있던 윌리엄 보티볼 씨는 홀랜데이즈 소스를 친 데친 가자미가 자신의 포크 밑에서 갑자기 옆으로 미끄러지는 것을 보았다. 모두가 접시나 포도주 잔을 잡으려고 손을 뻗는 바람에 일시에 식당 안이 부산스럽게 술렁거렸다. 사무장의 오른편에 앉아 있던 렌쇼 부인은 작게 비명을 지르며 사무장의 팔을 잡았다.

"지저분한 밤이 되겠군요."

사무장이 렌쇼 부인을 보며 말을 이었다.

"아주 지저분한 밤이 찾아올 것 같습니다."

사무장의 말투에는 남의 고통을 즐기는 쾌감이 살짝 묻어 있었다.

사환이 서둘러 달려와 접시들 사이로 식탁보에 가볍게 물을 뿌렸다. 소란은 가라앉았다. 승객들은 대부분 식사를 계속했다. 렌쇼 부인을 포함한 몇 사람은 조심스럽게 자리에서 일어나, 서두르고 싶은 마음을 가까스로 감춘 표정으로 탁자 사이를 헤치고 문을 빠져나갔다.

"자, 마침내 가셨군요."

사무장은 칭찬하는 표정으로 남은 양떼를 둘러보았다. 나머지 사람들은 흡족한 표정으로 조용히 앉아 있었다. 그들의 얼굴에는 '훌륭한 뱃사람'으로 인정받은 데 대한 특별한 자부심이 노골적으로 드러나 있었다.

식사가 끝나고 커피가 나오자, 옆질이 시작된 후로 유난히 엄숙하게 생각에 잠긴 표정이던 보티볼 씨가 갑자기 일어서서 자기 커피잔을 들고 렌쇼 부인이 떠난 자리, 즉 사무장 옆자리로 갔다. 그는 자리에 앉더니, 즉시 사무장에게 몸을 기울이고 다급하게 소곤거리기 시작했다.

"실례합니다만, 물어볼 게 있습니다."

작고 통통하고 불그스름한 얼굴의 사무장은 몸을 앞으로 숙이며 귀를 기울였다.

"무슨 문제입니까, 보티볼 씨?"

"내가 알고 싶은 것은 말입니다."

남자의 얼굴이 불안하게 바뀌었고, 사무장은 그 얼굴을 지켜보고 있었다. 보티볼 씨가 말을 이었다.

"내가 알고 싶은 것은 말이죠, 선장이 오늘 항해 거리를 이미 예측해놓았을까 하는 겁니다. 알다시피, 항해 거리 맞히기 내기 때문에 묻는 건데요, 바다가 이렇게 거칠어지기 전에 예측을 해놓았을까요?"

사적인 비밀을 듣게 될 줄 알고 마음의 준비를 하고 있던 사무장은 웃음을 지으면서 등을 뒤로 기대 음식으로 가득찬 배를 폈다.

"네, 그렇다고 할 수 있지요."

그는 굳이 작은 소리로 대답할 필요가 없었지만, 소곤거리는 말에 대답하는 사람들이 보통 그렇듯이 목소리를 낮추고 있었다.

"언제 했을까요?"

"오후에 했을 겁니다. 보통 오후에 하니까요."

"몇시쯤에요?"

"아, 그건 모르겠습니다. 아마 네시쯤이 아닐까요?"

"한 가지만 더 말해주세요. 선장은 그 수치를 어떻게 결정하나요? 고민을 많이 합니까?"

사무장은 보티볼 씨의 불안하게 찌푸린 얼굴을 보다가 웃음을 지었다. 이 남자가 무슨 말을 듣고 싶어하는지 아주 잘 알았기 때문이다.

"글쎄요, 아시겠지만, 선장님은 항해장과 약간 협의를 합니다. 날씨를 비롯해 여러 가지를 살펴본 뒤에 추정치를 내놓는 것이죠."

보티볼 씨는 고개를 끄덕이며 이 답을 잠시 생각했다. 이윽고 그가 입을 열었다.

"선장은 오늘 날씨가 나빠질 거라는 걸 알았을까요?

"그건 말씀드릴 수 없습니다."

사무장이 대답했다. 사무장은 상대방의 작고 검은 눈을 들여다보고 있었다. 두 눈의 중심에서 작은 흥분의 불꽃이 하나씩 춤을 추고 있었다. 사무장이 말을 이었다.

"그건 정말 말씀드릴 수 없군요, 보티볼 씨. 나도 모르는 일입니다."

"날씨가 더 나빠지면 낮은 숫자 가운데 몇 개를 사는 게 낫겠죠. 어떻게 생각하세요?"

소곤거리는 목소리는 더 다급해지고, 더 불안해졌다.

"아마도 그렇겠죠. 선장님도 밤에 이렇게 바다가 거칠어질 것은 고려하지 않았을 겁니다. 오후에 추정치를 뽑을 때는 아주 잔잔했으니까요."

식탁에 앉은 다른 사람들도 입을 다물고 두 사람의 말을 들으려고 애쓰고 있었다. 사무장을 지켜보는 그들의 표정은 경마장에서 자신의 말이 이길 가능성에 대하여 이야기하는 조마사(調馬師)의 말을 엿들으려고 애쓰는 사람들의 표정과 다를 게 없었다. 열중하여 고개를 반쯤 기울이고 귀를 곤두세운 바로 그 모습이었다. 약간 벌어진 입, 위로 치켜올린 눈썹, 앞으로 내민 다음 옆으로 약간 기울인 머리. 그들은 말(馬)이 직접 한 말을 전해들으려는 사람처럼 필사적으로 집중하면서 반쯤 최면에 걸린 얼굴로 귀를 기울이고 있었다.

"만약 사무장님이 직접 숫자를 사도 된다고 한다면, 오늘 어떤 번호를 선택하시겠어요?"

보티볼 씨가 소곤거리는 목소리로 물었다.

"아직 범위가 얼마인지도 모르는데요."

사무장은 참을성 있게 말을 이어갔다.

"저녁식사 후에 경매가 시작되어야 범위를 발표하지 않습니까. 게다가 사실 나는 그런 데에는 별 재주가 없습니다. 아시다시피, 나는 사무장에 불과하니까요."

그러자 보티볼 씨는 자리에서 일어섰다.

"먼저 실례합니다."

그는 흔들리는 바닥을 디디며 탁자 사이를 조심스럽게 걸어갔다. 배의 옆질 때문에 두 번이나 의자 등받이를 잡고 몸을 지탱해야 했다.

"상갑판 부탁해요."

그는 엘리베이터 승무원에게 말했다.

넓은 갑판에 발을 내딛자 얼굴 가득 바람이 몰아쳤다. 그는 비틀거리며 뱃전 난간으로 다가가 두 손으로 난간을 꽉 움켜쥐었다. 그는 그곳에 선 채로 어두워지는 바다를 내다보았다. 커다란 파도가 높이 솟아올랐다. 흰 파도가 바람에 맞서 달리자 깃털 같은 물보라가 피어올랐다.

"바깥 날씨가 사납죠?"

내려가는 길에 엘리베이터 승무원이 물었다. 보티볼 씨는 빨간색 작은 빗으로 헝클어진 머리를 빗고 있었다.

"날씨 때문에 배가 속도를 좀 늦췄겠죠?"

"아, 그렇고말고요. 날씨가 이렇게 바뀐 후로 속도를 상당히 늦췄습니다. 날씨가 이 모양이면 속도를 늦춰야죠. 아니면 승객들이 모두 뱃전 밖으로 날아가게요."

아래쪽 흡연실에는 이미 경매를 위해 사람들이 모여 있었다. 사람들은 여러 탁자 주위에 점잖게 자리를 잡고 있었다.

약식 야회복을 입은 남자들은 다소 뻣뻣해 보였다. 얼굴은 조금 불그레했고 지나치게 바짝 면도를 한 모습이었다. 시원하게 하얀 팔을 드러내놓은 여자들 옆에서 왠지 굳어 있는 듯했다. 보티볼 씨는 경매 주최자의 탁자 가까이에 자리를 잡았다. 다리를 꼬고 팔짱을 끼고 있었다. 엄청난 결정을 내리고 나서 겁먹지 않겠다고 결심한 사람처럼 약간 비장해 보였다.

판돈은 아마 7천 달러쯤 될 거야. 보티볼 씨는 속으로 중얼거렸다. 숫자들이 각각 3, 4백에 팔렸던 지난 이틀간의 액수가 그 정도였다. 영국 배였기 때문에 파운드로 거래가 되었지만, 그는 자기 나라 통화로 생각하기를 좋아했다. 7천 달러면 큰돈이었다. 아무렴, 그렇고말고! 그 돈을 따면 어떻게 할까? 그는 백 달러 지폐로 달라고 해서 저고리 안주머니에 넣고 배에서 내릴 생각이었다. 아무 문제 없었다. 그리고 즉시, 그래, 즉시, 링컨 컨버터블을 살 생각이었다. 바로 차를 받아서 집으로 몰고 갈 생각이었다. 에설이 현관문을 열고 나와 그 차를 바라볼 때의 모습을 놓치고 싶지 않았기 때문이다. 새로 뽑은 연녹색 링컨 컨버터블을 타고 문간으로 미끄러져 들어가면서 에설의 얼굴을 보는 것, 그 맛 참 괜찮을 거야! 여보, 나 왔어. 그는 아무렇지도 않게 그렇게 말할 생각이었다. 당신 주려고 작은 선물을 하나 사왔지. 지나가다 진열장을 보니 당신 생각이 나더라고. 당신이 늘 이걸 하나 갖고 싶어했잖아. 마음에 들어, 여보? 그는 그렇게 말할 생각이었다. 색깔 마음에 들어? 그러고 나서 그녀의 얼굴을 지켜볼 생각이었다.

경매 진행자가 자리에서 일어났다.

"신사 숙녀 여러분!"

그가 소리치고는 말을 이었다.

"선장은 내일 정오까지 하루 항해 거리를 오백십오 마일로 추정했습니다. 평소와 마찬가지로 양쪽으로 십의 범위를 설정하도록 하겠습니다. 따라서 오백오부터 오백이십오까지가 됩니다. 물론 생각하는 숫자가 이 범위를 벗어난 분들을 위해 별도로 '낮은 영역'과 '높은 영역'을 팔도록 하겠습니다. 자, 그러면 모자 속에서 첫번째 숫자를 뽑도록 하겠습니다…… 자, 나왔습니다…… 오백십이?"

방안이 조용해졌다. 사람들은 의자에 가만히 앉아 있었다. 모든 눈이 진행자를 바라보고 있었다. 아연 긴장감이 감돌았다. 거는 돈이 높아질수록 긴장도 더 팽팽해졌다. 이것은 놀이나 장난이 아니었다. 돈을 건 사람이 액수를 높인 다른 사람을 건너다보는 표정을 보면 알 수 있었다. 웃고는 있지만, 입술만 웃고 있을 뿐 반짝거리는 눈은 아주 차가웠다.

512는 110파운드에 낙찰되었다. 다음에 뽑은 서너 개의 숫자도 대체로 같은 액수에 낙찰되었다.

배는 심하게 옆질을 하고 있었다. 배가 한쪽으로 기울 때마다, 벽의 나무판자가 당장이라도 쪼개질 것처럼 삐거덕거리는 소리를 냈다. 승객들은 의자 팔걸이를 움켜쥐고 경매에 집중했다.

"낮은 영역!"

진행자가 소리치고는 덧붙였다.

"다음 숫자는 낮은 영역입니다."

보티볼 씨는 허리를 바짝 세우고 긴장된 표정으로 앉아 있었다. 다른 사람들이 다 걸 때까지 기다려야 돼. 그는 그렇게 결정했다. 막판에 뛰어들어 마지막으로 돈을 걸 작정이었다. 그는 고향의 은행 계좌에 적어도 5백 달러는 있을 거라고 생각했다. 아냐, 6백 가까이 될 거야. 그거면 2백 파운드, 아니 2백 파운드가 넘는 돈이었다. 그 이상으로 액수가 올라가는 일은 없을 터였다.

진행자가 말하고 있었다.

"모두가 알다시피, 낮은 영역은 제시된 범위의 가장 작은 숫자 아래의 숫자 전체를 포괄합니다. 이 경우에는 오백오 아래의 모든 숫자를 포괄합니다. 따라서 이 배가 내일 정오까지 이십사 시간 동안 오백오 마일 미만을 항해할 거라고 생각하신다면 이 숫자를 사시는 게 좋을 겁니다. 자, 얼마를 부르시겠습니까?"

금방 130파운드까지 올라갔다. 보티볼 씨 외에 다른 사람들도 바다가 거칠어진 것을 눈치챈 모양이었다. 140…… 150…… 거기에서 멈추었다. 진행자가 망치를 들어올렸다.

"백오십에 낙찰됩니……"

"육십!"

보티볼 씨가 소리를 질렀다. 방안의 모든 얼굴이 보티볼 씨가 있는 쪽으로 돌아갔다.

"칠십!"

"팔십!"

보티볼 씨가 소리쳤다.

"구십!"

"이백!"

보티볼 씨가 소리쳤다. 이제 멈출 생각이 없었다. 누가 뭐래도.

정적이 흘렀다.

"이백 파운드 이상 없습니까?"

가만히 앉아 있자. 보티볼 씨는 속으로 중얼거렸다. 이대로 가만히 앉아서 고개를 들지 말자. 숨을 멈추자. 숨만 멈추고 있으면 아무도 나보다 높이 부르지 않아.

"이백 파운드에 낙찰됩니다……"

진행자의 대머리는 분홍색이었다. 그 대머리 위에서 작은 땀방울들이 반짝거렸다.

"낙찰됩니다……"

보티볼 씨는 숨을 죽였다.

"낙찰됩니다…… 낙찰되었습니다!"

진행자는 망치로 탁자를 두드렸다. 보티볼 씨는 수표를 써서 진행자의 조수에게 건네주고, 의자 등받이로 등을 젖히며 일이 끝나기를 기다렸다. 판돈이 얼마나 모였는지 알기 전에는 자러 갈 생각이 없었다.

마지막 숫자가 팔리고 나서 계산을 해보니 2,100파운드가 조금 넘는 금액이 나왔다. 그러면 6천 달러 정도라는 이야기였다. 그 가운데 90퍼센트는 승자에게 돌아가고, 10퍼센트는 선원 자선기금으로 들어갔다. 6천 달러의 90퍼센트면 5,400달러였다. 그래, 그거면 충분해. 링컨 컨버터블을 사고도 약간 남을 것 같았다. 보티볼 씨는 이런 만족스러운 생각에 기분이 좋아져 들뜬 마음으로 선실로 돌아갔다.

보티볼 씨는 다음날 아침에 잠을 깨서도 눈을 감은 채 몇 분 동안 그대로 있었다. 귀로는 사나운 바람소리를 찾고, 몸으로는 배의 옆질을 기다렸다. 그러나 바람소리는 들리지 않았고, 배는 옆질을 하지 않았다. 그는 벌떡 일어나 앉아 현창 밖을 살폈다. 바다는, 오, 이런, 맙소사, 유리처럼 잔잔했다. 커다란 배는 빠른 속도로 바다를 가로지르고 있었다. 밤새 뒤

처진 거리를 만회하려는 심산인 게 분명했다. 보티볼 씨는 고개를 돌리고 천천히 침상 가장자리에 앉았다. 공포 때문에 위가 전기로 지진 듯 따끔거렸다. 이제 희망이 없었다. 높은 숫자 가운데 하나가 승리를 차지할 것이 분명했다.

"이런, 맙소사."

보티볼 씨는 중얼거리고 있었다.

"어쩌면 좋지."

우선 에설은 뭐라고 할까? 2년 동안 모은 돈 거의 전부를 배의 경매에서 날려버렸다고 말할 수는 없었다. 그렇다고 이 일을 비밀로 할 수도 없었다. 그렇게 하려면 에설이 수표를 사용하지 못하게 해야 했다. 텔레비전과 대영백과사전 월부금은 어떻게 갚나? 벌써 에설의 눈에 담긴 분노와 경멸이 보이는 듯했다. 에설이 화가 날 때면 늘 그렇듯이, 눈은 가늘어지고 눈동자는 파란색에서 회색으로 바뀌고 있었다.

"이런, 맙소사. 도대체 어째야 하지?"

자신이 딸 가능성이 약간은 있다고 스스로에게 우겨봤자 소용없었다. 이 빌어먹을 배가 뒤로 돌아가지 않는 한. 이제 와서 그가 이기려면, 배가 후진을 해서 전속력으로 달려갔다가 다시 방향을 틀어 정상적으로 항해를 하는 방법밖에 없었다. 글쎄, 혹시 선장한테 그렇게 해달라고 요청할 수 있을지도 몰라. 딴 돈의 10퍼센트를 주겠다고 하면. 원한다면 더 줄 수도 있다고 하고. 보티볼 씨는 낄낄 웃음을 터뜨렸다. 그러다 갑자기 웃음을 멈췄다. 무슨 충격을 받은 듯 눈이 커지고 입이 떡 벌어져 있었다. 좋은 생각이 떠오른 것이다. 그 생각은 빠르고 강하게 그를 때렸다. 그는 침대에서 벌떡 일어나 잔뜩 흥분한 모습으로 현창으로 달려가 다시 밖을 내다보았다. 그래, 안 될 게 뭐야? 그는 생각했다. 안 될 게 뭐냔 말이야? 바다도 잔잔하니 건져줄 때까지 물 위에 떠 있는 데는 아무런 문제가 없을 것 같았다. 왠지 누군가 전에도 이런 일을 한 것 같은 느낌이 들었지만, 그렇다고 그가 다시 못할 이유는 없었다. 배는 그 자리에 멈추어 보트를 내려야 하고, 보트는 그를 건지려면 반 마일 가까이 되돌아와야 할 터였다. 그리고 보트는 다시 배로 돌아가고, 배는 보트를 실어야 한다. 다 합치면 적어도 한 시간은 걸릴 것이다. 한 시간이면 약 30마일이었다. 항해 거리에서 30마일이 빠진다, 그러면 될 것 같았다. 그러면 낮은 영역이 분명히 이길 것 같았다. 단 한 가지, 그가 떨어지는 것을 누군가가 반드시 봐야 했다. 그러나 그 문제는 간단할 것 같았다. 옷은 가볍게 입는 게 좋을 것이다. 그래야 헤엄을 치기 쉬우니까. 운동복. 그래, 그거야. 갑판에 테니스를 치러 올라가는 것처럼 옷을 입어야지. 셔츠에 반바지, 그리고 테니스화 차림으로 가는 거야. 시계는 놔두고 가야지. 지금 몇시지? 아홉시 십오분. 그럼 빠를수록 좋아. 당장 해치워버리자. 빨리 해야 돼. 산정 기준 시간이 정오니까.

보티볼 씨는 겁에 질린 동시에 흥분해서 운동복을 입고 상갑판으로 올라갔다. 그의 작은 몸은 엉덩이가 넓고 위로 올라갈수록 좁아져, 밑으로 처진 어깨는 아주 좁았다. 그래서 어쨌든 형태상으로는 계선주(繫船柱, 배를 묶어두는 기둥—옮긴이)를 닮았다. 희고 비쩍 마른 다리는 검은 털로 덮여 있었다. 그는 조심스럽게 갑판으로 나와 테니스화를 신은 발로 살금살금 걸었다. 초조하게 주위를 두리번거렸다. 눈에 보이는 사람은 한 명뿐이었다. 나이 많은 여자가 뱃전 난간에 기대어 바다를 내다보고 있었다. 발목이 아주 굵고 엉덩이가 거대했다. 페르시아 양가죽으로 만든 외투의 목깃을 세우고 있어 얼굴은 볼 수 없었다.

보티볼 씨는 멀찍이 가만히 서서 그녀를 신중하게 살폈다. 그래, 저 여자라면 될 거야. 보티볼 씨는 속으로 중얼거렸다. 저 여자라면 누구 못지않게 잽싸게 사람이 물에 빠졌다고 소리를 지를 거야. 하지만 잠깐, 천천히 생각해보자, 윌리엄 보티볼, 천천히 생각해보라고. 몇 분 전에 선실에서 옷을 갈아입을 때 했던 말 기억해? 그 말 기억나?

가장 가까운 섬으로부터도 천 마일이나 떨어진 바다 한가운데에서 뛰어내린다고 생각하자 가뜩이나 조심스러운 보티볼 씨는 유난히 용의주도한 태도를 보이게 되었다. 그가 뛰어내린 뒤 눈앞에 보이는 이 여자가 사람들에게 바로 알릴 거라고 절대적으로 확신하기에는 아직 일렀다. 그의 생각으로는 혹시 그녀가 그렇게 하지 않을 경우 가능한 이유는 두 가지였다. 첫째, 그녀가 귀머거리이거나 장님일 가능성. 그럴 가능성은 희박했지만, 만의 하나 모르는 일이었다. 따라서 모험을 할 필요는 없었다. 미리 그녀와 잠시 이야기를 해보기만 하면 금방 확인할 수 있는 일인데. 둘째—이것은 사람의 마음이 자기 보호 본능과 공포에 사로잡혔을 때 얼마나 의심이 심해지는지를 보여주는 좋은 예인데—이 여자 자신이 경매에서 높은 숫자를 산 사람이라서 배를 멈추지 말아야 할 분명한 경제적 이유가 있을 가능성. 보티볼 씨는 사람들이 6천 달러에 훨씬 못 미치는 돈을 가지고도 다른 사람을 죽인다는 사실을 기억했다. 신문에서는 매일 일어나는 일이었다. 따라서 그쪽으로도 모험을 할 필요는 없지 않은가? 우선 그것부터 확인하자. 사실을 확인하자. 약간의 정중한 대화를 통해 알아보자. 그러고 나서 저 여자가 싹싹하고 친절한 인간이라는 판단이 내려진 뒤, 모든 것이 확실해진 뒤 그때 가벼운 마음으로 뱃전 너머로 뛰어내리자.

보티볼 씨는 태연하게 여자 쪽으로 걸어가 그 옆에 자리를 잡고 난간에 몸을 기댔다.

"안녕하십니까."

그가 유쾌하게 말을 건넸다.

여자는 보티볼 씨를 돌아보며 웃음을 지었다. 놀랍게도 예쁜, 아니 아름답다고까지 할 수 있는 웃음이었다. 얼굴 자체는 예쁘지 않았지만.

"안녕하세요."

그녀가 대답했다.

첫번째 문제는 확인되었구나. 보티볼 씨는 속으로 중얼거렸다. 여자는 장님도 귀머거리도 아니었다. 보티볼 씨는 곧바로 두번째 문제로 치고 들어갔다.

"어젯밤 경매는 어떻게 생각하십니까?"

"경매요?"

여자는 얼굴을 찌푸리더니 말을 이었다.

"무슨 경매요?"

"아시잖습니까, 저녁식사 후에 라운지에서 하는 오래된 짓거리 말입니다. 배의 하루 항해 거리를 놓고 숫자를 파는 거요. 그런 일을 어떻게 생각하시는지 궁금해서요."

그녀는 고개를 젓더니 다시 웃음을 지었다. 착하고 명랑해 보이는 웃음이었다. 미안해하는 기색이 담겨 있는 것 같기도 했다.

"나는 아주 게을러서 늘 일찍 잠자리에 들거든요. 저녁도 침대에서 먹죠. 저녁을 침대에서 먹으면 아주 편해요."

보티볼 씨는 마주 웃음을 지으며 뒤로 슬금슬금 물러났다.

"이제 가서 운동을 좀 해야겠군요. 나는 아침 운동은 절대 거르지 않죠. 만나서 반가웠습니다. 정말 반가웠습니다……"

보티볼 씨는 열 걸음쯤 물러났다. 여자는 고개 한번 돌리지 않고 그가 가도록 내버려두었다.

모든 것이 제대로 되어 있었다. 바다는 잔잔했다. 그는 쉽게 헤엄을 칠 수 있도록 가벼운 옷을 입고 있었다. 대서양 이쪽 바다에는 식인 상어가 없었다. 그리고 사람들에게 사고를 알려줄 이 친절하고 싹싹한 늙은 여자가 있었다. 이제 문제는 그가 돈을 딸 수 있을 만큼 배가 오래 멈추어줄 거냐 하는 것뿐이었다. 그 정도는 멈춰줄 것이 거의 틀림없었다. 어쨌든 그렇게 되도록 스스로 어느 정도 노력을 할 수 있었다. 구명정으로 끌어올릴 때 약간 일이 꼬이게 만들 수도 있었다. 보트 주위를 헤엄치다가 그를 잡으러 가까이 오면 슬쩍 뒤로 물러날 수도 있었다. 단 1분, 1초라도 늦추면 그가 이기는 데 도움이 될 터였다. 그는 다시 난간 쪽으로 다가가기 시작했다. 그러자 새로운 두려움이 엄습했다. 프로펠러에 걸리면 어쩌지? 커다란 배에서 떨어지면 그런 일이 생긴다는 이야기를 들은 적이 있었다. 그러나 그는 떨어지는 것이 아니었다. 뛰어내리는 것이었다. 그것은 떨어지는 것과는 달랐다. 멀리 뛰어내리면 프로펠러에서 벗어날 수 있을 게 틀림없었다.

보티볼 씨는 여자로부터 20미터쯤 떨어진 난간을 향해 천천히 다가갔다. 여자는 보티볼 씨 쪽을 보지 않았다. 그것이 더 나았다. 사실 보티볼 씨는 그녀가 자신이 뛰어내리는 순간을 보지 않기를 바랐다. 아무도 떨어지는 시점을 보지 못해야 나중에 미끄러져서 사고로 떨어진 것이라고 주장할 수 있다. 그는 뱃전 너머를 보았다. 아주 오래, 오래 떨어질 것 같았다. 다시 생각해보니, 배부터 떨어지면 심하게 다칠 것 같았다. 높은 데서 다이빙을 하다가 배부터 물에 부딪혀 배가 갈라졌다는 사람이 있지 않았던가? 똑바로 뛰어내려 발부터 닿아야 했다. 칼처럼 물속으로 들어가야 했다. 바로 그거야. 그래도 물은 차고 깊어 보였다. 잿빛이었다. 보기만 해도 몸이 떨렸다. 그러나 지금이 아니면 다시는 기회가 없었다. 남자답게 굴어라, 윌리엄 보티볼, 남자답게 굴어. 그래, 좋아……자…… 간다……

보티볼 씨는 난간의 널찍한 윗부분으로 올라가 3초 동안 공포에 사로잡힌 채 균형을 잡고 서 있다가 몸을 날렸다. 그는 위로 솟구쳤다가 가능한 한 멀리 뛰면서 "사람 살려!" 하고 소리를 질렀다.

"사람 살려! 사람 살려!"

보티볼 씨는 떨어지면서 소리를 질렀다. 이윽고 그는 물과 부딪히더니 밑으로 들어갔다.

처음 살려달라는 소리가 들렸을 때, 난간에 기대고 있던 여자는 깜짝 놀라 퍼뜩 고개를 쳐들었다. 그녀는 얼른 주위를 둘러보았다. 하얀 반바지에 테니스화를 신은 작은 몸집의 남자가 양팔을 벌리고 소리를 지르며 그녀 앞의 허공을 가로지르는 모습이 보였다. 잠시 그녀는 어째야 좋을지 모르는 표정이었다. 구명대를 던질까, 달려가서 사람들한테 알릴까, 그냥 고개를 돌려 소리를 지를까. 그녀는 난간에서 한 걸음 뒤로 물러서서 몸을 반쯤 돌려 함교를 바라보았다. 그러나 아무런 결정도 내리지 못한 채, 잠시 긴장된 표정으로 꼼짝도 않고 가만히 서 있었다. 그러나 이내 그녀는 긴장을 푸는 것 같았다. 그녀는 난간 너머로 몸을 길게 빼, 배 뒤에서 부글거리는 물을 바라보았다. 곧 거품 속에서 아주 작고 둥글고 검은 머리가 나타났다. 그 위로 팔이 솟아올랐다. 한 번, 두 번. 힘차게 손을 흔들고 있었다. 멀리서 아주 작은 소리가 뭐라고 외치고 있었다. 무슨 말인지 알아듣기가 어려웠다. 여자는 난간 너머로 몸을 기울이고, 까닥거리는 작은 점을 눈에서 놓치지 않으려 했다. 그러나 빠르게, 아주 빠르게 멀어지는 바람에 그곳에 그런 점이 있었는지조차 자신할 수 없게 되었다.

잠시 후에 또 한 여자가 갑판으로 나왔다. 이 여자는 뼈만 앙상했고 뿔테 안경을 쓰고 있었다. 여자는 먼저 나와 있던 여자를 보더니 그쪽으로 걸어갔다. 독신녀 특유의 힘이 들어간 군인 같은 걸음걸이로 갑판을 걷고 있었다.

"여기 있었군요."

그녀가 말했다. 발목이 굵은 여자는 고개를 돌려 그녀를 보았으나 아무 말도 하지 않았다.

"지금까지 찾고 있었어요. 온 사방 다 찾아다녔다고요."

"정말 이상한 일이야."

발목 굵은 여자가 말을 이어갔다.

"방금 어떤 남자가 옷을 입은 채 뱃전 너머로 다이빙을 했어."

"말도 안 돼요!"

"그랬다니까. 운동을 하고 싶다면서 물에 뛰어들었는데, 옷도 안 벗고 들어가지 뭐야."

"내려가시는 게 좋겠어요."

뼈만 앙상한 여자가 말했다. 갑자기 그녀의 입 언저리가 딱딱하게 굳었다. 얼굴 전체가 바짝 긴장했다. 그녀는 딱딱해진 목소리로 말을 이었다.

"다시는 이런 식으로 혼자 갑판을 배회하지 마세요. 저를 기다렸어야죠. 다 아시면서."

"그래, 마기."

발목 굵은 여자가 대답했다. 여자는 다시 웃음을 지었다. 사람을 쉽게 믿는 사람 특유의 부드러운 웃음이었다. 그녀는 뼈만 앙상한 여자의 손을 잡고, 그녀가 이끄는 대로 갑판을 가로질러 가며 말했다.

"아주 착한 사람이었어. 나한테 손까지 흔들어줬거든."

빅스비 부인과 대령의 외투

Mrs. Bixby and the Colonel's Coat

미국은 여자에게 기회의 땅이다. 이미 여자들이 국부의 85퍼센트 정도를 소유하고 있으며, 머지않아 전부를 차지하게 될 것이다. 이혼은 이익이 많이 남는 장사가 되었다. 처리하기도 간단하고 쉽게 잊을 수 있다. 야망이 큰 여자들은 원하는 만큼 자주 그 일을 되풀이하여 수입을 천문학적 숫자로 부풀릴 수 있다. 남편의 죽음 역시 만족스러운 보답을 안겨주기 때문에, 어떤 여자들은 이 방법을 더 좋아하기도 한다. 기다리는 기간이 지나치게 늘어나 안달을 하게 되는 일은 없다. 남편은 오래지 않아 과로와 지나친 긴장에 시달리게 되고, 결국 한 손에는 벤제드린(각성제 상표—옮긴이), 또 한 손에는 진정제를 쥐고 책상에 엎어져 죽어주기 때문이다.

그러나 이 무시무시한 이혼과 죽음도 미국의 새로운 세대의 젊은 남자가 여자에게 다가가는 것을 막지는 못한다. 이혼율이 높아질수록 남자들은 더 열심이다. 젊은 남자는 쥐처럼 결혼 적령기도 되기 전에 결혼을 하며, 그들 다수는 서른여섯 살이 될 무렵이면 적어도 두 명의 전처에게 위자료를 지급하며 살아간다. 전처가 익숙한 방식 그대로 살 수 있도록 뒷받침하기 위해 남자는 노예처럼 일을 해야 한다. 아니, 이들이야말로 다름 아닌 노예다. 그러다 마침내 때 이른 중년에 다가갈 때에야 그들의 마음속에 환멸과 공포가 스멀스멀 기어들기 시작한다. 저녁이면 그들은 클럽이나 바에서 작은 무리를 이루어 머리를 맞대고 위스키를 마시거나 약을 삼키며 이야기로 서로를 위로한다.

이런 이야기의 기본 주제는 변하지 않는다. 이야기에는 늘 주요 인물이 셋 등장한다. 남편, 부인, 그리고 호색한이다. 남편은 깨끗하게 살아가는 품위 있는 사람으로 열심히 일을 한다. 부인은 교활하고, 기만적이고, 색을 밝힌다. 부인은 늘 호색한과 놀아난다. 남편은 너무 착해서 부인을 의심도 하지 않는다. 남편에게는 암담한 상황이다. 이 가엾은 남자가 진실을 알아낼까? 평생 오쟁이를 지고 살아야 할까? 그렇다, 그래야 한다. 하지만 잠깐! 갑자기 남편이 기가 막힌 작전을 펼침으로써 괴물 같은 배우자에게 한 방을 먹여 상황이 역전된다. 여자는 놀라고, 망연자실하고, 창피해하고, 좌절감에 사로잡힌다. 바에 모여 있던 남자들은 조용히 웃음을 지으며, 그 공상적인 이야기에서 약간의 위안을 얻는다.

이런 이야기, 불행한 남성의 멋진 소망을 현실처럼 보여주는 이런 환상적인 발명품은 아주 많다. 그러나 대부분은 얼토당토않아서 여기서 되풀이할 가치가 없다. 또 너무 노골적이어서 지면에 실을 수가 없다. 그러나 군계일학처럼 돋보이는 이야기, 특히 사실이라는 장점을 가지고 있기 때문에 더욱 돋보이는 이야기가 하나 있다. 이 이야기는 두 번이나 세 번 덫에 걸려들어 위로받고 싶은 마음이 간절한 남자에게 매우 인기가 높다. 만일 당신이 그런 사람인데 이 이야기를 들어본 적이 없다면 이 이야기의 결말에서 잠시 만족을 얻을 수도 있을 것이다. '빅스비 부인과 대령의 외투'라는 제목의 이 이야기는 대충 이런 내용이다.

*

닥터 빅스비 부부는 뉴욕시 어느 곳의 자그마한 아파트에 살았다. 닥터 빅스비는 평균적인 수입을 올리는 치과의사였다. 빅스비 부인은 몸집이 크고 정력적인 여자로, 언제 봐도 입술이 축축했다. 그녀는 한 달에 한 번 금요일 오후면 펜실베이니아역에서 기차를 타고 볼티모어에 사는 나이 많은 이

모를 찾아갔다. 그녀는 그곳에서 이모와 함께 밤을 보내고, 다음날 남편에게 저녁을 차려줄 시간에 돌아왔다. 닥터 빅스비는 부인의 이런 외출을 선선히 인정했다. 그는 모드 이모가 볼티모어에 산다는 것, 아내가 그 노인을 무척 좋아한다는 것을 알고 있었다. 두 사람이 한 달에 한 번 만나는 기쁨을 빼앗는 것은 말할 것도 없이 불합리한 행동이 될 터였다.

"당신이 나더러 함께 가자고만 하지 않는다면."

닥터 빅스비는 처음에 그렇게 말했다.

"물론 안 조르죠, 여보."

빅스비 부인은 그렇게 대꾸하고는 덧붙였다.

"사실 내 이모지, 당신 이모는 아니잖아요."

거기까지는 좋았다.

그러나 결과적으로 이 이모는 빅스비 부인에게 꽤나 편리한 알리바이 노릇을 해주었다. 호색한—이 이야기에서는 대령이라는 별명을 가진 신사의 모습으로 등장한다—이 교활하게도 배경에 숨어 있었기 때문이다. 우리의 여주인공은 볼티모어에 가면 이 악당과 많은 시간을 보냈다. 대령은 아주 부유했다. 그는 도시 외곽의 아름다운 집에서 살았다. 거추장스러운 부인이나 가족은 없었다. 입이 무겁고 충성스러운 하인 몇 명뿐이었다. 빅스비 부인과 만나지 않을 때는 승마와 여우 사냥으로 소일했다.

빅스비 부인과 대령 사이의 즐거운 관계는 아주 오랜 세월 동안 아무런 문제 없이 지속되었다. 그들은 아주 드물게 만났기 때문에—생각해보면 일 년에 열두 번은 많은 것이 아니다—서로에게 질릴 가능성이 거의, 아니 전혀 없었다. 오히려 만남 사이사이의 긴 기다림 때문에 애정은 더 강렬해졌고, 만날 때마다 재회의 흥분을 맛볼 수 있었다.

"호오!"

대령은 큰 차를 타고 역으로 그녀를 마중나왔다가 그녀의 모습이 보이면 그렇게 여우 사냥 때 사냥개 부추기는 소리를 내곤 했다.

"이야, 당신 모습이 얼마나 황홀한지 잊어버릴 뻔했군. 자, 여우 굴로 갑시다."

그렇게 8년이 흘렀다.

크리스마스 직전이었다. 빅스비 부인은 볼티모어역에 가서 뉴욕으로 돌아갈 기차를 기다리고 있었다. 방금 끝난 이번 방문은 보통 때보다 훨씬 더 즐거웠다. 그래서 그런지 그녀는 유난히 명랑해 보였다. 사실 요즘은 대령과 함께 있기만 하면 늘 이렇게 기분이 좋았다. 대령은 그녀가 스스로를 상당히 훌륭한 여자라고, 섬세하고 이국적인 재능을 지녔을 뿐 아니라 측량할 수 없을 정도로 매혹적인 여자라고 느끼게 해주는 재주가 있었다. 이런 면에서 집에 있는 치과의사 남편과 얼마나 다른지 몰랐다. 그녀는 남편과 함께 있을 때면 자신이 영영 환자가 된 것 같은 느낌을 받았다. 대기실에서 살면서 말없이 잡지만 읽는 여자. 그러나 요즘 남편은 아내를 불러 그 깨끗한 분홍색 손으로 까다롭고 정확하게 처치를 해주는 일도 거의 없었다.

"대령님이 이걸 주라고 하셨습니다."

그녀 옆에서 목소리가 들렸다. 고개를 돌리자 대령의 하인 윌킨스가 보였다. 회색 피부의 작고 여윈 난쟁이 윌킨스는 크고 넓적한 종이 상자를 그녀의 품에 안겨주었다.

"어머나!"

그녀는 소리를 지르고는 부산을 떨며 말을 이었다.

"어머머, 엄청난 상자네! 이게 뭐예요, 윌킨스? 무슨 말이 있었나요? 대령님이 나한테 무슨 이야기를 전하라고 하지 않던가요?"

"그런 건 없습니다."

하인은 물러났다.

빅스비 부인은 기차를 타자마자 상자를 들고 여자 화장실로 들어가 문을 잠갔다. 가슴이 두근두근했다. 대령의 크리스마스 선물이라. 그녀는 끈을 풀기 시작했다.

"틀림없이 드레스일 거야."

그녀는 소리를 내어 말하고 있었다.

"어쩌면 두 벌일지도 몰라. 아니면 아름다운 속옷 한 벌. 보지 않을 거야. 손으로만 만져보고 알아맞혀볼 거야. 색깔까지 맞혀봐야지. 모양도. 그리고 값이 얼마나 나갈지도."

그녀는 눈을 꼭 감고 뚜껑을 천천히 들어올렸다. 한 손을 상자 안으로 집어넣었다. 위에는 얇은 종이가 덮여 있었다. 그녀는 종이의 감촉을 느낄 수 있었고, 바스락거리는 소리도 들을 수 있었다. 그다음에는 봉투가 만져졌다. 그녀는 봉투를 무시하고, 얇은 종이 밑을 더듬기 시작했다. 손가락이 덩굴손처럼 섬세하게 뻗어나갔다.

"어머나."

그녀는 갑자기 소리를 질렀다.

"이럴 수가!"

그녀는 눈을 크게 뜨고 상자 안의 외투를 바라보다가, 와락 달려들어 상자에서 외투를 꺼냈다. 두꺼운 몇 겹의 모피가 펼쳐지면서 얇은 종이와 맞닿아 아름다운 소리를 냈다. 그녀는 마침내 옷을 완전히 펼쳤다. 너무나 아름다워 숨이 멎을 것 같았다.

빅스비 부인은 이런 밍크를 본 적이 없었다. 이건 밍크야, 안 그래? 그래, 물론 밍크야. 그러나 이렇게 찬란한 색깔이 있었나! 모피는 순수한 검은색에 가까웠다. 처음에는 완전히 검은색인 줄 알았는데, 창문 옆으로 가져가 자세히 살펴보니 파란색이 감돌고 있었다. 코발트처럼 짙고 풍부한 파란색이었다. 그녀는 얼른 상표를 보았다. 거기에는 그냥 '와일드 래브라도 밍크'라고 찍혀 있었다. 다른 것은 없었다. 어디서 샀는지 그런 건 전혀 알 수가 없었다. 아마 이것이 대령의 의도일 거야. 빅스비 부인은 속으로 중얼거렸다. 그 교활한 늙은 여우가 어떤 흔적도 남기지 않으려고 세심하게 주의를 기울인 거지. 잘했네. 하지만 대체 값이 얼마나 나갈까? 그녀는 감히 짐작도 할 수 없었다. 4천 달러? 5천 달러? 6천 달러? 어쩌면 더 나갈지도 몰랐다.

그녀는 도저히 눈을 뗄 수가 없었다. 아니, 한번 입어보고 싶어서 견딜 수가 없었다. 그녀는 얼른 자신의 평범한 붉은 외투를 벗었다. 숨을 약간 헐떡이고 있었다. 어쩔 수가 없었다. 눈이 크게 벌어지면서 눈꼬리 근육이 팽팽하게 당겨졌다. 오, 이 모피의 감촉! 아주 크고 넓은 소매에는 두텁게 접어놓은 소맷부리가 달려 있었다. 외투의 팔 부분에는 암컷의 모피를 사용하고, 나머지 부분에는 수컷의 모피를 사용한다고 말한 사람이 누구더라? 어쨌든 누군가 그런 말을 해주었다. 아마 존 럿필드였을 거야. 도대체 그 여편네가 밍크에 대해 뭔가를 안다는 것 자체가 상상이 가지 않는 일이지만.

커다란 검은 외투는 스스로의 힘으로 그녀의 몸을 감싸고 들어오는 것 같았다. 마치 제2의 피부처럼. 어머! 정말 묘한 느낌이야! 그녀는 거울을 보았다. 환상적이었다. 갑자기 사람이 완전히 바뀌어버린 것 같았다. 그녀는 휘황하고, 찬란하고, 부유하고, 눈부시고, 관능적이었다. 이 모든 느낌을 동시에 발산하고 있었다. 그리고 외투가 부여하는 권력의 느낌! 이 외투를 입으면 원하는 곳 어디나 들어갈 수 있을 것 같았다. 그러면 사람들이 토끼처럼 허둥지둥 그녀 주위에 몰려들 것 같았다. 이런 모든 느낌이 말로 표현할 수 없을 정도로 좋았다.

빅스비 부인은 상자 안에 든 봉투를 집어들어 대령의 편지를 꺼냈다.

> 언젠가 당신이 밍크를 좋아한다고 한 적이 있어 선물하오. 좋은 밍크라고 들었소. 진실로 행복을 비는 마음으로 드리는 것이니 이것을 작별 선물로 받아주시오. 내 개인적인 이유로 이제 당신을 더 만날 수 없을 것 같소. 안녕히. 행운을 비오.

아니!

이게 말이 돼?

이렇게 더없이 행복한 순간에 느닷없이.

이제 대령은 못 만나는 거야?

무시무시한 충격이었다.

몹시 그리울 것 같았다.

빅스비 부인은 아름답고 부드러운 검은 모피를 천천히 쓰다듬기 시작했다.

잃는 것이 있으면 얻는 것도 있는 법이지.

그녀는 웃음을 지으며 편지를 접었다. 찢어서 창밖으로 버릴 생각이었다. 그러나 접는 도중에 반대편에 적힌 글이 눈에 들어왔다.

> 추신. 사람들한테는 당신의 착하고 너그러운 이모가 크리스마스 선물로 주었다고 말해주시오.

그 순간 부드러운 웃음을 지으며 크게 벌어져 있던 빅스비 부인의 입이 갑자기 닫혀버렸다. 잔뜩 늘어났던 고무줄이 오므라드는 것 같았다.

"이 사람이 미쳤나!"

그녀는 소리치고 나서 덧붙였다.

"모드 이모는 그런 돈이 없어. 이모는 나한테 이런 걸 줄 수가 없단 말이야."

하지만 모드 이모가 준 것이 아니라면 누가 준 것이 되어야 할까?

오, 이런! 밍크를 발견하고 입어보느라 흥분한 나머지 이 중요한 점을 완전히 간과하고 있었다.

이제 두 시간쯤 뒤면 뉴욕에 도착한다. 그리고 10분 뒤면 집에 들어간다. 집에서는 남편이 그녀를 맞이할 터였다. 아무리 시럽이 치근관(齒根管), 소구치(小臼齒), 골양(骨瘍)으로 이루어진 어둡고 습한 세계에 산다 해도, 자기 부인이 주말여행을 마치고 나서 갑자기 6천 달러짜리 밍크 외투를 걸치고 춤을 추듯이 걸어들어오면 몇 가지 질문을 하지 않을 수 없을 것이다.

이제 알았어. 그녀는 속으로 중얼거렸다. 염병할 대령이 나를 괴롭히려고 일부러 이런 거야. 그 사람도 모드 이모한테는 이런 걸 살 만한 돈이 없다는 걸 잘 알고 있어. 그 사람은 결국 내가 이걸 가질 수 없다는 것을 알고 있었던 거야.

외투를 갖지 못한다고 생각하자 빅스비 부인은 도저히 견딜 수가 없었다.

"반드시 이 밍크를 가질 거야!"

그녀는 소리 내어 말하고 있었다.

"반드시 가질 거야! 반드시 갖고 말 거야!"

그래, 그래. 이 밍크를 갖게 해줄게. 공황에 빠지면 안 돼. 가만히 앉아서 차분하게 생각을 해봐. 너는 똑똑한 여자야, 안 그래? 너는 전에도 남편을 속였어. 그 사람은 자신이 진료에 쓰는 탐침(探針)이 가리키는 곳 너머는 잘 보지 못하잖아. 너도 그걸 잘 알잖아. 그러니까 가만히 앉아서 생각을 해봐. 시간은 많아.

두 시간 반 뒤 빅스비 부인은 펜실베이니아역에서 기차를 내려 얼른 출구로 걸어갔다. 낡은 빨간 외투 차림이었다. 품에는 종이 상자를 끌어안고 있었다. 그녀는 택시를 불렀다.

"이 근처에 아직 문을 연 전당포가 있을까요?"

빅스비 부인이 선 채로 기사한테 물었다. 기사는 두 눈썹을 치켜올리더니 재미있다는 표정으로 그녀를 돌아보았다.

"육번가에 가면 많지요."

"제일 가까운 전당포에 세워주시겠어요?"

그녀는 택시를 탔고, 택시는 달리기 시작했다.

곧 택시는 입구 위에 황동 구슬 세 개가 걸린 가게 앞에 멈추었다.

"기다려주세요."

빅스비 부인은 기사에게 말하고, 택시에서 내려 가게로 들어갔다.

카운터에는 거대한 고양이가 웅크리고 앉아 하얀 접시 위의 생선 대가리를 먹고 있었다. 고양이는 밝은 노란색 눈으로 빅스비 부인을 올려다보더니, 이윽고 고개를 돌려 하던 일로 돌아갔다. 빅스비 부인은 카운터 옆에 섰다. 가능한 한 고양이로부터 멀리 떨어진 곳에서 누가 나오기를 기다리며, 시계, 구두 죔쇠, 에나멜 브로치, 낡은 쌍안경, 깨진 안경, 의치를 물끄러미 바라보았다. 왜 사람들은 꼭 의치를 전당포에 맡길까? 그녀는 궁금했다.

"네?"

주인이 가게 뒤쪽의 어두운 곳에서 나오며 물었다.

"아, 안녕하세요."

빅스비 부인이 말했다. 그녀는 상자를 맨 끈을 풀기 시작했다. 남자는 고양이에게 다가가 등을 쓰다듬었다. 고양이는 계속 생선 대가리를 먹고 있었다.

"내가 멍청한 짓을 했어요. 외출 나왔다가 지갑을 잃어버렸지 뭐예요. 그런데 오늘은 토요일이고, 은행은 월요일이나 되어야 문을 열잖아요. 주말에 써야 할 돈이 있는데 말이에요. 이건 아주 귀중한 외투예요. 하지만 많이 달라고는 하지 않겠어요. 월요일까지 쓸 돈만 빌리면 되니까요. 월요일에 다시 와서 찾아갈 거예요."

남자는 기다렸다. 아무 말도 하지 않았다. 그러나 빅스비 부인이 밍크를 꺼내 그 아름답고 두툼한 모피를 카운터 위에 내려놓자, 두 눈썹을 치켜올리고 고양이 등에 올라가 있던 손을 떼더니 가까이 다가와 살피기 시작했다. 그는 외투를 집어 들고 자기 앞에 펼쳐보았다.

빅스비 부인이 말했다.

"나한테 시계나 반지가 있다면 대신 그걸 맡길 테지만 공교롭게도 이 외투 외에는 가진 게 아무것도 없지 뭐예요."

그녀는 남자 앞에 손을 펼쳐 보였다.

"새것처럼 보이는군요."

남자가 부드러운 모피를 만지작거리며 말했다.

"아, 그래요, 새거예요. 하지만 방금 말했듯이, 월요일까지 쓸 돈만 빌릴 거예요. 오십 달러면 어떠세요?"

"오십 달러 빌려드리겠습니다."

"그보다 백배는 더 나가는 물건이에요. 찾으러 올 때까지 잘 보관해주실 거죠?"

남자는 서랍으로 가더니 전당표를 가져와 카운터에 올려놓았다. 전당표는 옷가방의 손잡이에 묶는 표찰처럼 생겼다. 모양과 색깔이 똑같았다. 심지어 갈색이 감도는 빳빳한 종이도 똑같았다. 그러나 이 종이에는 중간에 눈금 바늘구멍이 나 있어 쉽게 둘로 찢을 수가 있었다. 그러면 똑같은 반쪽짜리 종이가 두 개 생긴다.

"성함이?"

남자가 물었다.

"그건 적지 마세요. 주소도요."

그녀는 남자가 멈칫하는 것을 보았다. 펜촉이 점선 위에서 멈춘 채 기다리고 있었다.

"이름과 주소를 꼭 적어야 하는 건 아니잖아요?"

남자는 어깨를 으쓱하더니 고개를 젓고 펜촉을 다음 줄로 옮겼다.

"그냥 적고 싶지 않아서요. 순전히 개인적인 이유예요."

"그럼 이 표를 잃어버리지 마셔야 합니다."

"잃어버리지 않을 거예요."

"누구든지 이 표만 있으면 와서 물건을 찾아갈 수 있다는 건 아시지요?"

"네, 알고 있어요."

"그냥 번호만 보고 내주게 됩니다."

"네, 알아요."

"물품명은 뭐라고 적을까요?"

"물품명도 적지 말아주세요. 필요 없어요. 그냥 내가 빌려가는 돈 액수만 적어주세요."

펜촉이 물품이라는 말 옆의 점선 위에 머물며 다시 망설이고 있었다.

"물품명은 적어야 할 것 같은데요. 표를 다른 사람한테 팔려고 할 때도 물품명은 도움이 됩니다. 혹시 모르는 일 아닙니까, 이걸 팔고 싶은 마음이 생길지도."

"팔지 않을 거예요."

"혹시 모른다는 말씀이죠. 그런 사람이 많으니까요."

"보세요. 나는 돈이 없는 사람이 아니에요. 혹시 그런 얘기를 하시는 거라면 말이에요. 나는 그냥 지갑을 잃어버렸을 뿐이라고요. 이해 못하시겠어요?"

"그럼 좋을 대로 하세요. 뭐 부인 외투니까."

순간 빅스비 부인의 머리에 불길한 생각이 떠올랐다.

"잠깐만요. 전당표에 물품명을 적지 않을 경우 말이에요, 내가 물건을 돌려받으러 왔을 때 그게 어떻게 내가 맡긴 물건인지 확인할 수 있죠?"

"장부에 적혀 있습니다."

"하지만 내가 가진 건 숫자뿐이잖아요. 그러면 전당포 마음대로 아무거나 낡은 물건을 집어줄 수도 있는 것 아니에요. 안 그런가요?"

"물품명을 적으시겠습니까, 안 적으시겠습니까?"

남자가 물었다.

"안 적겠어요. 주인을 믿어야죠 뭐."

남자는 전당표 안쪽의 가격란에 '50달러'라고 적었다. 이어 전당표를 반으로 자르고 아랫부분을 카운터 너머로 밀었다. 남자는 저고리 안주머니에서 지갑을 꺼내더니 10달러짜리 지폐 다섯 장을 꺼냈다.

"이자는 한 달에 삼 퍼센트입니다."

"네, 알았어요. 고마워요. 외투는 잘 보관해주시겠죠?"

남자는 고개를 끄덕였지만 말은 하지 않았다.

"상자에 다시 넣어드릴까요?"

빅스비 부인이 물었다.

"됐습니다."

남자가 대답했다.

빅스비 부인은 가게에서 나와 택시가 기다리고 있는 거리로 나갔다. 그녀는 10분 뒤에 집에 도착했다.

"여보."

그녀는 허리를 굽혀 남편에게 입을 맞추고는 말을 이었다.

"나 보고 싶었어요?"

시럴 빅스비는 석간신문을 내려놓으며 손목시계를 보았다.

"여섯시 십이분 삼십초네. 좀 늦은 거 아냐?"

"알아요. 그 끔찍한 기차 때문이죠 뭐. 모드 이모가 평소처럼 안부 전해달래요. 한잔하고 싶어 죽겠어요. 당신은요?"

남편은 신문을 단정하게 사각형으로 접어 의자 팔걸이에 얹더니 일어서서 찬장으로 갔다. 그의 아내는 방 한가운데에서 장갑을 벗으며 남편을 꼼꼼하게 지켜보고 있었다. 그녀는 생각했다. 얼마나 오래 기다려야 할까? 남편은 지금 그녀에게 등을 보이고, 허리를 굽혀 진의 양을 재고 있었다. 계량기에 얼굴을 바짝 갖다대고, 마치 그것이 환자의 입이라도 되는 것처럼 안을 살피고 있었다.

참 이상한 일이었다. 대령을 보고 난 뒤면 남편이 얼마나 작아 보이는지. 대령은 몸집이 아주 크고 털이 빳빳했다. 옆에 가면 고추냉이 냄새가 희미하게 풍겼다. 반면 남편은 작고, 단정하고, 앙상했다. 정말 아무런 냄새도 나지 않았다. 환자들을 생각해서 입에서 향긋한 냄새가 풍기도록 빨고 다니는 박하사탕 냄새뿐이었다.

"내가 베르무트(백포도주에 향료를 섞은 술—옮긴이)의 양을 재려고 뭘 샀는지 볼래?"

그는 눈금이 새겨진 유리 비커를 들어올리며 말을 이었다.

"이거면 밀리그램까지 정확하게 맞출 수 있어."

"대단해요, 여보."

정말이지 저 사람 옷 좀 바꿔 입혀야겠어. 그녀는 속으로 중얼거렸다. 그의 양복은 너무 우스꽝스러워 도저히 말로 표현할 수가 없었다. 한때는 그 양복이 멋있다고 생각한 적도 있었다. 높은 목깃에 앞쪽에 단추 여섯 개가 달린 에드워드 시대의 재킷. 하지만 지금은 그저 한심해 보일 뿐이었다. 좁은 홀태바지도 마찬가지였다. 그런 것을 입으려면 얼굴이 특별해야 했다. 그러나 시럴은 그런 얼굴이 아니었다. 시럴은 길고 여윈 얼굴에 코는 좁았고 턱은 약간 튀어나왔다. 이런 얼굴이 그 꼭 끼는 구식 양복 위에 붙어서 다가오는 것을 보면 꼭 샘 웰러(찰스 디킨스의 『픽윅 페이퍼스』에 나오는 인물—옮긴이)의 캐리커처를 보는 느낌이었다. 자신은 아마 보 브러멀(19세기에 신사복의 유행을 주도한 인물—옮긴이)처럼 보인다고 생각하겠지. 사실 그는 진료실에서 여성 환자들을 맞을 때는 늘 하얀 가운의 단추를 풀어 밑의 양복이 보이도록 했다. 아주 모호한 방식이기는 했지만, 자신도 약간은 호색한이라는 인상을 심어주려는 의도임이 분명했다. 그러나 빅스비 부인은 바보가 아니었다. 그런 좋은 옷은 허세였다. 아무런 의미도 없었다. 그녀는 그 모습을 보면서 나이가 들어 깃털이 반만 남은 공작이 점잔 빼며 잔디밭을 걸어다니는 모습을 떠올렸다. 또는 그 얼빠진 자가수분 꽃, 예컨대 민들레 같은 것을 떠올렸다. 민들레는 씨를 만드는 데 수분이 필요 없었다. 따라서 그 화려한 노란 꽃잎은 그저 시간 낭비, 허세, 가장일 뿐이었다. 생물학자들이 쓰는 용어가 뭐였더라? 무성생식. 민들레는 무성생식이었다. 이 점에서는 여름에 나오는 물벼룩도 마찬가지였다. 물벼룩과 민들레와 치과의사. 그녀는 생각했다. 꼭 루이스 캐럴(『이상한 나라의 앨리스』의 저자—옮긴이)의 책에 나올 만한 말이군.

"고마워요, 여보."

그녀는 마티니를 받아들며 그렇게 말하고는, 소파에 앉으며 핸드백을 무릎에 올려놓았다.

"어젯밤에 뭐했어요?"

"병원에 늦게까지 남아서 인레이(치과에서 사용하는 금속, 도재 등의 충전물—옮긴이)를 몇 개 만들었지. 장부도 정리해 놓고."

"정말이지, 시릴, 이제 힘든 일은 다른 사람들한테 시켜도 될 때가 온 것 같아요. 이제 당신은 그런 일을 할 위치가 아니란 말이에요. 인레이 일은 기술자한테 맡기는 게 어때요?"

"나는 내가 직접 하는 게 더 좋은데. 내가 만든 인레이가 아주 자랑스럽거든."

"나도 당신 기분은 알아요. 그리고 당신이 만든 물건이 아주 훌륭하다는 것도 알고요. 세상에서 가장 훌륭한 인레이죠. 하지만 당신이 그런 식으로 소모되는 게 싫어요. 그리고 장부 정리는 그 펄트니라는 여자를 시키는 게 어때요? 사실 그건 그 여자가 할 일이기도 하잖아요?"

"그렇기는 하지. 하지만 내가 먼저 가격을 적어주어야 해. 그 여자는 누가 부자이고 누가 부자가 아닌지 모르니까."

"이 마티니는 완벽해요."

빅스비 부인은 잔을 옆 탁자에 내려놓으며 되풀이했다.

"정말 완벽해요."

빅스비 부인은 핸드백을 열더니 코를 풀려는 듯이 손수건을 꺼냈다.
“아 참!”
그녀는 전당표를 보고 소리를 질렀다.
“이걸 당신한테 보여준다고 하고 깜박했네! 조금 전에 택시 의자에서 주웠어요. 번호가 적혀 있길래 복권 같은 건가 싶어서 핸드백에 집어넣었죠.”
그녀는 남편에게 빳빳한 갈색 종잇조각을 건네주었다. 남편은 종이를 받아들더니 수상쩍은 치아라도 관찰하는 것처럼 모든 각도에서 꼼꼼하게 살피기 시작했다.
“이게 뭔지 알아?”
남편이 느릿느릿 말했다.
“아뇨, 모르겠는데요.”
“전당표야.”
“뭐요?”
“전당포에서 주는 표라고. 여기 가게 이름과 주소가 있잖아. 육번가에 있는 거로군.”
“어머, 그럼 실망이네요. 나는 그게 아이리시 스윕 복권이라도 되는 줄 알았는데.”
“실망할 건 없어. 어쩌면 재미있는 일이 생길 수도 있지.”
“무슨 재미있는 일이 생겨요, 여보?”
남편은 그녀에게 전당표가 어떤 건지 설명해주기 시작했

다. 그는 누구든 그 표를 가진 사람은 물건을 찾을 자격이 있다는 사실을 분명하게 이야기해주었다. 그녀는 남편이 강의를 끝낼 때까지 참을성 있게 귀를 기울였다.

"그럼 이게 찾을 만한 가치가 있을까요?"

그녀가 물었다.

"뭔지 알아볼 가치는 있을 것 같은데. 여기에 오십 달러라고 숫자가 적힌 게 보이지? 이게 무슨 의미인지 알아?"

"아뇨, 여보. 무슨 의미인데요?"

"잡힌 물건이 아주 귀한 것이라는 의미지."

"그러니까 오십 달러짜리라는 건가요?"

"오백 달러짜리일 가능성이 더 높지."

"오백 달러!"

"모르겠어? 전당포에서는 실제 가치의 십분의 일 정도밖에 돈을 빌려주지 않아."

"어머! 그건 몰랐네."

"당신이 모르는 게 많지. 자, 잘 들어봐. 물건 임자의 이름과 주소가 없는 걸로 봐서……"

"하지만 뭔가 소유자의 신분을 알려주는 게 있을 거 아니겠어요?"

"없어. 그런 걸 안 남기는 사람들이 많지. 자기가 전당포에 갔다 왔다는 걸 다른 사람에게 알리고 싶지 않은 거야. 창피한 거지."

"그럼 우리가 가져도 된다는 거예요?"

"당연히 가져도 되지. 이건 이제 우리 전당표니까."

"내 전당표죠."

빅스비 부인은 단호한 표정으로 말을 이었다.

"내가 주웠으니까."

"당신도 참, 그게 뭐가 중요해? 중요한 것은 우리가 이제 오십 달러만 있으면 아무때나 가서 그 물건을 찾아올 수 있다는 거야. 어때?"

"어머, 재미있겠네요!"

그녀는 소리치고 나서 말을 이었다.

"정말 흥미진진할 것 같아요. 그 물건이 뭔지 모르니까 더 그러네요. 굉장한 것일 수도 있어요. 안 그래요, 시릴? 틀림없이 굉장한 물건일 거예요!"

"그럴 수 있고말고. 하지만 반지나 시계일 가능성이 높아."

"그렇지만 진짜 보물이면 멋지지 않을까요? 정말 오래된 것 말이에요. 멋진 골동품 도자기나 로마의 조각품 같은 것."

"그게 뭔지는 아무도 모르지. 그냥 기다렸다가 확인하면 돼."

"정말 재미있을 것 같아요! 그 표 이리 줘요. 월요일 아침에 달려가서 확인해볼 테니까!"

"내가 가는 게 나을 것 같은데."

"어머, 아니에요!"

그녀는 소리를 지르고 있었다.

"내가 갈래요!"

"아냐. 출근하는 길에 내가 찾을게."

"하지만 그건 내 표잖아요! 내가 하게 해줘요. 시럴! 왜 혼자만 재미를 보려고 해요?"

"당신은 전당포라는 데를 몰라, 여보. 당신은 속기 쉽다고."

"속지 않을 거예요. 정말이에요, 속지 않아요. 나한테 줘요, 제발."

"게다가 오십 달러도 있어야 하는데."

남편은 웃음을 지으며 말을 이었다.

"현금으로 오십 달러를 내야만 물건을 내준다고."

"나한테 있어요. 있는 것 같아요."

"당신이 처리하지 않는 게 좋을 것 같은데, 웬만하면 말이야."

"하지만 시럴, 그건 내가 주웠다고요. 내 거예요. 그 물건이 뭐든 그건 내 거예요, 안 그래요?"

"물론 당신 거지, 여보. 그렇다고 그렇게까지 열을 낼 필요는 없잖아."

"열을 내는 게 아니에요. 그냥 좀 흥분한 거예요. 그뿐이에요."

"당신은 이게 남자 것일 수도 있다는 생각은 하지도 않는 것 같은데. 예를 들어 호주머니 시계나 셔츠 장식 단추 같은 것 말이야. 여자만 전당포에 가는 게 아니라고."

"그런 거라면 당신 크리스마스 선물로 줄게요."

빅스비 부인은 통 크게 말하고는 덧붙였다.

"그럼 좋잖아요. 하지만 여자 것이면 내가 갖고 싶어요. 그럼 됐어요?"

"그거 아주 공평하군. 그럼 둘이 함께 찾으러 갈까?"

빅스비 부인은 덥석 그러자고 대답할 뻔했다. 그러나 다행히도 말이 입 밖으로 튀어나가는 것을 제때 막을 수 있었다. 그녀는 남편 앞에서 전당포 주인이 자신을 구면인 것처럼 맞이하는 것을 원치 않았다.

"싫어요."

그녀는 천천히 말을 이어갔다.

"안 그러는 게 좋겠어요. 그냥 남아서 기다리는 게 훨씬 더 흥미진진할 것 같아요. 아, 정말이지 우리 둘 다 원치 않는 것이 아니면 좋겠어요."

"그러니까 말이야. 오십 달러 가치가 나가지 않는 것이면 아예 가져오지도 말아야지."

"하지만 오백 달러 가치는 있을 거라고 했잖아요."

"틀림없이 그럴 거야. 걱정하지 마."

"오, 시릴, 정말 기다려져요! 재미있지 않아요?"

"재미있네."

남편은 전당표를 조끼 호주머니에 넣으며 말을 이었다.

"그거 하난 분명해."

마침내 월요일 아침이 왔다. 빅스비 부인은 아침을 먹은 뒤 남편을 따라 문간으로 가, 남편이 외투 입는 것을 거들었다.

"너무 과로하지 말아요, 여보."

"그래, 알았어."

"여섯시에 올 거죠?"

"나도 그럴 수 있으면 좋겠어."

"전당포에 갈 시간은 있어요?"

"어이쿠, 그걸 깜빡 잊고 있었네. 지금 택시를 타고 그곳으로 가야겠군. 어차피 가는 길이니까."

"전당표를 잃어버리지는 않았죠, 그렇죠?"

"그럴 리가."

남편은 조끼 호주머니를 더듬더니 덧붙였다.

"그래, 여기 있군."

"돈은 충분하죠?"

"대충 그 정도 돼."

"여보."

그녀는 남편에게 바짝 다가서서 이미 완벽하게 직선인 넥타이를 바로잡는 시늉을 했다. 그녀가 말을 이었다.

"만일 그게 좋은 것이면, 당신 생각에 내가 좋아할 만한 것이면, 병원에 도착하는 대로 나한테 전화를 해줄래요?"

"당신이 원한다면 그래야지."

"말이죠, 사실은 그게 당신한테 좋은 거였으면 하고 바라고 있어요, 시럴. 내 것보다는 당신 것이었으면 좋겠어요."

"고마워, 여보. 자, 이제 가야겠어."

한 시간쯤 뒤 전화벨이 울렸을 때, 빅스비 부인은 워낙 빠른 속도로 달려갔기 때문에 첫 벨이 다 울리기도 전에 수화기를 들 수 있었다.

"가져왔어!"

남편이 말했다.

"해냈군요! 오, 시럴, 뭐예요? 좋은 거예요?"

"좋아!"

남편은 소리치더니 말을 이었다.

"환상적이야! 기다렸다가 눈으로 직접 봐! 아마 기절할걸!"

"여보, 뭐예요? 얼른 말해줘요!"

"당신은 운이 좋군. 정말 운이 좋아."

"그럼 내 거란 말이에요?"

"물론 당신 거지. 도대체 어떻게 이런 물건을 불과 오십 달러에 전당포에 맡겼는지 도저히 알 수 없는 일이지만. 미친 사람이었나봐."

"시릴! 나 안달나 죽겠어요! 못 참겠어요!"

"보면 미칠걸."

"뭔데요?"

"알아맞혀봐."

빅스비 부인은 입을 다물었다. 조심하자. 그녀는 속으로 중얼거렸다. 지금이 정말 조심해야 할 때야.

"목걸이."

그녀가 말했다.

"틀렸어."

"다이아몬드 반지."

"비슷하지도 않아. 힌트를 주지. 당신이 몸에 걸칠 수 있는 거야."

"입을 수 있는 거요? 모자도 포함해서요?"

"모자는 아냐."

그는 웃음을 터뜨렸다.

"제발, 시릴! 왜 말을 안 해주는 거예요?"

"놀라게 해주고 싶어서지. 오늘 저녁에 집에 가져갈게."

"그건 싫어요!"

빅스비 부인은 소리를 지르고는 말을 이었다.

"내가 당장 가지러 갈 거예요!"

"그러지 않았으면 좋겠는데."

"왜요, 여보? 내가 가면 왜 안 되는데요?"

"너무 바빠서 그래. 당신이 오면 아침 일정이 완전히 망가질 거야. 이미 삼십 분이나 늦었는데."

"그럼 점심시간에 갈게요. 됐죠?"

"오늘은 점심시간이 없어. 아, 그래, 한시 반에 와. 샌드위치 먹을 때. 이따 봐."

빅스비 부인은 정확히 한시 반에 닥터 빅스비가 일하는 곳에 도착하여 초인종을 눌렀다. 하얀 가운을 입은 남편이 직접 문을 열어주었다.

"오, 시릴. 정말 기대돼요."

"그래야 마땅하지. 당신은 운좋은 여자니까, 정말 운좋은 여자야."

남편은 그녀를 데리고 복도를 걸어 진료실로 들어갔다.

"가서 점심 먹고 와요, 펄트니 양."

남편은 조수에게 말했다. 펄트니 양은 치료 도구를 살균장치에 넣느라 바빴다. 남편이 말을 이었다.

"나머지는 돌아와서 해요."

남편은 펄트니 양이 나가기를 기다렸다가 옷을 걸어두는 데 쓰는 장으로 걸어갔다. 그는 장을 손가락으로 가리켰다.

"이 안에 있어. 자, 눈을 감아."

빅스비 부인은 시키는 대로 했다. 그녀는 깊은숨을 들이쉰 다음 숨을 멈추었다. 정적 속에서 남편이 옷장 문을 여는 소리가 들렸다. 이어 남편이 안에 걸린 다른 것들 사이에서 물건을 꺼내면서 옷끼리 스치는 부드러운 소리가 들렸다.

"됐어! 봐!"

"떨려서 눈을 못 뜨겠어요."

그녀는 말하면서 웃음을 터뜨렸다.

"어서. 살짝 봐."

빅스비 부인은 교태 섞인 몸짓으로 깔깔거리는 소리를 내면서 한쪽 눈까풀을 살짝 들어올렸다. 하얀 가운을 입고 공중에 뭔가를 들어올린 남편의 어둡고 희미한 형체가 간신히 보일 만큼만이었다.

"밍크야!"

남편이 소리치고 있었다.

"진짜 밍크!"

그 마법의 단어가 들리자 그녀는 얼른 눈을 뜨면서 외투를 품에 끌어안기 위해 발을 앞으로 내디뎠다.

그러나 외투는 없었다. 남편의 손에는 작고 우스꽝스러운 모피 목도리가 대롱거리고 있었다.

"맘껏 봐!"

남편은 그녀의 얼굴 앞에 목도리를 흔들고 있었다.

빅스비 부인은 손으로 입을 가리고 뒷걸음질을 쳤다. 이러다 비명이 나오고 말 거야. 그녀는 속으로 중얼거렸다. 틀림없어. 비명이 나오고 말 거야.

"왜 그래, 여보? 마음에 안 들어?"

남편은 모피를 휘두르던 손을 멈추고 물끄러미 그녀를 바라보았다. 그녀가 무슨 말인가 하기를 기다리는 표정이었다.

"아뇨."

그녀는 더듬거렸다.

"나…… 나는…… 그게…… 아름답네요…… 정말 아름답네요."

"잠시 숨이 멎었군그래?"

"네. 그랬어요."

"아주 품질이 좋은 거야. 색깔도 좋고. 정말이지, 이걸 가게에 가서 사려면 적어도 이삼백 달러는 주어야 할 거야."

"물론 그렇겠죠."

두 개의 가죽으로 만든 목도리였다. 옴이 오른 것 같은 두 개의 가느다란 가죽에는 머리가 아직 달려 있었다. 눈구멍에는 유리구슬이 박혀 있고, 머리 밑에는 작은 앞발이 대롱거리고 있었다. 한 마리가 또 한 마리의 꽁무니를 물고 있었다.

"자, 한번 목에 둘러봐."

그는 몸을 앞으로 기울여 목도리를 그녀의 목에 둘러주고 뒤로 물러나 감상을 했다.

"완벽해. 정말 잘 어울려. 역시 밍크는 아무나 두르는 게 아니야, 여보."

"그럼요."

"쇼핑하러 갈 때는 집에 놔두고 가는 게 좋을 거야. 안 그러면 우리가 백만장자라고 생각하고 죄다 값을 두 배로 부를 테니까."

"잊지 않을게요, 시릴."

"안됐지만 크리스마스에는 다른 걸 기대하지 말아줘. 오십 달러면 어차피 내가 선물에 쓰려던 돈 이상이니까."

그는 몸을 돌려 대야로 가더니 손을 씻기 시작했다.

"이제 가봐, 여보. 가다가 맛난 점심이라도 사먹어. 함께 가고 싶지만, 고먼 노인네가 틀니 걸쇠가 부서졌다고 대기실에서 기다리고 있어서 말이야."

빅스비 부인은 문 쪽으로 향했다.

그 전당포 주인을 죽여버리겠어. 그녀는 속으로 중얼거렸다. 당장 전당포로 가서 이 더러운 목도리를 그놈 얼굴에 던져버릴 거야. 내 외투를 돌려주지 않으면 그놈을 죽여버리겠어.

"내가 오늘밤에 늦게 들어간다고 얘기했던가?"

시릴 빅스비가 손을 씻으면서 말했다.

"아뇨."

"지금 상황을 보니 빨라도 여덟시 반은 되어야 들어갈 것 같은데. 아홉시가 될지도 몰라."

"그래요, 알았어요. 그럼 갈게요."

빅스비 부인은 밖으로 나오며 문을 세게 닫았다.

바로 그 순간, 비서 겸 조수 펄트니 양이 점심을 먹으러 나가며 그녀를 앞질러 갔다.

"날씨 정말 좋죠?"

펄트니 양이 활짝 웃는 표정으로 인사를 했다. 아주 경쾌한 걸음걸이로 향긋한 향수 냄새를 풍기며 지나가는 그녀는 마치 여왕처럼 보였다. 대령이 빅스비 부인에게 주었던 그 아름다운 검은 밍크 외투 속에서 그녀는 진짜 여왕 같았다.

남쪽 남자

Man from the South

여섯시가 다 되었으니 맥주 한 병 사들고 수영장으로 나가 일광욕 의자에서 저녁해를 쬐는 것도 좋겠다는 생각이 들었다.

나는 호텔의 바로 가서 맥주를 사들고 밖으로 나가 수영장을 향해 천천히 정원을 가로질렀다.

파란 잔디에 펼쳐진 진달래꽃밭 위로 늘씬한 야자나무들이 우뚝한 멋진 정원이었다. 강한 바람이 야자나무 우듬지를 뚫고 지나가자 잎에 불이 붙은 듯 쉭쉭 딱딱 소리가 났다. 잎 밑으로 주렁주렁 매달린 커다란 갈색 견과들이 보였다.

수영장에는 일광욕 의자가 많았다. 하얀 탁자에 밝은색의 거대한 파라솔이 펼쳐져 있고, 검게 탄 남자와 여자들이 여기저기 수영복을 입고 앉아 있었다. 물속에서는 젊은 여자 서너 명과 젊은 남자 여남은 명이 요란하게 떠들고 물을 튀기면서 커다란 고무공을 주고받는 놀이를 하고 있었다.

나는 젊은이들을 지켜보며 서 있었다. 여자들은 호텔에 묵고 있는 영국인들이었다. 남자들은 낯설었지만, 말투가 미국인 같았다. 그날 아침 항구에 정박한 미국 해군 훈련선에서 내린 해군 사관생도들로 짐작되었다.

나는 노란 파라솔 밑에 가서 앉았다. 빈자리가 넷이었다. 나는 맥주를 따른 다음 편안하게 의자에 등을 붙이고 앉아 담배를 물었다. 맥주와 담배를 앞에 놓고 햇빛을 받으며 앉아 있으니 흐뭇했다. 녹색 물속에서 물을 튀기며 노는 젊은이들을 지켜보는 것도 재미있는 일이었다.

미국 사관생도들은 영국 여자들과 쉽게 어울렸다. 이미 물속으로 자맥질해 들어가 다리를 잡아 쓰러뜨리는 단계에 진입해 있었다.

그때 자그마하고 늙수그레한 남자가 활달한 걸음으로 수영장 가장자리를 돌아다니는 모습이 눈에 띄었다. 하얀 양복을 깔끔하게 차려입은 남자는 통통 튀는 듯한 걸음으로 빠르게 걸었다. 한 걸음 내디딜 때마다 발가락에 힘을 주어 몸을 위로 올린 다음 앞으로 힘껏 미는 느낌이었다. 머리에는 커다란 크림색 파나마모자를 쓰고 있었다. 그는 사람들과 의자들을 훑어보며 수영장 가장자리를 따라 팔짝팔짝 뛰듯이 다가

왔다.

남자는 내 옆에서 걸음을 멈추더니 웃음을 지었다. 아주 작고 약간 변색이 된 치아가 들쭉날쭉하게 두 줄로 드러났다. 나도 마주 웃음을 지었다.

"실례이오만, 여기 앉아도 되겠소?"

"물론입니다. 앉으시죠."

남자는 머리를 까불거리며 뒤를 살펴 안전을 확인하더니 의자에 앉아 다리를 꼬았다. 하얀색 사슴가죽 구두에는 환기를 위한 구멍이 송송 뚫려 있었다.

남자가 말했다.

"멋진 저녁이로군요. 여기 자메이카의 저녁은 언제나 이렇게 멋지지요."

이탈리아 억양인지 스페인 억양인지 확실히 알 수는 없었지만, 남아메리카 쪽 사람인 것만은 분명했다. 가까이서 보니 꽤 늙었다. 예순여덟, 아니 일흔은 되어 보였다.

"그래요. 참 멋진 곳입니다."

내가 대꾸했다.

"그런데 여기 이 사람들은 다 뭐하는 사람들인가요? 이 호텔에 묵는 사람들은 아닌데."

남자는 수영장 물속에서 놀고 있는 사람들을 가리키고 있었다.

"사관생도들인 것 같은데요. 해군이 되려고 훈련중인 미국인들 말입니다."

"물론 미국인이겠지. 세상에 달리 누가 저렇게 시끄럽게 떠들겠소? 선생은 미국인이 아니시겠지요?"

"아닙니다."

그때 미국 사관후보생 하나가 우리 앞에 우뚝 섰다. 물을 뚝뚝 떨어뜨리는 청년 옆에는 영국 여자가 서 있었다.

"여기 자리 있습니까?"

청년이 물었다.

"아뇨."

내가 대답했다.

"앉아도 될까요?"

"앉으시죠."

"고맙습니다."

청년은 손에 수건을 들고 있었는데, 앉으면서 그것을 풀자 안에서 담배 한 갑과 라이터가 나왔다. 청년이 담배를 권했지만 여자는 사양했다. 그러자 청년이 나한테 권해, 나는 한 대 뽑아들었다. 작은 남자가 말했다.

"고맙지만 됐소. 나는 시가가 있소."

남자는 악어가죽 갑을 꺼내더니 시가를 한 대 빼들고, 작은 가위가 달린 칼을 꺼내 시가 끝을 잘라냈다.

"자, 불은 여기 있습니다."

미국인 청년이 라이터를 치켜들었다.

"바람 때문에 소용없을 거요."

"천만에요. 잘 켜질 겁니다. 언제든지 잘 켜지거든요."

작은 남자는 문득 시가를 입에서 떼고, 머리를 한쪽으로 기울이더니 청년을 바라보았다.

"언제든지?"

남자가 천천히 되물었다.

"그럼요, 한 번도 안 켜진 적이 없거든요. 적어도 제가 켰을 때는요."

작은 남자의 머리가 더 기울어졌다. 눈으로는 여전히 청년을 지켜보고 있었다.

"그래, 그래. 그러니까 젊은이의 이 유명한 라이터는 한 번도 안 켜진 적이 없다 이거지? 그 말인가?"

"그럼요. 그렇다니까요."

청년은 열아홉이나 스물 정도 되는 나이였다. 길쭉한 얼굴에는 주근깨가 많았고 코는 늘씬하니 날이 서 있었다. 가슴은 별로 타지 않았는데, 그곳에도 주근깨가 박혀 있었다. 머리에는 듬성듬성 불그스름한 머리카락들이 보였다. 청년은 오른손으로 라이터를 들고 당장이라도 바퀴를 굴릴 태세였다.

"한 번도 안 켜진 적이 없습니다."

청년은 이제 웃음을 짓고 있었다. 장난을 치고 싶은 듯 자그마한 자랑거리를 일부러 과장하고 있었기 때문이다. 청년이 덧붙였다.

"절대 실패하지 않는다고 장담할 수 있습니다."

"잠깐만 기다려보시오."

시가를 든 손이 위로 올라갔다. 마치 지나가는 차를 세우는 것처럼 손바닥을 펼치고 있었다.

"잠깐만 기다려봐."

남자의 목소리는 부드러우면서도 묘하게 억양이 느껴지지 않았다. 남자는 청년에게서 잠시도 눈을 떼지 않았다.

"그럼 작은 내기를 한번 해볼까?"

남자는 청년을 향해 웃음을 지으며 말을 이었다.

"어디, 젊은이, 라이터가 켜지는지 안 켜지는지 내기를 해보겠소?"

"그러죠, 내기를 하죠. 안 될 게 뭡니까?"

"내기하는 거 좋아하오?"

"그럼요. 늘 하죠."

남자는 잠깐 동작을 멈추더니 시가를 살폈다. 솔직히 남자의 태도가 별로 마음에 들지 않았다. 남자는 청년의 대답을 빌미로 어떤 일을 꾸며서 청년에게 창피를 주려 하는 것 같았다. 동시에 자기만의 작은 비밀을 음미하고 있는 것 같기도 했다.

남자가 다시 청년을 보더니 천천히 말했다.

"나도 내기를 좋아하지. 자, 이걸 가지고 멋진 내기 한판 해봅시다. 멋지고 큰 내기 말이오."

"아, 잠깐만요. 그렇게는 못하겠습니다. 하지만 이십오 센트라면 걸 수 있어요. 아니, 일 달러도 걸 수 있습니다. 아니면 지금 가진 것 전부라도. 몇 실링(현재는 사라진 영국의 화폐 단위. 20분의 1파운드—옮긴이)은 되겠네요."

작은 남자는 다시 손을 저었다.

"내 말을 들어보시오. 좀 재미있게 해봅시다. 제대로 내기를 해보는 거야. 호텔에 있는 내 방으로 올라갑시다. 바람이 없는 방으로 말이오. 나는 젊은이가 그 방안에서 이 유명한 라이터를 켠다 해도, 열 번 켤 때 열 번 다 성공할 수는 없다는 쪽에 걸겠소."

"나는 열 번 다 켤 수 있다는 쪽에 걸겠습니다."

"그래, 좋소. 그럼 내기를 하는 거요?"

"물론이죠. 일 달러를 걸겠습니다."

"아니, 아니지. 내 아주 좋은 내기를 할 기회를 드리지. 나는 부자에다가 내기를 좋아하는 사람이거든. 내 말 잘 들어보시오. 호텔 밖에 내 차가 있소. 아주 좋은 차지. 미국 차요. 당신네 나라에서 만든 차란 말이오. 캐딜락인데……"

"아니, 잠깐만."

청년은 일광욕 의자 등받이로 몸을 젖히더니 웃음을 터뜨렸다.

"그런 큰 물건을 걸 수야 없지요. 그건 미친 짓입니다."

"미친 짓이라니. 젊은이가 라이터를 열 번만 켜면 캐딜락은 그쪽 게 되는데. 캐딜락이 갖고 싶지 않소?"

"갖고 싶죠. 캐딜락이야 물론 갖고 싶습니다."

청년은 여전히 싱글거리고 있었다.

"그래, 그럼 좋아. 우리는 내기를 하는 거고, 나는 캐딜락을 걸겠소."

"그럼 저는 뭘 겁니까?"

작은 남자는 아직 불이 붙지 않은 시가에서 빨간 띠를 조심조심 떼어냈다.

"이보시오, 나는 젊은이가 내놓을 수 없는 것은 절대 걸라 하지 않아. 알겠소?"

"그러니까 뭘 걸면 됩니까?"

"아주 쉽게 해드리지."

"그래요, 쉽게 해주십시오."

"없어도 그만인 작은 걸 하나 거시오. 혹시나 잃게 되더라도 기분이 크게 상하지는 않을 만한 거. 알겠소?"

"예를 들어 어떤 거죠?"

"예를 들어, 어디 보자, 젊은이 왼손의 새끼손가락 같은 거."

"뭐라고요!"

청년의 얼굴에서 웃음기가 가셨다.

"뭐가 어때서? 젊은이는 이기면 차를 갖는 거요. 지면 내가 손가락을 갖는 거고."

"무슨 말씀인지 모르겠네요. 손가락을 갖는다니 무슨 뜻입니까?"

"잘라낸다는 거지."

"어이쿠! 완전히 미친 짓이네요. 그냥 일 달러만 거는 게 낫겠습니다."

작은 남자는 뒤로 몸을 기대더니 두 손바닥을 위로 펼치면서 어깨를 아주 조금 들어올렸다. 그 동작에는 경멸이 담겨 있었다.

"나 원 참, 이해를 못하겠네. 라이터가 켜진다고 장담하면서 내기는 못하겠다? 그럼 그만둡시다. 됐소?"

청년은 꼼짝도 않고 수영장 안에서 노는 사람들을 물끄러미 바라보고 있었다. 갑자기 담배에 불을 붙이지 않았다는 사실이 기억난 것 같았다. 청년은 담배를 입에 물고 두 손으로 라이터를 감싼 다음 바퀴를 굴렸다. 심지에 불이 붙으면서 작고 노란 불길이 흔들리지도 않고 피어올랐다. 청년이 두 손으로 막았기 때문에 바람의 영향을 전혀 받지 않았다.

"나도 불 좀 붙여도 될까요?"

내가 물었다.

"이런, 죄송합니다. 아직 불을 안 붙이신 걸 깜빡했네요."

나는 라이터를 받으려고 손을 내밀었으나, 청년은 일어서더니 나에게 다가와 불을 붙여주었다.

"고맙습니다."

청년은 자기 자리로 돌아갔다.

"지낼 만합니까?"

내가 물었다.

"네, 좋습니다. 여기는 아주 좋은데요."

청년이 대답했다.

이어 정적이 흘렀다. 작은 남자가 엉뚱한 제안으로 청년의 마음을 헤집어놓는 데 성공했다는 것을 알 수 있었다. 청년은 꼼짝도 않고 가만히 앉아 있었다. 그러나 그의 내부가 서서히 긴장하는 것이 눈에 보이는 듯했다. 이윽고 청년은 몸을 들썩이고 가슴을 문지르고 목덜미를 쓰다듬었다. 조금 지나자 두 손을 무릎에 올려놓더니 손가락으로 종지뼈를 톡톡 치기 시작했다. 곧 발로도 바닥을 탁탁 두드리기 시작했다.

청년이 마침내 입을 열었다.

"말씀하신 내기를 다시 확인해보겠습니다. 그러니까 묵고 계신 호텔방으로 올라가서 이 라이터를 열 번 켜기만 하면 캐딜락을 주신다 이거죠? 만일 한 번이라도 불이 켜지지 않으면 내 왼손 새끼손가락을 잃는 거고요? 맞습니까?"

"맞고말고. 바로 그런 내기요. 하지만 젊은이는 겁이 나는 것 같은데."

"내가 지면 어떻게 하는 겁니까? 잘라내는 동안 내가 내 손가락을 내밀고 있어야 하는 겁니까?"

"아, 아니지! 그렇게 하면 안 되지. 손가락 내미는 걸 거부하고 싶은 유혹을 느낄 수도 있지 않겠소? 그래서 내기를 시작하기 전에 젊은이 손을 탁자에 묶어둘 생각이오. 나는 옆에 칼을 들고 서 있다가 라이터에 불이 켜지지 않는 순간 팍 잘라낼 거요."

"캐딜락은 연식이 뭐죠?"

청년이 물었다.

"미안하오. 그게 무슨 소리요?"

"몇 년에 만들었냐, 그러니까 캐딜락이 얼마나 오래된 거냐는 얘깁니다."

"아. 얼마나 오래되었느냐고? 알겠소. 작년에 나온 거요. 새차나 다름없지. 하지만 젊은이는 내기를 하는 사람이 아닌 것 같은데. 미국인들은 내기를 할 줄 몰라."

청년은 잠깐 입을 꾹 다물더니, 처음으로 영국 여자 쪽을 흘끗 보고, 이어 내 쪽을 보았다.

"좋습니다."

청년의 목소리에는 날이 서 있었다.

"그 내기 하겠습니다."

"좋소!"

작은 남자는 작게 손뼉을 한 번 쳤다.

"좋아. 지금 하도록 합시다. 그리고 선생……"

남자는 나를 돌아보더니 말을 이었다.

"혹시 괜찮으시면, 그거 뭐라고 하나…… 그래, 심판을 좀 봐주시겠소?"

색깔이 거의 없는 옅은 색 눈에서 아주 작은 까만색 동공이 반짝거리고 있었다.

"글쎄요. 내가 보기에는 무리한 내기 같은데요. 별로 마음에 들지 않는군요."

"나도 마찬가지예요."

영국 여자가 말했다. 여자가 입을 연 것은 처음이었다.

"멍청하고 터무니없는 내기 같아요."

"이 젊은이가 지면 손가락을 자르겠다고 하셨는데, 그게 진담입니까?"

내가 물었다.

"물론 진담이지요. 그리고 이 젊은이가 이기면 캐딜락을 주겠소. 자, 어서. 내 방으로 갑시다."

남자가 일어섰다.

"옷을 좀 챙겨 입어야 하지 않겠소?"

"아뇨, 이대로 가겠습니다."

청년은 대답을 하더니 나를 보며 덧붙였다.

"함께 가서 심판을 봐주시면 정말 고맙겠습니다."

"알았어요, 같이 갑시다. 하지만 나는 내기는 좋아하지 않아요."

청년은 여자를 향해 말했다.

"같이 갑시다. 가서 지켜봐요."

작은 남자는 앞장서서 정원을 가로질러 호텔로 갔다. 남자는 이제 활기가 넘쳤다. 흥분한 모습이었다. 그래서 그런지 아까보다 더 높이 팔짝팔짝 솟구치며 걸어가는 것 같았다.

남자가 말했다.

"나는 별관에 묵고 있소. 차부터 보겠소? 바로 여기 있거든."

남자는 우리를 호텔의 정면 진입로가 보이는 곳으로 데려가더니 근처에 주차돼 있는 늘씬한 연녹색 캐딜락을 가리켰다.

"저기, 저거요. 녹색. 마음에 드시오?"

"이야, 좋은 차네요."

"됐소. 이제 올라가서 젊은이가 저 차를 가질 수 있는지 어디 한번 봅시다."

우리는 남자를 따라 별관으로 들어가 층계를 하나 올라갔다. 남자는 방문을 열었고, 우리는 일반실보다 두 배는 넓고 쾌적한 방으로 우르르 몰려들어갔다. 침대 한쪽 바닥에는 여자용 실내복이 떨어져 있었다.

"우선 마티니부터 한잔해야지."

남자가 말했다.

술은 한쪽 구석의 작은 탁자에 다 준비되어 있어 섞기만 하면 되었다. 셰이커(칵테일을 만드는 데 쓰는 음료 혼합기—옮긴이)며 얼음에다 잔도 여러 개 있었다. 남자는 마티니를 만들기 시작했다. 그러나 그전에 벨을 눌러두었기 때문에 문을 두드리는 소리가 들리더니 유색인 하녀가 들어왔다.

"아!"

남자는 진 병을 내려놓고 호주머니에서 지갑을 꺼내 1파운드짜리 지폐를 꺼냈다.

"부탁 좀 할 게 있소."

남자는 지폐를 하녀에게 주었다.

"그건 넣어두시오. 우리가 여기서 작은 게임을 하려고 하는데 가서 두 가지, 아니 세 가지만 갖다주겠소? 못 몇 개하고, 망치 하나하고, 식칼 하나면 되겠소. 식칼은 정육점에서 고기

썰 때 쓰는 게 필요한데, 주방에 가면 빌릴 수 있을 거요. 가져올 수 있겠지요?"

"고기 써는 칼이요?"

하녀는 눈을 크게 뜨고 두 손을 모아쥐더니 덧붙였다.

"진짜 식칼 말인가요?"

"그래요, 그래, 물론이지. 자, 어서. 아무 문제 없이 갖다줄 수 있을 거요."

"네, 선생님. 해보지요, 선생님. 가져오도록 해볼게요."

하녀는 방을 나갔다.

작은 남자는 마티니를 돌렸다. 우리는 선 채로 술을 홀짝였다. 주근깨가 많은 긴 얼굴에 콧날이 날카로운 청년도 마찬가지였다. 청년은 색 바랜 수영복 반바지 외에는 아무것도 입지 않았다. 금발에 뼈대가 큰 영국 여자는 담청색 수영 드레스 차림이었는데, 술잔 너머로 계속 청년을 살피고 있었다. 눈에 색깔이 없는 작은 남자는 말쑥한 하얀 양복을 입고 서서 마티니를 마시며 담청색 수영 드레스를 입은 여자를 보고 있었다. 나는 이 일을 어떻게 받아들여야 할지 도무지 알 수가 없었다. 남자는 진짜로 내기를 하려는 것 같았고, 진짜로 손가락을 자르려는 것 같았다. 하지만 젠장, 청년이 지면 어떻게 되는 건가? 그럼 그가 따지 못한 캐딜락에 태워 얼른 병원으로 데려가야 하는 건가? 그렇게 하면 괜찮을 것 같았다.

아니, 그렇게 하면 정말 괜찮을까? 내 생각으로는 염병할, 이 모든 것이 다 어리석고 쓸데없는 짓 같았다.

“이건 좀 분별없는 내기라고 생각하지 않나요?”

내가 입을 열었다.

“괜찮은 내기 같은데요.”

청년이 대답했다. 청년은 이미 커다란 마티니 잔을 다 비운 뒤였다.

“멍청하고 터무니없는 내기라고 생각해요.”

여자가 말을 받더니 덧붙였다.

“지면 어쩌려는 거예요?”

“상관없어요. 생각해보니 지금까지 살아오면서 내 왼손의 새끼손가락을 사용한 적이 한 번도 없는 것 같아요. 자, 이거죠.”

청년은 그 손가락을 잡고는 말을 이었다.

“이건데, 이 녀석은 아직까지 나를 위해 무슨 일을 해준 적이 없어요. 그러니 내기에 걸어도 상관이 없지 않겠어요? 나는 괜찮은 내기라고 생각합니다.”

작은 남자는 웃음을 짓더니, 셰이커를 들어 우리 잔을 다시 채워주었다.

“시작하기 전에, 뭐랬더라, 그래, 심판한테 차 열쇠를 맡기겠소.”

그는 호주머니에서 열쇠를 꺼내더니 나에게 주었다. 남자가 말을 이었다.

"서류, 자동차등록증과 보험 증서 같은 것들은 조수석 앞 서랍에 있소."

그때 유색인 하녀가 다시 들어왔다. 하녀는 한 손에 작은 식칼을 들고 있었다. 정육점에서 뼈 있는 고기를 자를 때 사용하는 칼이었다. 다른 손에는 못이 든 봉투와 망치를 들고 있었다.

"좋소! 다 가져왔군. 고맙소, 고마워. 이제 가보시오."

남자는 하녀가 밖에서 문을 닫을 때까지 기다렸다가 장비를 한쪽 침대에 펼쳐놓으며 중얼거렸다.

"자, 이제 준비가 다 된 거지?"

그는 청년을 향해 덧붙였다.

"이 탁자 옮기는 것 좀 도와주시오. 조금 옮겨야 할 것 같소."

호텔에서 흔히 볼 수 있는 탁자였다. 가로 120센터미터, 세로 90센터미터 정도 크기에 별 특색 없는 사각 탁자로, 압지, 잉크, 펜, 종이가 놓여 있었다. 두 사람은 탁자를 방 한가운데로 옮기더니 필기도구를 치웠다.

"자, 이제 의자가 있어야 되겠군."

남자는 의자를 들어다 탁자 옆에 놓았다. 그는 아이들 파티에서 게임을 진행하는 사람처럼 활달하고 생기가 넘쳤다. 남자가 말을 이었다.

"그리고 못. 내가 못을 박아야겠군."

그는 못을 가져다가 탁자 위에 망치로 박기 시작했다.

나와 청년, 영국 여자는 손에 마티니를 들고 서서 작은 남자가 일하는 모습을 지켜보았다. 남자는 15센티미터 정도 거리를 두고 못 두 개를 박았다. 끝까지 박지 않았기 때문에, 둘 다 머리가 탁자 위로 조금씩 튀어나와 있었다. 남자는 단단하게 박혔는지 손가락으로 확인했다.

못 박는 걸 보니 이 나쁜 자식이 전에도 이런 일을 많이 해봤다는 걸 알겠군. 나는 속으로 중얼거렸다. 전혀 망설임이 없어. 탁자, 못, 망치, 식칼. 필요한 게 뭔지, 어떻게 배치해야 하는지 정확하게 알고 있어.

남자가 말했다.

"자, 이제 끈이 필요하군."

남자는 끈을 찾아냈다. 그가 말을 이었다.

"좋아. 이제 준비가 다 됐군. 자, 여기 의자에 앉아주시겠소?"

남자가 청년에게 말했다. 청년은 잔을 내려놓더니 자리에 앉았다.

"자, 이제 왼손을 이 두 못 사이에 놓으시오. 이 못은 당신 손을 묶어놓기 위해 박아둔 것이오. 그래, 됐소. 이제 내가 손을 책상에 묶겠소…… 이렇게."

남자는 끈으로 청년의 손목을 묶더니 손 둘레를 몇 차례 감고 나서 못에 단단히 묶었다. 아주 능숙한 솜씨였다. 청년은 절대 손을 빼내지 못할 것 같았다. 그러나 손가락은 움직일 수 있었다.

"자, 이제 주먹을 쥐시오. 새끼손가락만 빼고. 새끼손가락은 책상 위에 쫙 펴야 하오. 아주 좋소! 아주 좋아요! 이제 준비가 됐소. 이제 오른손으로 라이터를 켜면 되는데, 잠깐만 기다리시오."

그는 침대를 향해 깡충깡충 뛰어가 식칼을 집어들더니 돌아와서 식칼을 손에 들고 책상 옆에 섰다.

"다 준비된 거지요?"

남자가 말을 이었다.

"심판, 시작하라는 얘기를 해주시지요."

담청색 수영복을 입은 영국 여자는 청년의 의자 바로 뒤에서 있었다. 여자는 아무 말 없이 그렇게 서 있기만 했다. 청년은 오른손에 라이터를 들고 식칼을 바라보며 꼼짝도 않고 앉아 있었다. 작은 남자는 나를 바라보고 있었다.

"준비가 됐나요?"

내가 청년에게 물었다.

"준비됐습니다."

"그쪽은?"

나는 작은 남자에게 물었다.

"되고말고."

남자는 식칼을 공중으로 들어올리더니, 청년의 손가락 50센티미터 정도 위에서 그대로 들고 있었다. 언제든지 잘라낼 태세였다. 청년은 작은 남자를 지켜보고 있었지만 기가 죽지는 않았다. 입도 전혀 움직이지 않았다. 그냥 눈썹만 치켜올리며 미간을 찌푸렸을 뿐이다.

내가 말했다.

"좋습니다. 시작하지요."

청년이 말했다.

"내가 불을 켜는 횟수를 크게 세어주시겠습니까?"

"그래요, 그러지요."

청년은 엄지손가락으로 라이터 뚜껑을 들어올리고, 이어 다시 엄지손가락으로 바퀴를 힘차게 내리긁었다. 라이터돌에서 불이 반짝하더니 심지에 불이 붙으면서 작고 노란 불길이 피어올랐다.

"하나!"

내가 소리쳤다.

청년은 불을 입으로 불어서 끄지 않았다. 그는 라이터 뚜껑을 닫고는 한 5초 정도 기다렸다가 다시 뚜껑을 열었다.

청년은 바퀴를 아주 힘차게 굴렸고, 다시 한번 심지에 작은 불길이 피어올랐다.

"둘!"

다른 사람들은 입을 열지 않았다. 청년은 라이터에 눈을 고정하고 있었다. 작은 남자는 식칼을 공중에 들어올린 채, 역시 라이터만 지켜보고 있었다.

"셋!"

"넷!"

"다섯!"

"여섯!"

"일곱!"

그 라이터는 정말로 제대로 만들어진 물건이었다. 라이터 돌은 큰 불꽃을 일으켰고, 심지는 적당한 길이였다. 나는 엄지손가락이 뚜껑을 탁 쳐서 불을 덮는 장면을 지켜보았다. 잠시 정적. 이윽고 엄지손가락은 뚜껑을 다시 들어올렸다. 모든 동작이 엄지손가락으로만 이루어졌다. 엄지손가락이 모든 일을 하고 있었다. 나는 여덟을 말하기 위해 숨을 들이마셨다. 엄지손가락이 바퀴를 굴렸다. 돌이 불꽃을 일으켰다. 작은 불길이 나타났다.

"여덟!"

내가 말했다. 그때 문이 열렸다. 모두 고개를 돌렸다. 문간에는 여자가 서 있었다. 머리가 검고 체구가 작은 여자였다. 나이가 꽤 들어 보였다. 여자는 2초 정도 문간에 서 있더니, 쏜살같이 달려오며 소리를 질렀다.

"카를로스! 카를로스!"

여자는 남자의 손목을 잡더니, 식칼을 빼앗아 침대에 던졌다. 여자는 남자의 하얀 양복 멱살을 잡고 거칠게 흔들어대며 크고 사납고 빠른 목소리로 말을 내뱉었다. 스페인어처럼 들렸다. 여자가 어찌나 빠르게 흔들어대던지, 남자의 모습이 보이지 않을 정도였다. 빠르게 돌아가는 바퀴살처럼, 희미하고 뿌연 윤곽만이 남았다.

이윽고 여자가 속도를 늦추자 작은 남자의 모습이 다시 나타났다. 여자는 남자를 방 안쪽으로 끌고 가더니 침대로 밀어붙였다. 남자는 침대 가장자리에 앉으며 눈을 껌뻑이면서 머리가 아직 목에 붙어 있는지 확인하려는 양 고개를 저어보았다.

"정말 미안합니다."

여자가 말하고 있었다.

"이런 일이 생기다니, 정말 미안할 뿐입니다."

거의 완벽한 영어였다. 여자가 말을 이어갔다.

"안타까운 일이에요. 정말이지 내 잘못이라고 생각해요. 미장원에 좀 갔다 오려고 고작 십 분 자리를 비웠는데, 돌아와 보니 이 사람이 또 이 짓을 하고 있군요."

그녀는 근심 깊은 얼굴로 미안해하고 있었다.

청년은 책상에 묶은 손의 끈을 풀고 있었다. 영국 여자와 나는 그 자리에 우두커니 서서 아무 말도 하지 못했다.

여자가 말했다.

"이 사람은 진짜 골칫덩이예요. 저 아래 우리 고향에서는 여러 사람한테서 손가락을 총 마흔일곱 개 모았고, 차는 일곱 대 잃었죠. 결국, 고향 사람들은 이 사람을 가둬버리겠다고 협박했어요. 그래서 이리로 데려온 거예요."

"사소한 내기를 하고 있었을 뿐이야."

작은 남자가 침대에서 중얼거렸다.

"저 사람이 차를 걸었을 거예요."

여자가 말했다.

"네. 캐딜락입니다."

청년이 대답했다.

"저 사람은 차가 없어요. 그건 내 차예요. 그러니까 더 문제죠. 걸 것도 없는 주제에 내기를 하니까 말이에요. 일이 이렇게 되어서 창피하고 미안할 뿐이에요."

여자는 아주 착해 보였다.

"자, 그럼 아주머니 차 열쇠를 돌려드리죠."

나는 열쇠를 탁자에 놓았다.

"우린 사소한 내기를 하고 있었을 뿐이라니까."

작은 남자가 중얼거렸다.

"저 사람은 내기에 걸 만한 게 하나도 남지 않았어요."

여자가 말을 받더니 덧붙였다.

"이 세상에 저 사람 건 하나도 없어요. 단 하나도. 사실 오래전에 내가 다 따버렸거든요. 시간은 꽤 걸렸죠. 아주 오랜 시간이 걸렸어요. 힘든 일이기도 했고요. 하지만 결국에는 내가 다 따버렸어요."

그녀는 청년을 쳐다보며 웃음을 지었다. 느리게 번져가는 슬픈 미소였다. 그녀는 다가와서 열쇠를 잡으려고 탁자로 손을 뻗었다.

이 글을 쓰는 지금도 보이는 듯하다. 그녀의 손. 그 손에는 엄지손가락 외에 손가락이 단 하나 남아 있을 뿐이었다.

정복자 에드워드

Edward the Conqueror

루이자는 손에 행주를 들고 부엌문을 나가 서늘한 시월의 햇빛이 쏟아지는 뒤뜰로 갔다.

"에드워드!"

그녀가 소리쳤다.

"에드워어드! 점심 먹어요!"

루이자는 잠시 입을 다물고 귀를 기울였다. 이윽고 그녀는 잔디밭을 가로지르기 시작했다. 자그마한 그림자가 그녀를 따라갔다. 그녀는 장미꽃밭을 지나면서 해시계를 손으로 살짝 건드렸다. 작고 통통한 여인치고는 꽤 우아하게 움직였다. 걸음걸이는 경쾌했으며, 어깨와 팔은 부드럽게 흔들렸다. 그녀는 뽕나무 밑을 지나 벽돌길에 올라섰다. 그 길 끝까지 가자, 널찍한 정원 가장자리와 이어진 비탈의 아래를 내려다볼 수 있었다.

"에드워드! 점심요!"

이제 80미터쯤 떨어진 곳에서 그의 모습이 보였다. 에드워드는 비탈 아래 숲 가장자리에 있었다. 큰 키에 호리호리한 에드워드는 카키색 바지에 진녹색 스웨터 차림으로 손에 갈퀴를 들고 커다란 모닥불 옆에서 일을 하고 있었다. 가시나무를 모닥불에 던지는 일이었다. 모닥불은 사납게 타오르며 오렌지색 불길과 더불어 우유처럼 하얀 연기를 뿜어냈다. 연기가 정원 쪽으로 흘러들면서 낙엽이 타는 냄새도 따라왔다. 상쾌한 가을 냄새였다.

루이자는 비탈을 내려가 남편에게로 갔다. 이제는 충분히 들릴 만한 거리였으므로 다시 부를 수도 있었으나, 멋지게 타오르는 모닥불에 왠지 마음이 강하게 끌렸다. 그녀는 모닥불의 열기를 느끼면서 나무가 타는 소리를 듣고 싶었다.

루이자는 다가가면서 말했다.

"점심 먹어요."

"아, 당신이군. 그래, 알았어. 곧 가지."

"참으로 장한 불이네요."

"여기를 정리하기로 마음먹었지. 이 가시나무들이 지긋지긋해서 말이야."

남편의 길쭉한 얼굴은 땀에 젖어 있었다. 콧수염에도 이슬처럼 작은 땀방울이 잔뜩 매달려 있었다. 목에서 스웨터의 터틀넥까지는 아예 작은 강물 두 줄기가 흐르고 있었다.

"무리하지 말아요, 에드워드."

"루이자, 제발 나를 팔십 먹은 노인네 취급 좀 하지 말아줘. 약간의 운동은 누구에게나 좋은 거야."

"그래요, 여보, 알았어요. 어머, 에드워드! 봐요! 저것 좀 봐요!"

에드워드는 고개를 돌려 루이자를 보았다. 그녀는 모닥불의 건너편을 가리키고 있었다.

"저거 봐요, 에드워드! 고양이예요!"

아주 특이한 색깔의 큼지막한 고양이가 모닥불 가까이에 앉아 있었다. 너무 가까워 이따금 불길이 몸에 닿는 것 같기도 했다. 고양이는 가만히 앉아 머리를 한쪽으로 기울인 채 코를 쳐들고 있었다. 서늘한 노란 눈으로는 부부를 지켜보고 있었다.

"저러다 불붙겠어요!"

루이자가 소리를 질렀다. 그녀는 행주를 내던지고 재빨리 달려가 고양이를 두 손으로 잡더니 얼른 불길에서 먼 풀밭 위에 내려놓았다.

"너 제정신이 아니구나."

루이자는 손을 털며 말을 이었다.

"대체 어떻게 된 거니?"

"고양이는 자기 몸은 자기가 챙겨. 고양이가 언제 자기 싫은 일 하는 거 봤어? 고양이는 절대 안 그런다구."

"누구네 고양이일까? 본 적 있어요?"

"아니, 없는데. 제기, 색깔 한번 희한하네."

고양이는 풀밭에 앉아 곁눈으로 두 사람을 바라보고 있었다. 눈에는 내면의 표정이 슬며시 비쳐나오는 듯했다. 모르는 것이 없어 외려 시름에 겨운 듯한 그 표정이 묘하게 불길한 느낌을 주었다. 이들 두 중년 남녀—한 사람은 작고 통통하고 장밋빛이었으며 다른 한 사람은 여위었지만 땀을 많이 흘렸다—를 만난 것이 놀라운 일이기는 하지만 전혀 중요한 일은 아니라는 듯 코 주위에는 은근한 경멸감이 감돌고 있었다. 고양이한테는 분명히 특이한 털 색깔이었다. 순전한 은회색에 푸른 기라고는 찾아볼 수 없었다. 털은 아주 길고 보드라웠다.

루이자는 허리를 굽혀 머리를 쓰다듬었다.

"집에 가야지. 자 착하지, 네가 살던 집으로 가려무나."

부부는 비탈을 천천히 올라 집으로 향했다. 고양이도 일어나 따라왔다. 처음에는 거리를 두었으나, 점차 거리를 좁히기 시작했다. 곧 고양이는 그들과 나란히 걷게 되었고, 금세 그들보다 앞서서 잔디밭을 가로질러 집으로 가는 길을 인도했다. 마치 자기가 그 땅의 주인인 양 꼬리를 돛대처럼 곧추세우고 걸었다.

"집에 가."

에드워드가 말하고 있었다.

"집에 가라니까. 우린 네가 필요 없어."

그러나 집에 다다르자 고양이는 그들과 함께 안으로 들어갔다. 루이자는 부엌에서 고양이에게 우유를 주었다. 부부가 점심을 먹자 고양이는 그들 사이의 빈 의자에 뛰어올라 그들이 식사를 마칠 때까지 앉아 있었다. 고양이는 머리를 탁자 위로 치켜들고, 그 짙은 노란색 눈으로 여자와 남자를 천천히 번갈아 보며 식사하는 모습을 지켜보았다.

"이 고양이는 마음에 안 들어."

에드워드가 말했다.

"아, 내가 보기에는 아름다운 고양인데요. 우리집에 좀 있다 갔으면 좋겠네."

"내 말 잘 들어, 루이자. 이 고양이는 절대 여기 못 살아. 이건 다른 사람 거야. 누가 잃어버린 거라구. 만일 오늘 오후에도 이 근처에서 어슬렁거리면 경찰한테 갖다주는 게 좋을 거야. 그럼 알아서 집에 보내주겠지."

에드워드는 점심을 먹은 뒤 정원 일을 하러 갔다. 루이자는 평소처럼 피아노 앞으로 갔다. 그녀는 유능한 피아니스트이자 진정으로 음악을 사랑하는 사람이었다. 매일 오후가 되면 한 시간 정도 혼자 피아노를 연주했다. 고양이는 소파에 누워 있었다. 그녀는 옆을 지나다가 잠깐 발을 멈추고 고양이를 쓰다듬어주었다. 고양이는 눈을 뜨고 잠시 그녀를 바라보더니 이내 눈을 감고 잠으로 돌아갔다.

"넌 정말 멋진 고양이야. 색깔이 정말 아름다워. 내가 키우면 좋겠는데."

그녀의 손가락이 고양이의 머리털을 쓰다듬다가 조그만 혹에 부딪혔다. 오른쪽 눈 바로 위에 작은 혹 같은 것이 있었다.

"가엾어라. 아름다운 눈을 어디 부딪쳤구나. 너도 늙어가나 보다."

루이자는 긴 피아노 의자에 앉았다. 그러나 바로 연주를 시작하지 않았다. 그녀에게는 매일 일종의 연주회를 여는 것이 작지만 특별한 기쁨이었다. 그래서 연주를 하기 전에 아주 세밀한 부분까지 프로그램을 신중하게 짰다. 다음에는 무엇을 연주할까 고민하느라 즐거운 연주를 중단하는 것이 영 내키지 않았기 때문이다. 그녀가 바라는 것은 한 곡이 끝난 다음 청중이 열광적으로 박수를 치며 더 연주해달라고 요청하는 동안만 잠깐 연주를 중단하는 것이었다. 청중이 있다고 상상하면 기분이 훨씬 좋아졌다. 연주를 하다보면 이따금—물론 운좋은 날 이야기지만—방이 출렁거리다가 희미해지면서 이내 컴컴해지곤 했다. 그러면 그녀의 눈에는 줄줄이 놓인 의자와 사모하는 마음으로 귀를 기울이다가 황홀경에 빠진 얼굴들, 그녀를 향해 들어올린 하얀 얼굴들의 바다 외에 아무것도 보이지 않았다.

루이자는 때로는 암보로 연주했고, 때로는 악보를 보고 했다. 오늘은 암보로 연주를 할 작정이었다. 왠지 그러고 싶었기 때문이다. 프로그램은 뭐로 할까? 그녀는 피아노 앞에 앉아 작은 두 손을 무릎에 모았다. 통통하고 자그마한 체구에 피부는 장밋빛이었다. 차분해 보이는 얼굴은 아주 예뻤다. 머리는 뒤로 가지런히 모아 단정하게 빵 모양으로 묶어놓았다. 살짝 오른쪽을 보자 고양이가 소파에 웅크리고 잠든 모습이 보였다. 은회색 털이 소파의 자줏빛 위에서 아름다워 보였다. 시작은 바흐가 어떨까? 아냐, 비발디가 더 나을지 몰라. 그럼 바흐가 오르간용으로 편곡한 D단조 콘체르토 그로소로 할까? 그래, 그걸 맨 처음에 연주해야지. 그다음에는 슈만을 조금 쳐보는 게 어떨까? 〈카르나발〉? 그게 재미있겠군. 그리고 그다음에는 음, 기분 전환 삼아 리스트를 조금. 〈페트라르카 소네트〉 가운데 하나로. 2번 E장조로, 그게 가장 아름다우니까. 그러고 나서 다시 슈만, 명랑한 것으로 하나 더. 그럼 〈어린이의 정경〉으로. 그리고 마지막으로, 앙코르로 브람스의 왈

츠를 하나. 내키면 두 곡.

비발디, 슈만, 리스트, 슈만, 브람스. 아주 멋진 프로그램이었다. 악보 없이도 쉽게 연주할 수 있는 프로그램이기도 했다. 그녀는 피아노로 바짝 다가앉아 청중—벌써 그녀는 오늘이 청중이 보이는 운좋은 날이라는 것을 느낄 수 있었다—가운데 누군가가 마지막으로 기침을 하는 동안 잠깐 동작을 멈추었다. 이윽고 그녀는 어김없이 그 느릿느릿한 우아함을 드러내며 두 손을 건반 위로 올려 연주를 시작했다.

그 특별한 순간에 그녀는 고양이를 전혀 보지 않았다. 사실 고양이가 있다는 사실도 잊었다. 그러나 비발디의 첫 저음들이 방안에 부드럽게 울려퍼지는 순간 그녀의 눈꼬리 쪽에서 갑작스러운 동요가 느껴졌다. 오른쪽의 소파에서 뭔가가 번개같이 움직인 것이다. 그녀는 즉시 연주를 멈추었다.

"뭐야?"

그녀는 고양이를 바라보며 말을 이었다.

"무슨 일이야?"

몇 초 전만 해도 평화롭게 자고 있던 동물이 소파에서 몸을 곧추세우고 앉아 있었다. 몹시 긴장한 모습이었다. 몸 전체를 떨고 있었다. 귀를 바짝 세우고 눈은 크게 뜨고 피아노를 뚫어져라 바라보고 있었다.

"나 때문에 놀랐니?"

루이자는 다정하게 말하고 있었다.

"음악을 한 번도 들어본 일이 없는 게로구나."

아냐. 그녀는 생각했다. 그런 게 아닌 것 같아. 가만히 보니 고양이의 태도는 두려워하는 것이 아니었다. 움츠러들거나 뒷걸음치려는 기색은 없었다. 오히려 몸을 앞으로 기울이고 있었다. 고양이의 태도에는 어떤 간절함 같은 것이 있었다. 그리고 그 얼굴은, 그래, 얼굴에서는 야릇한 표정이 엿보였다. 놀라움과 충격이 뒤섞인 표정이었다. 물론 고양이의 얼굴은 작고 표정도 거의 없는 편이었다. 하지만 눈과 귀가 함께 움직이는 것을 가만히 살펴보면, 그리고 특히 귀밑 약간 옆쪽의 말랑말랑한 가죽을 보면, 이따금 아주 강력한 감정이 드러나는 것을 알 수 있었다. 루이자는 고양이의 얼굴을 주의깊게 들여다보고 있었다. 그녀는 어떤 일이 일어나는지 다시 보고 싶은 마음에 두 손을 건반으로 뻗어 비발디를 계속 연주하기 시작했다.

이번에는 고양이도 준비가 되어 있었기 때문에, 처음에는 몸만 약간 더 긴장할 뿐 다른 모습은 보이지 않았다. 그러나 음악이 부풀어오르면서 도입부의 첫 흥미진진한 리듬이 푸가로 속도를 내어 달려가자, 고양이의 얼굴에 환희라고 불러도 좋을 만한 야릇한 표정이 나타나기 시작했다. 그때까지 바짝 서 있던 귀가 차츰 뒤로 젖혀졌고, 눈꺼풀은 아래로 처졌으며, 머리는 한쪽으로 기울었다. 그 순간 루이자는 이 동물이 정말로 음악을 감상하고 있다고 맹세라도 할 수 있을 것 같았다.

루이자가 본 것(또는 보았다고 생각한 것)은 그녀가 음악을 아주 열심히 듣고 있는 사람의 얼굴에서 수도 없이 보았던 것이었다. 소리가 사람을 완전히 사로잡아 감싸안아버리면 그 사람의 얼굴에는 독특한 표정, 환희에 사로잡힌 강렬한 표정이 나타난다. 웃음처럼 쉽게 알아볼 수 있는 표정이다. 루이자가 보기에 지금 고양이는 거의 그와 똑같은 표정을 보여주고 있었다.

루이자는 푸가를 끝내고 시칠리아나를 치고 있었다. 연주를 하면서 계속 소파 위의 고양이를 지켜보고 있었다. 고양이가 음악을 듣고 있다는 최종적인 증거는 맨 마지막에 음악이 끝났을 때 찾아왔다. 고양이는 눈을 깜빡거리더니, 몸을 약간 떨고 다리를 뻗었다. 이어 편안한 자세로 바꾸고는 주위를 얼른 살펴보고 기대에 찬 표정으로 그녀를 보았다. 그것은 연주회 청중이 교향곡의 두 악장 사이의 휴지에 잠시 음악에서 풀려났을 때 보이는 반응과 똑같았다. 그 행동이 너무나 인간적이어서 그녀의 가슴속에서 묘한 흥분이 일었다.

"마음에 드니?"

루이자가 묻고 있었다.

"비발디가 좋아?"

말이 나오는 순간 그녀는 자신의 질문이 우스꽝스럽다는 생각이 들었다. 그러나 우스꽝스러움을 느끼는 것이 마땅한데도 그렇게 우스꽝스럽지만은 않다는 사실이 어쩐지 조금 불길했다.

자, 이제 프로그램의 다음 곡으로 바로 들어가는 수밖에 없었다. 〈카르나발〉이었다. 연주를 시작하자마자 고양이는 다시 몸을 굳히고 허리를 펴고 앉았다. 이윽고 고양이는 천천히, 행복한 표정으로 음악에 빠져들었다. 묘하게 녹아내리는 듯한 황홀경의 분위기였다. 익사하는 것 같기도 하고, 꿈을 꾸는 것 같기도 했다. 정말 엄청난 광경이었다. 동시에 아주 익살맞은 광경이기도 했다. 저 은빛 고양이가 소파에 앉아 저렇게 음악에 취해 있다니. 루이자는 생각했다. 더 흥미로운 것은 이 동물이 지금 이렇게 즐기고 있는 음악은 누가 보아도 너무 어렵고, 너무 고전적이어서, 세상의 인류 다수는 제대로 감상을 하지 못한다는 사실이었다.

어쩌면 이 고양이는 사실 음악을 즐기는 것이 아닐지도 몰라. 루이자는 생각했다. 일종의 최면반응 같은 것인지도 몰라. 뱀도 그런다잖아. 뱀을 음악으로 홀릴 수 있다면, 고양이라고 왜 못 그러겠어? 물론 수백만 마리의 고양이가 매일 라디오나 전축이나 피아노로 이런 걸 듣고 있는데도, 이런 식으로 행동하는 고양이가 있다는 이야기는 들어본 적이 없기는 하지만. 이 고양이는 음표 하나하나를 따라가는 것처럼 행동하고 있었다. 분명 기이한 일이었다.

하지만 멋진 일이라고 할 수 있지 않을까? 정말 멋진 일이었다. 그녀가 착각하는 것이 아니라면, 이건 일종의 기적이었다. 백년에 한 번 일어날까 말까 한 동물의 기적.

"네가 이게 아주 마음에 들었구나."

그녀는 슈만의 곡이 끝나자 말했다.

"오늘은 별로 잘 치지 못해서 미안하지만 말이야, 어느 게 더 좋았니? 비발디야, 슈만이야?"

고양이는 아무런 대답을 하지 않았다. 그래서 루이자는 청중의 관심을 잃을까 두려워, 바로 다음 프로그램으로 넘어갔다. 리스트의 〈페트라르카 소네트〉 2번이었다.

이번에는 특별한 일이 일어났다. 그녀가 서너 마디를 채 치지도 않아서 고양이의 수염이 눈에 띄게 꿈틀거리기 시작했다. 고양이는 천천히 몸을 한껏 일으키더니, 고개를 한쪽으로 기울였다가 이윽고 반대쪽으로 기울였다. 그러더니 미간을 찌푸리고 집중한 표정으로 허공을 물끄러미 바라보았다. 마치 이렇게 말하는 것 같았다. "이건 뭐지? 아, 말하지 마. 내가 아주 잘 아는 거야. 잠깐 이름이 기억나지 않을 뿐이야." 루이자는 고양이에게 매혹되었다. 그녀는 작은 입을 반쯤 열고 웃음을 띤 채 연주를 계속했다. 다음에는 무슨 일이 벌어질지 궁금했다.

고양이는 일어서서 소파 한쪽 끝으로 걸어가 다시 앉더니 조금 더 귀를 기울였다. 그러다 갑자기 바닥으로 뛰어내렸다가 피아노 의자로 펄쩍 뛰어올랐다. 고양이는 그녀 옆에 앉아 아름다운 소네트에 골똘히 귀를 기울였다. 이번에는 꿈을 꾸는 표정이 아니라 아주 꼿꼿한 자세였다. 크고 노란 눈은 루이자의 손가락에 고정되어 있었다.

"자!"

루이자는 마지막 화음을 짚으며 말했다.

"그래, 와서 내 옆에 앉았다 이거지? 여기가 소파보다 좋니? 그래, 여기 있게 해주마. 하지만 가만히 앉아 있어야 해, 뛰어다니지 말고."

그녀는 한 손을 내밀어 고양이의 등을 머리에서 꼬리까지 부드럽게 쓰다듬어주었다.

"방금 친 건 리스트였어."

그녀는 말을 이어갔다.

"리스트는 때때로 아주 끔찍할 정도로 천박하지만, 이런 곡에서는 또 매혹적이기 짝이 없지."

루이자는 동물이 보여주는 이 이상한 무언극이 즐거워지기 시작했다. 그래서 그녀는 바로 프로그램의 다음 곡으로 넘

어갔다. 슈만의 〈어린이의 정경〉이었다

연주를 한 지 1, 2분도 지나지 않아, 그녀는 고양이가 다시 감동을 받았다는 것을 알아챘다. 고양이는 이제 소파의 아까 그 자리로 돌아가 있었다. 루이자는 연주하는 자신의 손을 내려다보느라 고양이가 가는 것을 눈치채지 못했다. 그렇다 해도 정말 빠르고 소리 없는 동작이었다. 고양이는 여전히 그녀를 바라보고 있었다. 여전히 음악에 열심히 귀를 기울이는 것 같았다. 그러나 루이자가 보기에 이전 곡인 리스트를 들을 때만큼 환희에 차 열광하는 모습은 아니었다. 피아노 의자를 떠나 소파로 돌아갔다는 행동 자체가 가볍기는 하지만 분명한 실망의 표시라고 할 수 있었다.

"어떻게 된 거야?"

루이자는 연주가 끝나자 물었다.

"슈만이 뭐가 문제야? 리스트는 뭐가 또 그렇게 좋고?"

고양이는 노란 눈으로 그녀를 똑바로 마주보았다. 노란 눈 한가운데 작고 새까만 막대가 수직으로 서 있었다.

이거 정말 재미있어지네. 루이자는 속으로 중얼거렸다. 한편으로는 약간 무섭기도 했다. 그러나 고양이를 한번 돌아보자 곧 마음이 놓였다. 고양이는 아주 영리하고 주의 깊은 모습으로 소파에 앉아 있었기 때문이다. 다음 음악을 기다리는 자세가 분명했다.

"좋아."

루이자가 말했다.

"이제부터 내가 하려는 일을 말해주지. 너를 위해 내 프로그램을 바꾸겠어. 너 리스트를 무척 좋아하는 것 같더라. 내가 한 곡 더 쳐줄게."

그녀는 머뭇거리며, 기억 속에서 마음에 드는 리스트의 곡을 찾았다. 이윽고 그녀는 슬며시 〈크리스마스 트리〉의 열두 개 소곡 가운데 하나를 치기 시작했다. 그녀는 이제 고양이를 세심하게 지켜보고 있었다. 처음 눈에 띈 것은 수염이 다시 꿈틀거리기 시작한 모습이었다. 고양이는 양탄자로 뛰어내리더니, 잠시 가만히 서서 고개를 한쪽으로 기울이고 흥분으로 몸을 떨었다. 이어 천천히 비단을 펼치는 듯한 걸음으로 피아노 주위를 돌다가, 피아노 의자로 풀쩍 뛰어올라 그녀 곁에 앉았다.

그렇게 연주를 하고 있는데 에드워드가 정원에서 들어왔다.

"에드워드!"

루이자가 소리를 지르며 벌떡 일어섰다.

"어머, 에드워드, 여보! 내 말 좀 들어봐요! 무슨 일이 있었는지 좀 들어봐요!"

"또 뭐야?"

에드워드가 대꾸하고는 덧붙였다.

"차 좀 줘."

에드워드는 하관이 빨고 콧날이 예리한 사람이었다. 얼굴은 희끄무레한 자홍색이었다. 땀 때문에 얼굴은 오랫동안 비를 맞은 포도처럼 번쩍거렸다.

"고양이 말이에요!"

루이자는 소리치며, 피아노 의자에 조용히 앉아 있는 고양이를 가리켰다. 루이자가 말을 이었다.

"무슨 일이 있었는지 좀 들어보라니까요!"

"저건 경찰한테 갖다주라고 한 것 같은데."

"그런데 에드워드, 내 말 좀 들어봐요. 이 고양이는 정말, 정말 굉장해요. 음악을 아는 고양이라고요."

"그래?"

"이 고양이는 음악을 감상할 줄 알아요. 이해도 한다고요."

"말도 안 되는 소리 그만하고 이제 차 좀 마시자. 가시나무를 쳐내 모닥불을 피웠더니 몸이 후끈거려. 지치기도 했고."

그는 팔걸이의자에 앉더니, 옆의 상자에서 담배를 꺼냈다. 그는 상자 옆에 세워져 있던 큼지막한 특제 라이터로 불을 붙였다.

"당신이 잘 몰라서 그러는데, 당신이 없는 동안 우리집에서 아주 재미있는 일이 벌어졌단 말이에요. 그러니까……

어…… 아주 중대할 수도 있는 일이에요."

"아무렴, 당연히 그랬겠지."

"에드워드, 정말이라니까요!"

루이자는 피아노 옆에 서 있었다. 그녀의 얼굴은 평소보다 더 짙은 분홍빛이었다. 두 뺨에 주홍색이 번지기 시작했다.

"내 생각이 뭔지 알아요? 정말 듣고 싶은 거예요?"

"듣고 있잖아, 여보."

"내 생각에는 지금 이 순간 우리 앞에 있는 것이……"

그녀는 갑자기 자기 생각이 터무니없다고 느끼기라도 한 것처럼 말을 끊어버렸다.

"뭔데?"

"멍청하다고 생각할지 모르지만, 에드워드, 어쨌든 이건 내 솔직한 생각이에요."

"참 나, 우리 앞에 있는 게 뭔데?"

"바로 프란츠 리스트일지도 모른다는 거예요!"

그녀의 남편은 담배를 천천히 오랫동안 빨더니 연기를 천장으로 뿜어올렸다. 그의 뺨은 오랜 세월 통째로 틀니를 해온 사람답게 움푹 꺼져 있었다. 그가 담배를 빨 때마다 뺨은 더 움푹 들어갔고, 얼굴의 뼈는 해골처럼 불거졌다. 그가 말했다.

"무슨 말인지 모르겠군."

"에드워드, 내 말 좀 들어봐요. 오늘 오후에 내 눈으로 직접 본 건데, 이게 정말로 환생이라는 것 아닌가 하는 생각이 들더라니까요."

"이 더러운 고양이가 말이야?"

"그런 식으로 말하지 말아요, 여보, 제발."

"당신 어디 아픈 거 아냐, 루이자?"

"나는 멀쩡해요, 덕분에 말이에요. 좀 혼란스러울 뿐이에요. 솔직히 그래요. 하지만 그런 일이 있었는데 어떻게 혼란스럽지 않을 수가 있겠어요? 에드워드, 맹세하는데……"

"대체 무슨 일이 있었다는 건데?"

루이자는 이야기를 해주었다. 그녀가 이야기를 하는 동안 남편은 두 다리를 앞으로 쭉 뻗고 의자에 늘어진 채 담배를 피우며 천장으로 연기를 뿜어올리고 있었다. 입가에는 냉소가 흐릿하게 머물고 있었다.

"뭐 별로 특별할 것도 없네."

그는 이야기가 끝나자 그렇게 대꾸하고는 덧붙였다.

"그게 다, 묘기를 부리는 고양이가 나타났다는 뜻이지 뭐야. 이 고양이가 그런 재주를 배운 거야, 그뿐이야."

"멍청한 소리 마요, 에드워드. 내가 리스트를 칠 때마다 고양이는 흥분해서 달려오더니 내 옆에 올라와 앉았단 말이에요. 리스트를 칠 때만 그랬다고요. 고양이한테 리스트와 슈만의 차이를 가르쳐줄 수는 없는 거잖아요. 당신도 구별하지 못하잖아요. 하지만 이 고양이는 매번 그런다니까요. 리스트의 잘 알려지지 않은 곡인데도 말이에요."

"두 번 그랬지. 두 번 그랬을 뿐이잖아."

"두 번이면 충분해요."

"어디 또 그러나 보자구. 어서."

"싫어요. 절대 안 돼요. 만일 내가 생각하는 대로 이 고양이가 진짜로 리스트라면, 어쨌든 리스트의 영혼 같은 것이 세상으로 다시 돌아온 것이라면, 그런 말도 안 되는 품위 없는 실험을 자꾸 해보는 건 절대 옳은 행동도 아니고 예의바른 행동도 아니에요."

"이런 여편네하고는! 이건 고양이야. 오늘 아침에 정원에서 모닥불 옆에 있다가 털을 태워먹을 뻔한 멍청한 회색 고양이라구. 그건 그렇고, 당신이 환생에 대해서 뭘 안다고 그래?"

"리스트의 영혼이 저 고양이에게 있다면, 나한테는 그걸로 그만이에요."

루이자가 단호하게 말하고는 덧붙였다.

"중요한 건 그것뿐이라고요."

"그럼 어서 보자구. 고양이 솜씨를 보잔 말이야. 고양이가 자기 거하고 다른 사람 거를 구별하는 걸 좀 보자구."

"안 돼요, 에드워드. 이미 말했잖아요. 나는 더이상 그런 멍청한 어릿광대 짓거리 같은 실험은 하지 않을 거예요. 아까 이미 할 만큼 했어요. 대신 이렇게 할 거예요. 나는 그의 음악을 더 연주해줄 거예요."

"그럼 아주 많은 것이 증명되겠군."

"두고 봐요. 어쨌든 한 가지는 확실해요. 그가 그 음악을 듣는 즉시, 지금 앉아 있는 저 의자에서 꼼짝도 하지 않을 거라는 사실 말이에요."

루이자는 악보 서가로 가서 리스트의 악보를 꺼내 재빨리 넘겨보다가, 그의 피아노곡 가운데 하나를 골랐다. 〈소나타 B 단조〉였다. 그녀는 작품의 첫 부분만 연주할 생각이었으나, 고양이가 의자에 앉은 채 말 그대로 기쁨에 몸을 떨며 황홀경에 빠져 골똘히 그녀의 손가락을 지켜보자 차마 중단할 수가 없었다. 그녀는 소나타를 끝까지 다 쳤다. 루이자는 연주가 끝나자 남편을 보며 웃음을 지었다.

"봤죠? 당신도 그가 정말로 이 곡을 사랑하지 않는다고는 말 못할 거예요."

"그냥 그 소리를 좋아하는 거지 뭐. 그뿐이야."

"이 곡을 사랑하는 거라고요. 그렇죠?"

그녀는 고양이를 품에 안으며 말했다. 마지막 말은 고양이에게 한 것이었다. 그녀가 말을 이었다.

"아, 정말이지, 말만 할 수 있다면. 생각 좀 해봐요, 여보. 이 이는 젊은 시절에 베토벤을 만났어요! 슈베르트와 멘델스존과 슈만과 베를리오즈와 그리그와 들라크루아와 앵그르와 하이네와 발자크와 교분이 있었다고요. 그리고 어디 보자…… 어머나, 이이는 바그너의 장인이었어요! 나는 지금 바그너의 장인을 품에 안고 있는 거라고요!"

"루이자!"

그녀의 남편이 날카롭게 소리를 지르더니, 허리를 똑바로 펴고 앉으며 덧붙였다.

"정신 좀 차려."

그의 목소리에는 새로 날이 서 있었다. 목소리도 더 커졌다. 루이자는 흘끔 에드워드를 쳐다보았다.

"에드워드, 당신 질투하는 것 같은데요!"

"아, 그럼, 그럼, 질투하는 거지. 지저분한 회색 고양이를 질투하는 것이고말고!"

"그렇게 심술궂고 냉소적인 태도로 그러지 좀 말아요. 그런 식으로 나올 거라면 차라리 우리 둘이 평화롭게 함께 있도록 놔두고 가서 다시 정원 일이나 해요. 그게 우리 모두를 위해 최선이에요, 안 그래요?"

그녀의 마지막 말은 고양이에게 한 것이었다. 그녀는 고양이의 머리를 쓰다듬으며 말을 이었다.

"이따가 저녁에 함께 음악을 더 연주하도록 해요. 당신과 나 둘이서만. 당신 작품을 더 연주하도록 하죠. 그래요."

루이자는 고양이의 목에 여러 번 입을 맞추고 나더니 덧붙였다.

"그리고 쇼팽도 좀 치고요. 말하지 않아도 돼요. 당신이 쇼팽을 좋아한다는 건 다 아니까. 두 분은 절친한 친구였죠, 안 그래요? 사실, 내 기억이 옳다면, 당신이 당신의 평생의 연인, 마담 그 뭐라더라, 어쨌든 그 여자를 만난 것도 쇼팽의 아파트에서였잖아요. 그 여자에게서 사생아를 넷이나 낳았죠, 안 그래요? 그래요, 당신은 그랬어요, 이 못 말릴 사람. 부인하려 하지 말아요. 그러니 쇼팽도 좀 듣게 될 거예요."

루이자는 다시 고양이에게 입을 맞추더니 말을 이었다.

"그럼 온갖 아름다운 추억이 되살아나겠죠, 안 그래요?"

"루이자, 당장 그만하라니까!"

"아, 고리타분하게 좀 굴지 마요, 에드워드."

"당신은 지금 완전히 백치처럼 굴고 있어, 이 여편네야. 게다가 오늘 저녁에 우리가 외출한다는 것도 잊었구먼. 빌하고 베티를 만나 커내스터(두 벌의 패를 가지고 하는 카드놀이—옮긴이)를 하기로 했잖아."

"하지만 이젠 도저히 나갈 수 없게 되었어요. 절대로 못 나가요."

에드워드는 의자에서 천천히 일어나더니, 허리를 굽혀 담배를 재떨이에 힘차게 비벼 껐다.

"좀 물어보자."

그는 조용히 말하고 있었다.

"정말로 믿는 건 아니겠지? 당신이 하고 있는 그 실없는 소리를 말이야, 그렇지?"

"당연히 믿지요. 이제는 의문의 여지가 없다고 생각해요. 그뿐만 아니라 우리한테 엄청난 책임이 생겼다고 생각해요, 에드워드. 우리 둘 다에게 말이에요. 당신도 포함해서."

"내 생각을 말해줄까. 당신은 병원에 가야 할 것 같아. 그것도 염병할, 당장 말이야."

그는 몸을 홱 돌리더니 유리문을 지나 성큼성큼 정원으로 걸어나갔다.

루이자는 그가 잔디밭을 가로질러 모닥불과 가시나무로 향하는 모습을 지켜보았다. 그녀는 에드워드가 시야에서 사라지기를 기다렸다가 몸을 돌려 현관으로 달려갔다. 품에는 고양이를 안고 있었다.

그녀는 차를 몰고 시내로 향했다.

루이자는 도서관 앞에 차를 세웠다. 고양이는 차 안에 두고 문을 잠근 다음, 서둘러 계단을 올라 건물 안으로 들어갔다. 그녀는 곧장 참고문헌실로 향해 두 가지 주제에 대한 책의 카드를 찾기 시작했다—환생과 리스트.

그녀는 환생이라는 항목에서 『지상의 삶의 반복—어떻게 그리고 왜』라는 책을 찾았다. F. 밀튼 윌리스라는 사람이 쓴 책으로 1921년에 나온 것이었다. 리스트 항목에서는 전기 두 권을 찾았다. 그녀는 책 세 권을 모두 들고 차로 돌아가 집으로 향했다.

루이자는 집으로 돌아오자 고양이를 소파에 내려놓고, 책을 들고 고양이 옆에 앉았다. 진지하게 책을 읽을 준비가 된 것이다. 그녀는 F. 밀튼 윌리스의 책부터 읽어보기로 했다. 책은 얇았고 약간 더러웠다. 그러나 기분좋게 묵직한 느낌이었고, 저자의 이름에서는 권위가 느껴졌다.

그녀가 읽은 바에 따르면 환생의 교리에서 핵심은 영혼이 점점 높은 수준의 동물로 옮겨간다는 것이었다. "예를 들어 인간은 동물로 다시 태어날 수 없다. 어른이 다시 아이가 될 수 없는 것과 마찬가지다."

그녀는 이 부분을 다시 읽었다. 하지만 이 사람이 어떻게 알아? 무슨 근거로 이렇게 자신 있게 말하는 거야? 이런 문제에 대해서는 누구도 확신할 수 없는 거잖아. 그럼에도 그녀는 이 말 때문에 맥이 많이 빠졌다.

"우리 의식의 핵심 주위에는 밀도가 높은 겉몸 외에도 네 개의 다른 몸이 있다. 이 몸들은 육안으로는 보이지 않는다.

그러나 초자연적인 것에 대한 지각 능력이 발달한 사람의 눈에는 보인다……"

그녀는 이 말을 도무지 이해할 수가 없었다. 그러나 계속 읽어나갔다. 곧 그녀는 영혼이 지구를 벗어나 있다가 다시 누군가의 몸으로 돌아오는 데 보통 얼마나 걸리는지 설명하는 흥미로운 대목에 이르렀다. 시간은 사람의 종류에 따라 달랐는데, 윌리스는 다음과 같은 식으로 구분해놓았다.

주정뱅이와 실업자	40~50년
미숙련 노동자	60~100년
숙련 노동자	100~200년
부르주아지	200~300년
중간계급 상층	500년
최상층 농장 경영자	600~1,000년
도에 입문한 사람	1,500~2,000년

루이자는 리스트가 죽은 지 얼마나 되었는지 보려고 얼른 다른 책 가운데 하나를 펼쳐들었다. 책에는 리스트가 1886년에 바이로이트에서 죽었다고 나와 있었다. 그러면 67년 전이었다. 따라서 윌리스에 따르면, 리스트는 미숙련 노동자여야만 지금 환생을 할 수 있었다. 그건 전혀 말이 되지 않는 것

같았다. 그녀는 저자의 등급 구분 방식을 의심하기 시작했다. 그에 따르면, '최상층 농장 경영자'는 세상에서 가장 우수한 존재를 가리키는 말이었다. 빨간 재킷을 입고 술잔이나 기울이며, 염병할, 가학적으로 여우나 죽이는 것들이 무슨! 아니야. 이건 맞지 않아. 그녀는 생각했다. 윌리스에 대한 의심이 피어오르면서 마음이 한결 가뿐해졌다.

그녀는 책의 뒷부분에서 유명한 환생의 예 몇 가지를 만나게 되었다. 책에 따르면 에픽테토스는 랄프 왈도 에머슨이 되어 지상에 돌아왔다. 키케로는 글래드스턴, 앨프리드대왕은 빅토리아여왕, 정복왕 윌리엄은 키치너 경으로 돌아왔다. 기원전 272년 인도의 왕 아소카 바르다나는 미국의 존경받는 변호사 헨리 스틸 올콧 대령으로 돌아왔다. 피타고라스는 마담 블라바츠키, H. S. 올콧 대령과 함께 신지학회를 창립한 쿠트 후미로 돌아왔다. 이 책은 마담 블라바츠키가 누구의 환생인지는 말하지 않았다. 그러나 시어도어 루스벨트에 대해서는 이야기하고 있었다.

> 그는 여러 차례 환생을 했는데, 그때마다 인류의 지도자로서 중요한 역할을 했다…… 그로부터 고대 칼데아 왕가가 시작되었다. 그는 기원전 30000년경에 페르시아의 통치자(훗날 카이사르로 환생한다)에 의해 칼데아 총독으로 임명

되었다…… 카이사르와 루스벨트는 여러 차례에 걸쳐 함께 군사와 행정 지도자로 활약했다. 그들은 수천 년 전에는 부부였다……

루이자는 그만하면 됐다고 생각했다. F. 밀튼 윌리스는 추측을 하고 있는 것이 틀림없었다. 그녀는 그의 독단적인 주장에 별 감명을 받지 못했다. 이 사람은 제대로 방향을 잡기는 했으나 내용은 엉뚱했다. 무엇보다도 맨 앞의 동물에 관한 부분이 그랬다. 그녀는 인간이 하등 동물로 다시 태어날 수도 있다는 그녀만의 증거를 제시하여 신지학회를 발칵 뒤집어 버리는 꿈을 꾸었다. 이것은 동시에 미숙련 노동자라야만 백 년 안에 돌아올 수 있는 것은 아니라는 증거도 될 수 있었다.

루이자는 리스트의 전기 한 권을 집어들었다. 설렁설렁 읽어나가는데 남편이 다시 정원에서 돌아왔다.

"뭐하고 있어?"

"아, 몇 가지 확인 좀 하느라고요. 여보, 시어도어 루스벨트가 예전에 카이사르의 부인이었다는 거 알아요?"

"이것 봐, 그 말도 안 되는 짓 좀 그만하라구. 나는 당신이 이런 식으로 바보짓 하는 게 싫어. 그 염병할 고양이 이리 내. 내가 직접 경찰서에 갖다줄 테니까."

루이자는 그의 말을 듣지 못한 것 같았다. 그녀는 무릎에 놓인 책에 실린 리스트의 초상화를 들여다보며 입을 떡 벌리고 있었다.

"이럴 수가!"

그녀는 소리를 지르더니 덧붙였다.

"에드워드, 이것 좀 봐요!"

"뭔데?"

"봐요! 이 얼굴의 사마귀들! 이걸 까맣게 잊고 있었네! 리스트의 얼굴에는 이런 커다란 사마귀가 있었어요. 유명했죠. 심지어 제자들이 리스트와 똑같은 곳에 수염을 몇 가닥씩 기르기도 했대요. 리스트처럼 보이려고요."

"그게 무슨 상관인데?"

"아무것도 아니에요. 제자들 이야기가 아무것도 아니라는 거예요. 하지만 사마귀는 상관이 있어요."

"오, 맙소사. 오, 하느님 맙소사."

"고양이한테도 사마귀가 있단 말이에요! 봐요, 내가 보여줄게요."

루이자는 고양이를 무릎으로 들어올리더니 얼굴을 살피기 시작했다.

"여기! 여기 하나 있잖아요! 그리고 여기 또하나! 잠깐만! 위치도 똑같은 것 같아요! 그림이 어디 갔지?"

그것은 노년의 음악가를 그린 유명한 초상화였다. 섬세하면서도 강인한 얼굴을 둘러싼 긴 잿빛 머리는 귀를 덮고 목까지 찰랑거렸다. 초상화는 커다란 사마귀까지 하나하나 재현해놓았다. 모두 다섯 개였다.

"자요, 그림을 보면 오른쪽 눈썹 위에 하나가 있잖아요."

그녀는 고양이의 오른쪽 눈썹 위를 살피더니 말을 이었다.

"그래! 있어! 똑같은 위치야! 왼쪽에, 코 위에 또하나가 있고. 그것도 여기 있잖아! 그리고 하나는 그 바로 밑에, 뺨에 있고. 두 개는 턱 아래 오른쪽에 바짝 붙어 있고. 에드워드! 에드워드! 와서 이것 좀 봐요! 아주 똑같아요."

"그렇다고 해서 증명되는 건 아무것도 없어."

그녀는 녹색 스웨터에 카키색 바지 차림으로 방 한가운데서 있는 남편을 쳐다보았다. 남편은 여전히 땀을 뻘뻘 흘리고 있었다.

"당신 무서운 거죠, 그렇죠, 에드워드? 당신이 소중하게 여기는 위엄을 잃어버릴까봐, 사람들이 잠깐이라도 당신을 바보로 여길까봐 두려운 거야."

"나는 이런 걸 가지고 히스테리를 부리고 싶지 않을 뿐이야."

루이자는 다시 책으로 고개를 돌리더니 더 읽어나갔다.

"이거 재미있네. 여기 보니까 리스트는 쇼팽의 작품을 다 좋아했는데, 하나만 예외였대요. 〈스케르초 비 플랫 단조〉.

이건 싫어했던 모양이에요. 리스트는 이걸 '가정교사 스케르초'라고 부르면서, 가정교사들 앞에서만 쳐야 한다고 했대요."

"그래서?"

"에드워드, 잘 들어요. 당신이 이 일을 가지고 계속 그렇게 지긋지긋하게 구니까 이렇게 하도록 하겠어요. 내가 지금 당장 스케르초를 칠 테니까, 당신은 거기 그대로 서서 무슨 일이 일어나나 지켜보도록 해요."

"그런 뒤에 저녁을 하사해주시겠나이까?"

루이자는 일어서서 책꽂이에서 쇼팽의 작품이 모두 들어 있는 커다란 녹색 악보집을 꺼냈다.

"여기 있군. 아, 그래, 기억나. 사실 약간 끔찍한 곡이기는 해. 자, 들어봐요. 아니, 지켜봐요. 저이가 어떻게 하는지 보라고요."

루이자는 피아노에 악보를 놓고 자리에 앉았다. 남편은 그대로 서 있었다. 두 손은 호주머니에 넣고 입에는 담배를 물고 있었다. 그는 자기도 모르게 고양이를 지켜보고 있었다. 고양이는 소파에서 졸고 있었다.

루이자가 연주를 시작하자, 정말 극적인 효과가 나타났다. 고양이는 바늘에 찔린 듯이 벌떡 일어나더니, 귀를 쫑긋 세우고 온몸을 바르르 떨며 적어도 1분간은 꼼짝도 안 하고 서 있었다. 이윽고 고양이는 불안한지 소파를 따라 왔다갔다하기 시작했다. 마침내 고양이는 바닥으로 뛰어내리더니, 코와 꼬리를 공중에 바짝 쳐들고 당당한 걸음으로 느릿느릿 방에서 나갔다.

"봐요!"

루이자가 소리치더니 벌떡 일어나 고양이를 쫓아 달려갔다. 그녀가 말을 이었다.

"봤죠! 진짜로 증명이 됐잖아요!"

그녀는 고양이를 들고 돌아와 소파에 다시 내려놓았다. 얼굴 전체가 흥분으로 빛나고 있었다. 주먹은 꽉 움켜쥔 나머지 새하얘 보였다. 정수리 위로 타래지게 묶어놓았던 머리가 풀어지면서 한쪽으로 흘러내렸다.

"어때요, 에드워드? 어떻게 생각해요?"

그녀는 말하면서 신경질적으로 웃음을 터뜨렸다.

"아주 재미있군."

"재미있다고요! 여보, 에드워드, 이건 세상에서 가장 놀라운 일이에요! 오, 세상에 이런 일이!"

그녀는 다시 고양이를 들어 가슴에 안으며 말을 이었다.

"우리집에 프란츠 리스트가 머물고 있다니 놀랍지 않아요?"

"자, 루이자. 너무 흥분하지는 말자구."

"나도 어쩔 수 없어요, 정말 어쩔 수 없다니까요. 저이가 언제까지나 우리와 함께 산다고 상상을 해봐요!"

"뭐라고?"

"오, 에드워드! 떨려서 말이 잘 안 나오네요. 내가 이제 어떻게 할 건지 알아요? 온 세상의 모든 음악가가 저이를 만나고 싶어할 거예요. 틀림없어요. 저이가 아는 사람들에 대해 묻고 싶어할 거라고요. 베토벤에 대해서, 쇼팽에 대해서, 슈베르트에 대해서……"

"저 고양이는 말을 못하잖아."

"어, 그건 그래요. 그렇다 해도 모두들 저이를 만나고 싶어할 거예요. 그냥 보고, 만지고, 자기네 음악을 들려주고 싶어서요. 저이가 한 번도 들어보지 못한 현대음악을 들려주고 싶어서요."

"리스트가 그렇게 위대하진 않았어. 바흐나 베토벤이라면 또 몰라도……"

"말 자르지 말아요, 에드워드, 제발 좀. 그래서 나는 지금 세상에 살아 있는 모든 중요한 작곡가들한테 알릴 생각이에요. 그건 내 의무예요. 나는 그 사람들한테 리스트가 여기 있다는 것을 알리고, 그를 만나러 오라고 초대를 할 거예요. 그럼 어떻게 되겠어요? 세상 구석구석에서 사람들이 비행기를 타고 날아올 거라고요!"

"회색 고양이를 보러?"

"여보, 저 고양이가 리스트라고요. 아무도 리스트의 겉모습에는 관심이 없어요. 오, 에드워드, 이건 세상에서 가장 흥미진진한 일이 될 거라고요."

"당신이 미쳤다고들 생각하겠지."

"두고 봐요."

루이자는 고양이를 품에 안고 부드럽게 쓰다듬으며 남편을 바라보았다. 남편은 유리문으로 가서 정원을 내다보고 있었다. 저녁이 다가오고 있었다. 녹색 잔디밭은 천천히 검은색으로 변하고 있었다. 멀리 그가 피워놓은 모닥불에서 연기가 하얀 기둥을 이루며 수직으로 솟아오르는 모습이 보였다.

"안 돼."

에드워드는 고개를 돌리지 않고 말하고 있었다.

"그럴 수는 없어. 이 집에서는 안 돼. 우리 둘 다 완전히 바보 취급을 당할 거야."

"에드워드, 무슨 뜻이죠?"

"말한 대로지 뭐. 당신이 이런 말도 안 되는 소리를 동네방네 떠벌리는 데 절대 반대한다는 거야. 당신은 재주를 부리는 고양이를 한 마리 발견했어. 그래, 그건 좋아. 원한다면 그 고양이 길러. 그건 괜찮아. 하지만 그 이상 나가는 건 바라지 않아. 내 말 알아듣겠지, 루이자?"

"뭐 이상 나가지 말라는 거예요?"

"이런 말도 안 되는 소리는 더이상 듣고 싶지 않다는 거야. 당신은 지금 미치광이처럼 행동하고 있다고."

루이자는 고양이를 천천히 소파에 내려놓았다. 이어 작은 키를 천천히 최대로 늘인 다음 앞으로 한 걸음 내디뎠다.

"에드워드, 이 빌어먹을 인간!"

루이자는 소리를 지르며 발을 쾅 굴렀다. 그녀가 덧붙였다.

"생전 처음으로 일다운 일이 생겼는데 누가 당신을 비웃을까봐 무서워서 손을 떼려고 해! 그거지, 그렇지? 당신도 부정 못하지, 그렇지?"

"루이자."

그녀의 남편이 말을 이어갔다.

"그만하면 됐어. 이제 정신 차려. 그만둬."

에드워드는 탁자로 걸어가 상자에서 담배를 집어들더니 거대한 특제 라이터로 불을 붙였다. 루이자는 그를 지켜보고 서 있었다. 두 눈구석에서 눈물이 흘러내리더니, 뺨에 바른 분을 가르며 반짝거리는 두 줄기 강물을 만들기 시작했다.

"우린 요즘 이런 소동을 너무 자주 겪었어, 루이자."

남편은 말하고 있었다.

"아니, 아니, 끼어들지 말고, 내 말 좀 들어. 나도 지금이 당신 인생에서 무척 힘든 때라는 걸 충분히 헤아리고 있어. 그래서……"

"오, 맙소사! 이런 멍청이! 이런 거만한 멍청이! 이건 다르다는 걸 몰라? 이건, 이건 기적 같은 일이라는 걸 몰라? 그걸 몰라?"

순간 에드워드가 방을 가로질러 다가오더니 그녀의 두 어깨를 꽉 잡았다. 입에는 새로 불을 붙인 담배가 물려 있었다. 비 오듯 쏟아지던 땀이 마르면서 피부 여기저기에 희미한 자국을 남겼다.

"여보. 나 배고파. 나는 골프도 포기하고 하루종일 정원에서 일을 했어. 그래서 지금 기운도 없고 배도 고파서 뭣 좀 먹어야겠어. 당신도 먹어야지. 어서 부엌으로 가서 먹을 걸 좀 차려줘."

루이자는 한 걸음 뒤로 물러서더니 두 손으로 입을 가렸다.

"맙소사!"

그녀는 소리를 질렀다.

"까맣게 잊고 있었네. 얼마나 배가 고플까. 우유 좀 준 것 말고는 여기 온 뒤로 먹을 걸 하나도 안 줬는데."

"누구 얘기야?"

"물론 저이죠. 당장 특별한 걸 준비해야겠네. 저이가 좋아하던 요리가 뭔지 알면 좋을 텐데. 저이가 뭘 제일 좋아할 것 같아요, 에드워드?"

"제기랄, 루이자!"

"에드워드, 제발 좀. 이번 한 번만 내 식대로 하게 해줘요. 당신은 여기 있어요."

그녀는 허리를 굽혀 고양이를 부드럽게 쓰다듬으며 덧붙였다.

"금방 올게요."

루이자는 부엌으로 가서 잠시 우두커니 서 있었다. 어떤 특별 요리를 준비한담? 수플레는 어떨까? 맛있는 치즈 수플레. 그래, 그거면 특별하다 할 수 있지. 물론 에드워드는 별로 좋아하지 않지만, 어쩔 수 없어.

루이자의 요리 솜씨는 그저 그런 수준이었다. 수플레라면 늘 괜찮게 만들어낼 수 있다고 자신할 수 있는 수준도 안 되었다. 그러나 이번에는 특별히 신경을 써서 오븐이 정확한 온도로 달구어질 때까지 오랫동안 기다렸다. 그녀는 수플레가 구워지는 동안 함께 내놓을 만한 것을 찾아보았다. 순간 리스트가 평생 아보카도나 자몽은 맛보지 못했을 거라는 생각이 떠올랐다. 그래서 그녀는 그 두 가지를 샐러드로 동시에 내놓기로 결정했다. 그의 반응을 보는 것도 재미있을 것 같았다. 정말 재미있을 것 같았다.

준비가 끝나자 그녀는 쟁반을 들고 거실로 들어갔다. 그녀가 들어가는 것과 때를 맞추어 남편도 유리문을 통해 정원에서 들어오고 있었다.

"그이 저녁이 준비됐어요."

그녀는 쟁반을 탁자에 내려놓으며 소파를 돌아보았다. 그녀가 말을 이었다.

"그이 어디 있죠?"

남편은 정원으로 통하는 문을 닫고 방을 가로질러 걸어와 담배를 빼물었다.

"에드워드, 그이 어디 있느냐고요!"

"누구?"

"누군지 알잖아요."

"아, 그래. 그래, 맞아. 어, 내 이야기 좀 들어봐."

그는 담배에 불을 붙이기 위해 몸을 앞으로 기울였다. 그의 두 손이 커다란 특제 라이터를 감싸고 있었다. 그가 고개를 들었을 때 루이자는 그의 신발과 카키색 바짓단을 보고 있었다. 긴 풀을 헤치고 걸었기 때문에 둘 다 축축했다.

"모닥불이 잘 타는지 보고 왔어."

에드워드가 말했다. 루이자의 눈은 천천히 위로 올라가다가 그의 손에서 멎었다.

"지금도 잘 타고 있더군."

남편은 계속 말하고 있었다.

"밤새도록 계속 탈 것 같아."

루이자가 뚫어져라 바라보는 바람에 괜히 불편했다.

"왜 그래?"

에드워드가 라이터를 내리며 물었다. 그는 아래를 내려다보다가 길고 가느다랗게 할퀸 자국이 나 있는 것을 처음으로 발견했다. 자국은 한쪽 손등을 손가락 관절에서 손목까지 대각선으로 선명하게 가로지르고 있었다.

"에드워드!"

"그래. 알아. 가시나무들이 여간해야 말이지. 사람을 갈가리 찢어놓겠더라니까. 잠깐, 루이자. 왜 이러는 거야?"

"에드워드!"

"아, 이 여편네가 왜 이래. 앉아서 좀 진정하라구. 흥분할 거 하나도 없어, 루이자! 루이자, 앉으라니까!"

피부

S k i n

그해 1946년 겨울은 아주 길었다. 4월이 되어도 도시의 가로를 따라 차가운 바람이 불어왔으며, 머리 위로는 눈을 실은 구름이 하늘을 가로질렀다.

드리올리라는 이름의 노인은 괴로운 듯 발을 질질 끌며 리볼리 거리의 보도를 걸었다. 춥고 곤궁한 모습이었다. 더럽고 검은 외투에 덮인 등은 고슴도치처럼 웅크리고 있었다. 치켜세운 목깃 위로 눈과 머리 윗부분만 드러났다.

카페의 문이 열리고 닭 굽는 냄새가 희미하게 풍겨오자 명치께에서 고통과 다를 바 없는 갈망이 꿈틀거렸다. 그는 계속 걸었다. 관심도 없으면서 진열장 안의 물건들—향수, 실크 넥타이와 셔츠, 다이아몬드, 도자기, 골동품 가구, 멋지게 장정한 책—을 흘끔거리고 있었다. 이윽고 화랑이 나타났다.

그는 화랑을 좋아했다. 이 화랑은 진열장에 단 한 점의 유화만 전시해놓고 있었다. 노인은 걸음을 멈추고 잠시 그림을 보다가 몸을 돌려 다시 발을 떼어놓으려 했다. 순간 노인은 멈칫하더니, 다시 뒤를 돌아보았다. 뭔가가 석연치 않았다. 기억의 움직임 때문이었다. 먼 과거의 언젠가, 어디선가 보았던 것에 대한 기억. 노인은 다시 그림을 보았다. 풍경화였다. 밀집한 나무들이 엄청난 바람을 맞은 듯 한쪽으로 확 기울어 있었다. 하늘은 사방에서 소용돌이를 치며 비비 꼬이고 있었다. 액자에는 작은 명판이 붙어 있고 거기에는 이렇게 적혀 있었다. '샤임 수틴(1894~1943).'

드리올리는 물끄러미 그림을 바라보았다. 왠지 그림이 낯익었다. 미친놈이 그린 것 같군. 드리올리는 생각했다. 아주 괴상망측한 그림이야, 하지만 마음에 들어…… 샤임 수틴이라…… 수틴……

"이런!"

갑자기 그는 소리를 질렀다.

"꼬맹이 칼무크인(중국 서부 신장 웨이우얼 자치구와 러시아 볼가강 유역에 사는 서몽골족—옮긴이), 바로 그 녀석이로군! 꼬맹이 칼무크인의 그림이 파리의 가장 좋은 가게에 걸려 있다니! 어떻게 이런 일이!"

노인은 얼굴을 진열장에 바짝 들이댔다. 그 청년이 기억났다. 그래, 그 아이를 아주 분명하게 기억할 수 있어. 하지만 언제더라? 언제였더라? 쉽게 떠오르지 않았다. 아주 오래전 일이었다. 얼마나 오래되었더라? 20년? 아니, 30년일 거야. 가만. 그래, 전쟁 전해였지. 첫번째 전쟁. 그러니까 1913년. 맞아. 이 수틴, 그 못생긴 꼬맹이 칼무크인. 그림 그리는 재주가 있다는 것 말고는 도무지 이유가 없는 것 같은데도 내가 좋아했던, 아니, 거의 사랑했던 그 뚱하고 우울한 녀석.

그리고 그 아이의 그림 실력! 이제 좀더 분명하게 되살아났다. 거리, 거리를 따라 줄지어 있는 쓰레기통, 썩는 냄새, 쓰레기 위를 살며시 걸어다니는 갈색 고양이. 그리고 여자, 문간에 앉아 거리에 깔아놓은 자갈 위에 발을 얹고 있던 눈물 많고 뚱뚱한 여자들. 어느 거리더라? 그 아이가 살았던 곳이?

시테 팔기에르, 그래, 거기야! 노인은 고개를 몇 번 끄덕거렸다. 이름이 기억나자 기분이 좋았다. 그리고 의자가 달랑 하나뿐인 화실. 그 아이가 쓰러져 자던 더러운 빨간 소파. 술로 흥청대던 파티, 싸구려 백포도주, 격한 말다툼, 제 그림을 바라보던 아이의 늘, 늘 슬프고 침울한 얼굴.

이상한 일이야. 드리올리는 생각했다. 지금도 이렇게 금방 기억이 나다니. 사소한 사실 하나가 떠오르면서 바로 다른 사실들을 데려오는 것 같았다.

예를 들어 문신을 둘러싼 우스꽝스러운 일이 있었다. 그래, 그건 정말 미친 짓이었어. 어떻게 시작되었더라? 아, 그래. 내가 어느 날 돈을 잔뜩 벌었지, 그거였어. 그래서 포도주를 왕창 샀지. 이제 그의 눈에는 겨드랑이에 술병이 여러 개 든 봉투를 끼고 화실로 들어가는 자신의 모습이 보였다. 청년은 이젤 앞에 앉아 있었고, 드리올리의 아내는 방 한가운데서 포즈를 취하고 있었다.

그가 말했다.

"오늘밤에는 축하를 하자구. 축하를 하는 거야, 우리 셋이서."

"뭘 축하하죠?"

청년은 고개도 들지 않고 묻더니 말을 이었다.

"부인을 나한테 넘겨주기로 결정이라도 했나요?"

"아니. 오늘 내가 큰돈을 번 것을 축하하자는 거지."

"나는 한 푼도 못 벌었는데요. 그것도 축하하면 되겠네요."

"그것도 좋지."

드리올리는 탁자 옆에 서서 봉투를 풀었다. 피곤했기 때문에 어서 포도주를 마시고 싶었다. 하루에 손님 아홉 명이면 굉장한 것이었다. 그러나 눈은 지독하게 혹사를 해야 했다. 하루에 아홉 명씩에게나 문신을 해본 적은 없었다. 술 취한 병사 아홉 명. 그래도 좋았던 것은 그들 가운데 무려 일곱 명이 현금을 내고 갔다는 사실이었다. 덕분에 그는 큰돈을 벌었다. 그러나 눈은 심하게 시달렸다. 드리올리의 눈은 피로 때문에 반쯤 감기고, 흰자위에는 빨간 줄들이 그어져 있었다. 두 눈알 뒤편으로 2, 3센터미터 정도 되는 곳에는 심하지는 않지만 통증이 점처럼 박혀 있었다. 하지만 이제 저녁이었고 그는 돼지처럼 부유했다. 봉투에는 병이 세 개 들어 있었다. 한 병은 아내의 것, 한 병은 친구의 것, 한 병은 자기 것이었다. 그는 병따개를 찾아와 코르크 마개를 뽑았다. 코르크가 빠질 때마다 퐁 하고 소리가 났다.

청년은 붓을 내려놓았다.

"오, 젠장! 이 판에 어떻게 일을 하겠어?"

아내가 방을 가로질러오더니 그림을 보았다. 드리올리도 다가왔다. 한 손은 병을 잡고 다른 손은 잔을 쥐고 있었다.

"안 돼!"

청년이 갑자기 발끈하며 소리치더니 덧붙였다.

"제발, 안 돼!"

청년은 캔버스를 이젤에서 낚아채 벽에 돌려 세워놓았다. 그러나 드리올리는 이미 보았다.

"마음에 드는데."

"형편없어요."

"훌륭해. 자네가 그린 다른 모든 작품들과 마찬가지로 훌륭해. 나는 모두 마음에 들어."

청년이 얼굴을 찌푸리며 대꾸했다.

"문제는 저것으로는 피나 살이 되지 않는다는 거예요. 먹을 수가 없잖아요."

"그래도 훌륭해."

드리올리는 엷은 노란색 포도주가 가득한 잔을 건네며 말을 이었다.

"마셔. 마시면 행복해질 거야."

이 아이보다 더 불행한 사람, 더 우울해 보이는 얼굴은 본 적이 없어. 그는 생각했다. 그는 한 일곱 달 전 어느 카페에서 청년을 처음 보았다. 청년은 혼자 술을 마시고 있었다. 청년이 꼭 러시아인, 아니면 아시아 출신처럼 보였기 때문에 드리올리는 청년의 탁자에 앉으며 말을 걸었다.

"러시아 사람인가?"

"네."

"러시아 어디?"

"민스크요."

드리올리는 벌떡 일어나 그를 끌어안으며, 자기도 그 도시 출신이라고 소리쳤다.

"사실 민스크는 아니고, 거기서 아주 가까운 곳입니다."

청년이 말했다.

"어디인데?"

"스밀로비치요. 민스크에서 한 이십 킬로미터 떨어진 곳이죠."

"스밀로비치!"

드리올리는 소리를 지르며 그를 다시 끌어안았다. 드리올리가 말을 이었다.

"어렸을 때 거기까지 몇 번 걸어갔다 왔지."

드리올리는 다시 자리에 앉아 다정한 눈으로 청년의 얼굴을 바라보았다. 이윽고 드리올리가 입을 뗐다.

"그런데 말이야, 자네는 서부 러시아 사람처럼 보이지는 않는군. 타타르 사람 같아. 아니면 칼무크나. 그래, 자네는 꼭 칼무크 사람 같아 보여."

드리올리는 화실에 서서 포도주 잔을 단숨에 목안으로 털어넣는 청년을 다시 한번 바라보았다. 그래, 정말로 칼무크인 얼굴이야. 넓은 얼굴에 높은 광대뼈, 넓적하고 뭉툭한 코. 귀가 뾰족 튀어나왔기 때문에 넓은 얼굴이 더욱 강조되어 보였다. 눈은 가늘고, 머리는 검고, 입술은 두툼하니 침울해 보이는 것이 영락없는 칼무크인이었다. 그러나 손, 손은 언제 보아도 놀라웠다. 마치 귀부인의 손처럼 작고 하얀데다가 손가락도 아주 가늘었다.

"더 주세요. 이왕 축하를 하려면 제대로 해야죠."

청년이 말했다.

드리올리는 포도주를 따르고 나서 의자에 앉았다. 청년은 낡은 소파에 드리올리의 아내와 함께 앉았다. 세 개의 포도주 병은 그들 사이의 바닥에 있었다.

드리올리가 말했다.

"오늘밤에는 양껏 마셔보자구. 내가 특별히 돈을 많이 벌었으니까. 지금 나가서 더 사다놓는 게 좋을 것 같군. 몇 병이나 더 살까?"

"여섯 병요. 한 사람당 두 병씩."

청년이 대답했다.

"좋아. 지금 나가서 사오지."

"함께 가죠."

두 사람은 가장 가까운 카페에 가서 백포도주를 여섯 병 샀다. 화실로 돌아온 두 사람은 술병을 바닥에 두 줄로 늘어놓았다. 드리올리가 병따개를 가져와 코르크 마개를 땄다. 여섯 병 다 따놓았다. 그들은 다시 앉아 술을 마시기 시작했다.

"큰 부자나 이런 식으로 축하를 할 수 있을 거야."

드리올리가 말했다.

"맞아요. 그렇지 않아요, 조시?"

청년이 말했다.

"그럼."

"기분이 어때요, 조시?"

"좋아."

"드리올리와 헤어지고 나랑 결혼할래요?"

"싫어."

"아름다운 포도주야. 이런 걸 마시는 것은 특권이야."

드리올리가 말했다.

그들은 천천히, 차근차근 취해갔다. 일상적인 과정이었지만, 동시에 어떤 의식을 거행하는 것이기도 했다. 진지함을 유지해야 했다. 수많은 이야기를 하고 또 해야 했다. 포도주도 찬양해야 했다. 느린 속도도 중요했다. 그래야 이행의 달콤한 세 단계를 충분히 맛볼 수 있었기 때문이다. 드리올리에게는 특히 몸이 둥둥 뜨면서 두 발이 자신의 몸에서 사라지기 시작하는 단계가 중요했다. 이 단계가 최고였다. 밑의 두 발을 내려다보면 너무 멀리 있어, 도대체 저 두 발이 어떤 미친놈 것인가, 왜 저렇게 멀리, 저런 식으로 바닥에 내다버렸을까 궁금하곤 했다.

한참 후 그는 일어서서 불을 켰다. 그는 두 발이 자신을 따라온 것을 보고 깜짝 놀랐다. 바닥을 딛는 감각도 없었기 때문이다. 마치 허공을 걷는 것 같은 기분좋은 느낌이었다. 이윽고 그는 방안을 돌아다니며, 벽에 몇 겹으로 기대놓은 그림들을 슬쩍슬쩍 살펴보곤 했다.

마침내 드리올리가 입을 열었다.

"이봐, 나한테 좋은 생각이 있어."

그는 방을 가로질러 소파 앞에 와서 섰다. 몸이 천천히 흔들리고 있었다. 드리올리가 말을 이었다.

"이봐, 꼬맹이 칼무크인."

"뭔데요?"

"아주 좋은 생각이 있어. 듣고 있나?"

"조시 얘기를 듣고 있는데요."

"내 얘기도 좀 들어줘. 자네는 내 친구야. 민스크 출신의 못생긴 꼬맹이 칼무크인이지. 내가 보기에 자네는 위대한 화가야. 해서 나는 자네 그림을 가지고 싶네. 예쁜 그림을……"

"다 가져요. 보이는 대로 다 가져가세요. 하지만 아저씨 부인하고 얘기할 때는 방해하지 마세요."

"아냐, 아냐. 자, 내 얘길 들어봐. 나는 늘 갖고 다닐 수 있는 그림을 얘기하는 거야…… 영원히…… 어디를 가나…… 무슨 일이 있더라도…… 늘 나와 함께 있는…… 자네가 그린 그림."

드리올리는 손을 뻗어 청년의 무릎을 흔들며 덧붙였다.

"자, 내 말 좀 들어줘."

"저이 얘기 좀 들어줘."

젊은 여자가 거들었다.

"이렇게 하자는 거야. 내 피부에, 내 등에 그림을 그려. 그러고 나서 자네가 그린 것 위에 문신을 새겨주면 돼. 그럼 늘 그 자리에 있을 거 아냐."

"말도 안 되는 얘기네요."

"문신 새기는 법은 내가 가르쳐줄게. 쉬워. 애들도 할 수 있어."

"난 애가 아니에요."

"꼭 좀 해줘……"

"완전히 미쳤군요. 대체 원하는 게 뭐예요?"

화가는 포도주 때문에 번들번들해진 상대의 눈을 바라보았다. 검은 눈동자가 느리게 움직이고 있었다. 청년이 말을 이었다.

"도대체 뭘 원하는 거냐고요!"

"쉽게 할 수 있어! 할 수 있어! 할 수 있다니까!"

"그러니까 문신을 하자는 거예요?"

"그래, 문신을 하자는 거야! 이 분이면 배울 수 있어!"

"말도 안 돼요!"

"내가 지금 헛소리를 하고 있다는 건가?"

청년은 그렇다고 말할 수가 없었다. 드리올리는 문신이라면 첫손 꼽히는 사람이었기 때문이다. 바로 지난달에만 해도, 어떤 남자의 배 전체에 온통 꽃으로만 이루어진 놀랍고 섬세한 무늬를 새겨놓지 않았던가. 가슴에 털이 잔뜩 난 사람은 어떻고? 그 사람한테는 회색곰을 멋지게 새겨놓아서, 가슴의 털이 꼭 곰의 가죽처럼 보이지 않았던가. 남자 팔에 여자 모습을 문신할 때는 정확한 위치에 실제와 꼭 닮게 새겨, 팔의 근육이 움직일 때마다 여자가 살아나서 놀라운 곡예를 부리는 것처럼 보이지 않았던가.

청년이 말했다.

"내 말은 아저씨가 지금 취했고, 지금 말한 건 취해서 나온 이야기라는 거죠."

"조시를 모델로 쓸 수도 있겠군. 내 등에 조시를 그려줘. 명색이 남편인데 등에 아내 모습을 새길 자격은 있는 것 아닌가?"

"조시를요?"

"그래."

드리올리는 아내 이야기만 나오면 청년의 두툼한 갈색 입술이 느슨하게 풀리면서 떨리기 시작한다는 것을 알았다.

"싫어요."

젊은 여자가 말했다.

"조시, 제발. 이 병을 들고 마저 마셔. 그럼 마음이 좀 너그러워질 거야. 이건 아주 멋진 생각이야. 내 평생 이런 멋진 생각은 해본 적이 없다구."

"무슨 생각요?"

"저 친구가 내 등에 당신 그림을 그리는 것 말이야. 내가 그럴 자격이 없나?"

"내 그림을?"

"누드로 하죠. 괜찮은 생각 같네요."

청년이 끼어들었다.

"누드는 싫어."

젊은 여자가 말했다.

"굉장히 좋은 생각이야."

드리올리가 말했다.

"정말 말도 안 되는 생각이에요."

젊은 여자가 말했다.

"어쨌든 생각은 생각이네요. 축하를 할 만한 생각입니다."

그들은 한 병을 더 나누어 마셨다. 이윽고 청년이 말했다.

"안 되겠어요. 문신은 못할 것 같아요. 대신 등에 그림은 그리겠어요. 목욕을 해서 씻어내지만 않으면 계속 그대로 있을 거 아니에요. 평생 두 번 다시 목욕을 안 한다면, 죽을 때까지 그대로 있겠죠."

"안 돼."

드리올리가 말했다.

"그렇게 해요. 아저씨가 목욕을 하면, 아저씨가 내 그림을 높이 평가하지 않게 되었다는 뜻으로 받아들이겠어요. 그걸로 아저씨가 내 예술을 얼마나 존중하는지 확인하겠어요."

"나는 마음에 들지 않아."

젊은 여자가 말을 이어갔다.

"저이는 당신 그림을 매우 존중하기 때문에 정말로 오랫동안 씻지 않을 거야. 그러니 문신으로 해. 하지만 누드는 안 돼."

"그럼 머리만 그리지 뭐."

드리올리가 말했다.

"못해요."

청년이 말했다.

"아주 간단해. 나한테 이 분이면 배울 수 있다니까. 곧 알게 될 거야. 가서 도구를 가져올게. 바늘하고 잉크를 가져올게. 나한테 여러 색깔의 잉크가 있어. 자네 물감만큼이나 색깔이 다양해. 그보다 훨씬 더 아름답기도 하고……"

"말도 안 돼요."

"잉크가 많다니까. 잉크가 여러 가지 맞잖아, 조시?"

"그래요."

"곧 보게 될 거야. 지금 가서 가져올게."

드리올리는 의자에서 일어나 불안한 걸음걸이로, 그러나 단호한 표정으로 방을 나갔다.

30분 뒤 드리올리가 돌아왔다.

"다 가져왔어."

드리올리가 소리치며 갈색 가방을 흔들었다. 그가 말을 이었다.

"문신하는 데 필요한 건 죄다 이 가방에 들어 있어."

드리올리는 가방을 탁자에 올려놓더니 활짝 열었다. 색색의 잉크가 든 작은 병들과 전기 바늘이 나타났다. 그는 전기 바늘의 플러그를 꽂더니, 기계를 손에 들고 스위치를 눌렀다. 윙윙거리는 소리가 났다. 기계에서 0.5센터미터쯤 튀어나온 바늘은 위아래로 빠르게 진동했다. 드리올리는 저고리를 벗어젖히더니 왼쪽 소매를 걷어올렸다.

"자, 봐. 얼마나 쉬운지 보여줄 테니까 잘 봐. 여기, 내 팔에 문신을 해볼 테니까."

그의 팔뚝은 이미 파란 점들로 덮여 있었다. 그러나 그는 시범을 보여줄 수 있는 깨끗한 피부를 조금 찾아냈다.

"먼저, 잉크를 골라야지. 일반적인 파란색을 쓰자고. 그리고 바늘 끝을 잉크에 살짝 담근 다음…… 이렇게…… 바늘을 이렇게 곧추세우고 피부의 거죽을 살짝 긁는 거야…… 이런 식으로…… 여기에 전기가 연결되면 안에는 작은 모터가 달려 있기 때문에 바늘은 아래위로 오르내리면서 피부에 점을 찍어. 그럼 잉크가 안으로 스며들어서 이런 결과가 나오는 거지…… 얼마나 쉬운지 봤지…… 내가 여기 내 팔에 그레이하운드 그림을 그리는 걸 잘 봐……"

청년은 흥미를 느꼈다.

"연습 좀 해볼게요, 아저씨 팔에다."

그는 윙윙 소리가 나는 바늘로 드리올리의 팔에 파란 선을 긋기 시작했다.

"간단하군요. 펜으로 그리는 것 같아요. 느리다는 것 말고는 차이가 없네요."

"아무것도 아니라고 했잖아. 준비됐어? 시작할까?"

"당장 하죠."

"모델!"

드리올리가 소리치고 있었다.

"어서, 조시!"

그는 이제 열에 들떠 부산스럽게 움직이고 있었다. 재미있는 놀이를 준비하는 아이처럼 비틀걸음으로 방을 돌아다니며 자리를 마련하고 있었다.

"모델을 어디에 둘 텐가? 어디에 세울 거야?"

"저기 서라고 하지요, 화장대 옆에. 머리를 빗고 있으라고 하세요. 머리를 어깨까지 늘어뜨리고 빗는 모습을 그리겠어요."

"굉장해. 자네는 천재야."

젊은 여자는 머뭇거리며 걸어가더니 화장대 옆에 섰다. 손에는 포도주 잔을 들고 있었다.

드리올리는 셔츠를 벗고, 바지까지 벗었다. 팬티와 양말과 구두만 남았다. 그의 몸은 천천히 좌우로 흔들리고 있었다. 그의 작은 몸은 단단했고, 하얀 피부에는 털이 거의 없었다.

"자, 이제 내가 캔버스야. 자네 캔버스를 어디에 둘 텐가?"

"늘 하듯이, 이젤 위에 두어야죠."

"미친 소리 마. 내가 캔버스라니까."

"그럼 이젤 위로 올라가세요. 캔버스가 있을 곳은 거기니까요."

"어떻게 올라가?"

"아저씨는 캔버스예요, 아니에요?"

"캔버스라니까. 벌써 캔버스 같은 기분이 드는데."

"그럼 이젤 위로 올라가세요. 어렵지 않을 거예요."

"그건 불가능하다니까."

"그럼 의자에 앉으세요. 등받이를 안고 거꾸로 앉으세요. 술에 전 머리는 등받이에 얹고요. 서두르세요. 바로 시작할 테니까."

"준비됐어. 기다리고 있다고."

"우선 그냥 그림을 그릴 거예요. 그런 뒤에 그림이 마음에 들면, 그 위에 문신을 할 겁니다."

그는 넓은 붓으로 남자의 벌거벗은 등에 그림을 그리기 시작했다.

"으흐! 으흐!"

드리올리는 소리를 지르더니 덧붙였다.

"괴물 지네가 내 등뼈를 따라 행진하네그려."

"가만히 좀 있어요! 가만히 좀!"

청년은 빠른 속도로 일을 했다. 물감은 옅은 푸른색으로만 살짝 칠했다. 그래야 나중에 문신을 할 때 성가시지 않을 것 같았기 때문이다. 일단 그림을 시작하자 청년은 놀라운 집중력을 발휘해서, 술마저 다 깬 것처럼 보일 정도였다. 그는 손목을 뻣뻣하게 굳힌 채 팔로 짧게 잽을 뻗듯이 붓질을 하더니, 30분도 안 되어 일을 다 끝냈다.

"좋아. 다 됐어요."

청년은 젊은 여자에게 말했다. 여자는 소파로 돌아오더니 바로 누워 잠이 들었다.

드리올리는 깨어 있었다. 그는 청년이 바늘을 집어들어 잉크에 담그는 것을 지켜보았다. 이어 등의 피부에 얼얼하면서도 간지러운 느낌이 박히기 시작했다. 심하지는 않았지만 불쾌한 통증 때문에 잠은 잘 수 없었다. 드리올리는 느낌으로 바늘의 움직임을 따라가고 눈으로 청년이 사용하는 여러 가지 잉크를 지켜봄으로써, 그의 등에서 진행되고 있는 일을 눈앞에 즐겁게 그려볼 수 있었다. 청년은 놀라운 강도로 일을 했다. 그 작은 기계에, 그것이 만들어내는 특별한 효과에 완전히 빠져든 것 같았다.

새벽이 되도록 기계는 윙윙거렸고, 청년은 일을 했다. 마침내 화가가 뒤로 물러나며 "끝났습니다" 하고 말했을 때, 밖은 이미 훤하고 거리를 걸어다니는 사람들 소리가 들렸다고 드리올리는 기억했다.

"보고 싶군."

드리올리가 말했다. 청년이 거울을 들어올려 각을 잡았다. 드리올리는 목을 길게 뺐다.

"이야!"

드리올리가 소리를 질렀다. 놀라운 광경이었다. 그의 등 전체가, 어깨뼈 꼭대기부터 척추 하단까지 색깔로 불타오르고 있었다. 황금색과 녹색과 파란색과 검은색과 주홍색. 문신은 아주 짙어서 마치 물감을 두껍게 칠한 것 같았다. 청년은 원래의 붓질을 가능한 한 꼼꼼하게 따라가며 빈 곳 없이 빽빽하게 문신을 해놓았다. 등뼈와 어깨뼈의 돌출을 이용한 방법도 놀라워, 마치 그 뼈들 역시 구성의 일부분인 것 같은 느낌이 들었다. 게다가 청년은 붓보다 느릴 수밖에 없는 손놀림에서도 어느 정도의 자연스러움을 끌어냈다. 그 초상은 살아 있는 것 같았다. 이 작품에도 수틴 작품의 특징이라고 할 수 있는 그 뒤틀리고 일그러진 듯한 느낌이 듬뿍 담겨 있었다. 이것은 실물과 닮은 그림이 아니었다. 닮은 것은 모양이라기보다는 분위기였다. 모델의 얼굴은 모호하고 한쪽으로 기울어져 있었다. 진녹색으로 중량감 있게 구불구불 붓질을 한 배경은 회오리바람이 부는 듯한 느낌이었다.

"굉장해!"

"그런대로 내 마음에도 드는 것 같네요."

청년은 뒤로 물러나서 비평하듯 그림을 살펴보며 말을 이었다.

"그래요, 이 정도면 내가 서명을 해도 될 것 같습니다."

그는 바늘을 다시 집어들더니 오른쪽에 붉은 잉크로 자기 이름을 새겼다. 드리올리의 신장이 있는 곳이었다.

드리올리라는 이름의 노인은 황홀경에 빠져 화랑 진열장의 그림을 멍하니 바라보고 있었다. 아주 오래전 일이었다, 그 모든 것이. 마치 다른 생에서 일어났던 일처럼 여겨졌다.

그 아이는? 그 아이는 어떻게 되었더라? 전쟁, 첫번째 전쟁에서 돌아온 뒤 그 친구가 보이지 않아 조시에게 물어보았던 일이 기억났다.

"꼬맹이 칼무크인은 어디에 있는 거야?"

"떠났어요. 어디로 갔는지는 나도 몰라요. 어떤 화상이 그 사람을 점찍어서, 그림을 더 많이 그리게 하려고 세레로 보냈다는 얘기만 들었어요."

"아마 돌아올 거야."

"아마도 돌아오겠죠. 하지만 누가 알겠어요."

그뒤로 그들은 청년 이야기를 다시는 입에 올리지 않았다. 곧 그들은 선원이 더 많은 르아브르로 이사를 했고, 사업은 더 나아졌다. 르아브르를 떠올리자 노인의 입가에 웃음이 감돌았다. 좋은 시절이었지. 두 전쟁 사이의 기간. 부두 근처에 작은 가게를 냈다. 안락한 집과 함께 늘 일이 충분히 있던 시절. 매일 서넛 또는 다섯 명의 선원이 찾아와서 팔에 그림을 그려달라고 했지. 정말 좋은 시절이었어.

이어 두번째 전쟁이 찾아왔고, 조시는 죽임을 당했다. 독일인이 나타났고, 그것으로 그의 사업은 끝이 났다. 그뒤로는 아무도 팔에 그림을 그릴 생각을 하지 않았다. 그는 나이가 너무 들어 다른 일을 찾을 수가 없었다. 그는 절망에 빠져, 대도시로 가면 좀 나을까 하여 파리로 돌아갔다. 그러나 사정은 마찬가지였다.

전쟁이 끝난 뒤에는 다시 사업을 시작할 수단도 힘도 남아 있지 않았다. 노인이 되어 앞길을 헤쳐나간다는 것은 쉬운 일이 아니었다. 정말 구걸은 하고 싶지 않았지만, 달리 어떻게 연명을 해나간단 말인가.

그래. 그는 계속 그림을 바라보며 생각했다. 그러니까 저것이 내 귀여운 칼무크인의 그림이로군. 그렇게 작은 물건 하나가 얼마나 빠르게 기억을 휘저어놓는지. 몇 분 전까지만 해도 그는 자기 등에 문신이 있다는 사실조차 잊고 살았다. 문신에 대해서 생각해본 지 너무 오래되었다. 그는 창문에 얼굴을 갖다대고 화랑 안을 살폈다. 벽에는 다른 그림들도 많았는데, 모두 같은 화가의 작품인 듯했다. 그림 사이를 돌아다니는 사람도 많았다. 특별 전시회인 것이 분명했다.

드리올리는 갑작스러운 충동에 몸을 돌려 화랑 문을 열고 안으로 들어갔다.

포도주색 두꺼운 양탄자가 깔린 긴 방이었다. 아, 얼마나 아름답고 따뜻한지! 사람들은 그림을 구경하며 천천히 걸어다니고 있었다. 깔끔하고 위엄 있어 보이는 사람들이었다. 모두 손에 카탈로그를 하나씩 들고 있었다. 드리올리는 문간에 선 채 초조하게 두리번거리며, 과감하게 앞으로 나가 사람들과 어울릴지 말지 고민하고 있었다. 그러나 용기를 그러모으기도 전에 옆에서 목소리가 들렸다.

"무슨 일이오?"

검은 예복을 입은 사람이었다. 통통하고 땅딸막한 몸집에 얼굴은 새하얗고 살이 많았지만 탄력은 없어, 스패니얼 개처럼 두 뺨이 입 양옆으로 축 늘어져 있었다. 그는 드리올리에게 바짝 다가서며 다시 말했다.

"무슨 일이냐니까?"

드리올리는 가만히 서 있었다. 그러자 남자가 말했다.

"미안하지만 화랑에서 나가주시겠소?"

"나는 그림 좀 보면 안 되나?"

"나가달라고 했잖소."

드리올리는 버티고 서 있었다. 갑자기 걷잡을 수 없이 화가 치밀어올랐다. 남자가 말했다.

"문제 일으키지 맙시다. 자, 이쪽으로 오시오."

남자는 통통한 하얀 손으로 드리올리의 팔을 잡더니 문으로 밀어붙이기 시작했다.

그것이 계기가 되었다.

"염병할 손 떼라니까!"

드리올리가 소리쳤다. 그의 목소리가 긴 화랑 끝까지 낭랑하게 울려퍼졌고, 동시에 모든 머리가 방향을 틀었다. 놀란 얼굴들이 문간에서 소리를 지른 사람을 바라보고 있었다. 제복 입은 사람이 달려왔다. 이제 두 사람이 드리올리를 문밖으로 밀어내려 했다. 사람들은 가만히 서서 드잡이를 지켜보고 있었는데, 그다지 큰 관심이 있는 것 같지는 않았다. 그 얼굴들은 이렇게 말하고 있는 것 같았다. "괜찮아. 우리한테는 위험이 없어. 알아서 처리하고 있잖아."

"나한테도 있어!"

드리올리가 소리치고 있었다.

"나한테도 이 화가가 그린 그림이 있단 말이야! 이 화가는 내 친구였고, 나한테는 이 친구가 준 그림이 있단 말이야!"

"미쳤군."

"정신병자야. 완전히 돌아버렸네."

"누가 경찰 좀 부르지."

드리올리는 재빨리 몸을 뒤틀어 두 사람에게서 빠져나왔다. 누가 저지할 틈도 없이 그는 화랑을 내달리며 소리쳤다.

"보여주겠어! 보여줄게! 보여주겠단 말이야!"

드리올리는 외투를 벗어젖혔다. 이어 저고리와 셔츠도 벗어버렸다. 그는 사람들이 자신의 벌거벗은 등을 볼 수 있도록 몸을 돌렸다.

"자!"

드리올리는 숨을 가쁘게 몰아쉬며 소리치고 있었다.

"보여? 여기 있잖아!"

화랑 안에 갑자기 정적이 찾아왔다. 모두 드리올리의 행동에 눈을 빼앗겨, 꼼짝도 않고 서 있었다. 충격과 불안과 당혹이 엇갈리는 표정이었다. 그들은 문신이 된 그림을 바라보고 있었다. 여전히 그대로였다. 색깔은 전과 다름없이 선명했다. 노인의 등은 여위었고, 그래서 어깨뼈가 전보다 더 도드라졌다. 그 때문에 그림은 심하지는 않았지만, 묘하게 주름지고 찌그러진 듯한 느낌을 주었다.

누군가가 말했다.

"맙소사, 진짜잖아!"

이어 사람들은 흥분하여 웅성거리면서 앞으로 몰려나와 노인을 둘러쌌다.

"틀림없어!"

"초기 화풍이야, 안 그래?"

"환상적이야!"

"봐, 서명까지 있잖아!"

"그림이 쫙 펼쳐지도록 어깨를 좀 앞으로 굽혀보십시오."

"이게 언제 만든 겁니까?"

"1913년."

드리올리는 돌아보지 않고 말을 이어갔다.

"1913년 가을이오."

"누가 수틴한테 문신을 가르쳤습니까?"

"내가 가르쳤소."

"여자는요?"

"내 아내요."

화랑 주인이 사람들을 헤치고 드리올리에게 다가왔다. 드리올리는 이제 아주 차분했고, 무척 진지한 표정이었다. 입가에는 웃음까지 띠고 있었다.

"선생님, 제가 그걸 사겠습니다."

드리올리는 그의 턱이 움직일 때 얼굴의 늘어진 지방이 함께 떨리는 것을 보았다. 주인이 말을 이었다.

"제가 그것을 사겠다고 했습니다, 선생님."

"이걸 어떻게 산단 말이오?"

드리올리가 작은 목소리로 물었다.

"이십만 프랑을 드리겠습니다."

주인의 눈은 작고 검었다. 넓적한 코의 두 콧구멍이 떨리기 시작했다.

"그만두쇼!"

사람들 속에서 누군가가 말하고 있었다.

"저건 그 스무 배의 가치는 있소."

드리올리가 말을 하려고 입을 열었다. 그러나 아무 소리도 나오지 않았기 때문에 도로 입을 닫았다. 이윽고 그는 다시 입을 열어 천천히 말했다.

"하지만 이걸 어떻게 판단 말이오?"

그는 두 손을 들어올렸다가 힘없이 양옆으로 떨어뜨리며 되풀이했다.

"이걸 도대체 어떻게 판단 말이야."

그의 목소리에는 세상의 모든 슬픔이 담겨 있는 듯했다.

"맞아!"

다시 군중 속에서 누군가가 말을 하고 있었다.

"저걸 어떻게 팔 수 있어? 저건 저 사람 몸의 일부잖아!"

"보세요."

주인이 바짝 다가오며 말을 이었다.

"제가 도와드리겠습니다. 제가 선생님을 부자로 만들어드리죠. 우리 둘이서 이 그림을 놓고 계약을 합시다, 어때요?"

드리올리는 불안한 눈으로 그를 물끄러미 바라보았다.

"하지만 이걸 어떻게 산단 말이오? 이걸 사면 어떻게 할 거요? 어디다 둘 거요? 오늘밤에는 어디에 둘 거요? 내일은 어디에 두고?"

"아, 그걸 어디에 두느냐? 그래, 어디에 둘까? 어디에 두지? 자, 그러니까……"

주인은 통통하고 하얀 손가락으로 콧마루를 문지르더니 말을 이었다.

"제가 그 그림을 가지려면 선생님도 가져야 할 것 같군요."

그는 말을 끊더니 다시 코를 문질렀다.

"그 그림은 선생님이 돌아가실 때까지는 아무런 가치가 없겠군요. 연세가 어떻게 되십니까?"

"예순하나요."

"하지만 별로 건강하시지는 않죠?"

주인은 코에서 손을 내리더니, 농부가 늙은 말을 살피듯 드리올리를 위아래로 천천히 살폈다.

"마음에 안 드는군."

드리올리는 슬금슬금 물러나며 말을 이었다.

"아주 솔직히 말하겠는데, 이보쇼, 이건 마음에 들지 않아."

그가 물러선 곳은 키가 큰 남자의 품이었다. 남자는 두 손을 뻗어 드리올리의 어깨를 살며시 잡았다. 드리올리는 두리번거리며 사과를 했다. 남자는 웃음 띤 얼굴로 드리올리를 내려다보면서, 안심을 시키듯 샛노란 장갑을 낀 손으로 노인의 벌거벗은 어깨를 토닥였다.

낯선 남자가 웃음을 거두지 않은 채 입을 열었다.

"혹시 햇볕을 쬐며 수영하는 것을 좋아하십니까?"

드리올리는 약간 놀라 남자를 쳐다보았다.

"좋은 음식과 보르도의 좋은 포도원에서 나온 붉은 포도주를 좋아하십니까?"

남자는 여전히 웃음을 짓고 있었다. 튼튼한 하얀 치아들 사이로 금빛이 번쩍였다. 남자는 부드러운 목소리로 달래듯 말하고 있었다. 장갑을 낀 손은 여전히 드리올리의 어깨 위에 올라가 있었다.

"그런 것들을 좋아하십니까?"

"어, 좋아하지요."

드리올리는 여전히 몹시 당황한 표정으로 덧붙였다.

"물론 좋아하지요."

"아름다운 여자들과 함께 지내는 것도요?"

"싫을 리가 있겠소?"

"몸에 꼭 맞게 맞춘 양복과 셔츠가 가득한 옷장도요? 보아하니 옷이 좀 부족하신 것 같은데."

드리올리는 상냥한 남자를 바라보며, 나머지 제안이 나오기를 기다렸다.

"혹시 선생 발에 딱 맞게 특별히 제작된 구두를 신어보신 일이 있습니까?"

"없소."

"그런 구두를 원하십니까?"

"글쎄요……"

"그리고 아침마다 이발사가 면도를 해주고 머리를 다듬어준다면?"

드리올리는 그 자리에 선 채로 입을 떡 벌리고 있었다.

"그리고 통통하고 매력적인 아가씨가 손톱을 다듬어준다면?"

사람들 가운데서 낄낄거리는 소리가 들렸다.

"그리고 아침에 침대 옆의 종을 울려 하녀에게 아침식사를 가지고 들어오게 한다면? 그런 것들을 원하십니까? 마음에

드십니까?"

드리올리는 가만히 서서 남자를 바라보았다.

"아, 저는 칸의 브리스틀 호텔의 주인입니다. 제 호텔로 오셔서 제 손님으로 평생 호화롭고 안락하게 사시지요."

남자는 말을 끊고, 노인이 이 기분좋은 제안을 음미할 시간을 주었다.

"선생님의 유일한 의무는, 즐거움이라고 불러도 상관없겠습니다만, 제 해변에서 수영복만 걸친 채 손님들 사이를 걸어다니고, 일광욕을 하고, 수영을 하고, 칵테일을 마시는 겁니다. 마음에 드십니까?"

아무런 대답이 없었다.

"모르시겠습니까? 그렇게 하면 모든 손님이 수틴의 이 매력적인 그림을 감상할 수 있다는 겁니다. 선생님은 유명해질 겁니다. 사람들은 말할 겁니다. '저 봐, 등에 천만 프랑을 짊어진 사람이야.' 이 제안이 마음에 드십니까, 선생님? 어떠신가요?"

드리올리는 샛노란 장갑을 낀 키 큰 남자를 쳐다보며 여전히 의아해했다. 이 사람이 농담을 하나?

"우스꽝스러운 제안이로군."

그는 천천히 말하고는 덧붙였다.

"그런데 진담으로 하는 말이오?"

"물론 진담이지요."

"잠깐."

화랑 주인이 끼어들었다.

"제 말 좀 들으세요, 어르신. 우리 문제에 대한 답을 내놓겠습니다. 제가 그 그림을 사겠습니다. 그리고 외과의사를 불러 등에서 피부를 떼어내게 하겠습니다. 그러면 어르신은 마음대로 돌아다니면서 제가 드린 많은 돈을 원하는 대로 쓰실 수 있을 겁니다."

"등가죽도 없이 말이오?"

"아니, 아니죠, 왜 이러십니까! 오해하시는 겁니다. 의사가 낡은 피부 대신 새 피부를 입혀드릴 겁니다. 간단한 일이죠."

"그게 가능하오?"

"아무것도 아니죠."

"불가능한 일이오!"

샛노란 장갑을 낀 남자가 말하더니 덧붙였다.

"이분은 피부 이식 같은 큰 수술을 하기에는 연세가 너무 많소. 그러다 돌아가실 거요. 그런 수술을 받으면 돌아가십니다."

"내가 죽는다고?"

"당연하지요. 절대 살아남지 못할 겁니다. 그림만 떼어내고 끝날 겁니다."

"맙소사!"

드리올리가 소리를 질렀다. 그는 겁에 질린 표정으로 자신을 지켜보는 사람들의 얼굴을 둘러보았다. 뒤편 어딘가에서 나지막한 목소리가 적막을 깼다.

"혹시 알아? 돈만 충분히 주면 저 노인네가 이 자리에서 자살을 해주겠다고 할지도 모르잖아. 누가 알겠어?"

몇 사람이 킬킬거렸다. 화랑 주인은 불안해하며 발로 양탄자를 문지르고 있었다.

이윽고 샛노란 장갑을 낀 손이 다시 드리올리의 어깨를 두드렸다.

"어서요."

남자는 크고 하얀 웃음을 내비치고 있었다.

"어디 좋은 데 가서 저녁이라도 들면서 이야기를 더 해보지요. 어떻습니까? 시장하시죠?"

드리올리는 미간을 찌푸리고 남자를 지켜보았다. 남자의 목은 길고 유연했다. 말하면서 뱀처럼 목을 앞으로 뽑는 모습이 마음에 들지 않았다.

"구운 오리와 샹베르탱 포도주 어떠세요?"

남자가 말했다. 말에서 즙을 듬뿍 뽑아내 혀로 튀기는 것 같았다. 남자가 덧붙였다.

"거기에 수플레 오 마롱을 곁들이시면…… 부드럽고 거품이 많은 것으로 말입니다."

드리올리의 눈이 천장을 향했다. 입술이 늘어지면서 축축해졌다. 사람들은 이 가엾은 노인네가 정말로 입가에 침을 흘리는 것을 볼 수 있었다.

"오리는 어떻게 드시겠습니까?"

남자는 계속 말을 이어가고 있었다.

"짙은 갈색으로 바짝 구울까요? 겉이 파삭파삭하게. 아니면……"

"가겠소."

드리올리가 얼른 말했다. 벌써 셔츠를 집어들고 황급하게 머리에 뒤집어쓰고 있었다.

"기다리시오. 내 가리다."

1분이 안 되어 드리올리는 새로운 후원자와 함께 화랑 밖으로 사라졌다.

몇 주 지나지 않아 수틴의 그림 한 점이 부에노스아이레스의 그림 시장에 나타났다. 독특한 화풍으로 그린 여자의 얼굴이었다. 광택제를 잔뜩 바른 그림은 멋진 액자에 들어가 있었다. 그 소식을 듣자 몇몇 사람은 약간의 궁금증을 느끼면서 노인의 건강을 위해 기도를 했다. 그러다가 칸에는 브리스톨이라는 이름의 호텔이 없다는 사실에 생각이 미치면, 그가 지금 이 순간 어디에 있든 통통하고 매력적인 아가씨가 그의 손톱을 다듬어주고, 아침이면 하녀가 그의 침대로 아침식사를 가져다주기를 간절히 빌게 되었다.

맛

로알드 달 베스트 단편 1

1판 1쇄 2020년 12월 24일
1판 5쇄 2024년 7월 1일

지은이 로알드 달 | 옮긴이 정영목

편집 이희연 이고호 | 디자인 윤종윤 이주영 | 마케팅 김선진 김다정
브랜딩 함유지 함근아 고보미 박민재 김희숙 박다솔 조다현 정승민 배진성
저작권 박지영 형소진 최은진 서연주 오서영 | 모니터링 양은희
제작 강신은 김동욱 이순호 | 제작처 한영문화사

펴낸곳 (주)교유당 | 펴낸이 신정민
출판등록 2019년 5월 24일 제406-2019-000052호

주소 10881 경기도 파주시 회동길 210
전화 031-955-8891(마케팅) | 031-955-2680(편집) | 031-955-8855(팩스)
전자우편 gyoyudang@munhak.com

인스타그램 @gyoyu_books | 트위터 @gyoyu_books | 페이스북 @gyoyubooks

ISBN 979-11-91278-01-9 04840
979-11-91278-00-2 (세트)